Chère lectrice,

En ce mois de la Saint-Valentin, vos héros doivent composer avec les caprices de Cupidon. Et vous allez voir que le petit dieu ailé leur cause bien des tracas… Ainsi, le chevalier de Wilmont et sa fiancée se voient déjà mariés quand un événement imprévu les contraint à différer leurs noces et à s'en remettre *A la grâce du roi*. Découvrez vite la première partie de la nouvelle saga médiévale de Shari Anton, *Les mariés de la Couronne*. Toujours au Moyen Age, lord Raymond d'Estienne garde un trop mauvais souvenir de son premier mariage pour vouloir succomber de nouveau à l'amour. Ses secondes noces avec la jeune Elizabeth seront, se promet-il, celles du *Loup et la colombe*. Pas question de sentiment entre eux ! Seulement voilà : Elizabeth a une autre idée sur la question… Plus tard, en 1428, le chevalier anglais Marcus de Grant est également très contrarié : assurément, il n'entrait pas dans ses projets de s'éprendre d'une Irlandaise. Ne déteste-t-il pas ces Celtes qui ont tué son père ? Mais il est bien difficile de résister au charme envoûtant de *La dame de feu*… Quatre siècles plus tard, sous la Régence anglaise, Amanda se croit à l'abri des flèches de Cupidon. Pourtant, les hasards du destin vont l'amener à partager *Un secret d'alcôve* avec… un parfait inconnu ! Quant à Jana, en 1897, elle s'attendait à tout sauf à retomber amoureuse de l'homme même dont elle s'apprêtait à divorcer ! Mais peut-elle accorder de nouveau sa confiance à celui qui l'a fait tant souffrir, et lui révéler enfin l'existence du petit Nicholas, *L'enfant caché* ?

Enfin, le 1er mars, ne manquez pas le nouveau titre de la collection Grands Romans Historiques, *Le secret du diamant*, de Candace Camp.

La Responsable de collection

La dame de feu

MARGO MAGUIRE

La dame de feu

LES HISTORIQUES

éditions Harlequin

Cet ouvrage a été publié en langue anglaise
sous le titre :
CELTIC BRIDE

Traduction française de
PHILIPPE BARBIER

Illustration de couverture :
© ACCORNERO / SCHLUCK

83-85, boulevard Vincent-Auriol, 75013 PARIS — Tél. : 01 42 16 63 63
Service Lectrices — Tél. : 01 45 82 47 47
ISBN 2-280-17571-1 — ISSN 1159-5981

À cette époque...

Ce roman se déroule dans l'Angleterre de 1428, alors que le petit roi Henry VI a seulement sept ans. Plus tard, il se montrera un souverain faible et pieux, plus spectateur qu'acteur des grands événements de son règne. Il laissera agir ses ministres, Somerset et Warwick, ne montant lui-même sur scène que pour tenir sa place dans un cortège ou un sacre. Comme l'affirme l'un de ses contemporains : « Point du tout sot, mais point du tout roi, c'était un saint, et, dans les affaires du monde, un enfant. On ne pouvait imaginer une créature plus douce, ni plus respectable, ni plus vulnérable. » Ses seuls bonheurs étaient d'entendre la messe, d'étudier l'histoire et la théologie. Il avait horreur de toute pompe et s'habillait comme un bourgeois. Au lieu des souliers pointus alors à la mode parmi les grands, il portait des souliers ronds de paysan et un cilice sous sa robe royale. Doué d'une grande sensibilité, il se passionnait pour l'art et l'architecture, et fit construire à Cambridge l'admirable chapelle du King's College. Davantage poète que stratège, il perdit toutes ses possessions françaises et, déconsidéré, vit ses droits à la Couronne d'Angleterre contestés ; ainsi éclata la guerre des Deux-Roses.

Prologue

Angleterre, comté de Cheshire, au début de l'hiver, en l'an de grâce 1428

La nuit, entrecoupée de mauvais rêves et de cauchemars, s'était étirée interminablement pour la jeune fille. Affublée d'un don de prémonition, elle devait prendre au sérieux les scènes qui s'étaient présentées à elle où elle se voyait, ainsi que son oncle, exposée à un terrible danger.

Les membres du clan Mageean, l'ennemi juré du sien, Ui Sheaghda, rôdaient assurément dans les parages. Ils étaient en quête de la lance sacrée de sa tribu avec laquelle elle s'était enfuie, en compagnie de son oncle, après le terrible combat où son père, Eocaidh O'Shea, avait trouvé la mort.

Elle n'avait pas d'autre choix, à présent, que d'exhumer la lance de la cachette où elle la conservait et de laisser agir son charme. Le don de voyance que Keelin tenait de sa mère qui, elle-même, le tenait de sa propre mère et ainsi de suite jusqu'à la nuit des temps, était stimulé simplement parce qu'elle avait l'antique lance dans les mains.

Un jour, tout proche espérait Keelin, elle mettrait fin à son exil et rapporterait la lance, *Ga Buidhe an Lamhaigh,* au clan Ui Sheaghda. Et, une fois en Irlande, sa terre natale, elle épouserait l'homme auquel son père, Eocaidh O'Shea, puissant chef du clan du même nom, l'avait destinée.

Comme il serait agréable et réconfortant d'être sous la protection d'un puissant guerrier, de ne plus sursauter au moindre bruit ni regarder à chaque instant par-dessus son épaule. Et quel bonheur elle éprouverait de retourner vivre au milieu des siens ! De revoir ses cousins et ses cousines !

Des larmes lui brûlèrent les yeux. Elle ne supportait plus la vie solitaire et quasi sauvage qu'elle menait depuis quatre ans avec son oncle, Tiarnan. Elle ne se sentait plus le courage de prolonger son séjour dans ce pays étranger.

Ce n'était pas le moment idéal, certes, pour voyager alors que les premiers frimas avaient fait leur apparition, mais il ne lui restait plus que quelques pièces d'or emportées par Tiarnan lors de leur fuite.

S'ils ne quittaient pas l'Angleterre dès maintenant, il n'en auraient plus une seule lorsque les beaux jours seraient de retour. Comment paieraient-ils alors leur passage sur la mer d'Irlande ?

Keelin savait, d'ailleurs, qu'elle perdrait toute joie et tout espoir si elle devait passer encore une saison entière loin des siens. Plus les jours passaient, plus elle était impatiente de savoir ce que devenait son clan. Avait-il survécu à la terrible défaite qu'il avait subie ? Ses cousins avaient-ils échappé à la mort ?

Si c'était le cas, ils étaient sans doute, aujourd'hui, de solides guerriers capables de défendre le donjon de

Carrauntoohil. Et que devenaient les jeunes filles du village ? Combien d'enfants étaient-ils nés au cours de ces quatre ans d'exil ? Et combien de vieux avaient-ils quitté cette vie ?

Elle était attachée à son oncle Tiarnan qui avait veillé sur elle comme une mère depuis qu'elle était orpheline. Il était même la personne qu'elle aimait le plus au monde, mais il avait perdu toute vigueur. Leur survie ne reposait plus que sur les épaules de Keelin, mais, avec les années, cette responsabilité devenait de plus en plus pesante pour elle.

Elle se leva de son grabat et lança un regard vers le vieil homme qui, les yeux fermés, la barbe blanche étalée sur la poitrine, respirait régulièrement.

Il était heureux qu'il dormît encore. Il venait à peine de récupérer de la fluxion de poitrine qui l'avait frappé au milieu de l'automne et était encore très faible. Ainsi il ne verrait pas Keelin s'emparer de la lance et être sujette aux visions qui, chaque fois, la bouleversaient et la laissaient épuisée.

C'était grâce à *Ga Buidhe an Lamhaigh* qu'ils avaient jusqu'alors échappé à leurs poursuivants. Les hommes d'armes envoyés par le clan Mageean ne renonceraient jamais à tenter de s'emparer de la lance sacrée qui leur permettrait d'asseoir définitivement leur pouvoir sur Ui Sheaghda.

Les cauchemars que venait de faire Keelin ne laissaient pas de doute au sujet des menaces qui pesaient sur son oncle et elle-même. Ils allaient devoir quitter au plus vite la vieille masure abandonnée où ils avaient élu domicile depuis quelques mois et où, à la longue, ils avaient fini par se sentir un peu chez eux.

Keelin s'enveloppa les épaules dans un châle et jeta un peu de tourbe sur le feu avant de sortir sans bruit de la chaumière. Elle frissonna en respirant l'air froid et humide laissé par la nuit qui se retirait et, relevant le châle sur sa nuque, fit le tour de la masure à la faible lueur de l'aube naissante.

Contre le mur aveugle de la misérable fermette, elle avait édifié un abri de planches pour la mule et la charrette avec lesquelles ils avaient fui l'Irlande. Elle passa la main sur le caisson qu'elle avait aménagé sur le côté du chariot et qui s'ouvrait grâce une trappe fermée par un verrou. Elle poussa le verrou, souleva la trappe et prit la lance dans son fourreau de cuir.

Elle était depuis toujours dans le clan Ui Sheaghda qui, grâce à son pouvoir magique, avait réussi à s'imposer aux autres tribus de la province du Kerry. Si elle la perdait, la ruine du clan serait assurée. Ruairc Mageean, chef du clan du même nom et ennemi héréditaire d'Ui Sheaghda, le savait fort bien, et c'était la raison pour laquelle il recherchait activement Keelin et son oncle depuis qu'ils avaient fui l'Irlande.

Le moment était venu pour Keelin de prendre la lance dans sa main pour savoir si la menace qui pesait sur elle et son oncle était imminente. En touchant simplement l'arme sacrée, elle serait sujette à des visions qui la renseigneraient sur sa situation et celle de son clan.

Elle resterait sans forces après cette expérience épuisante et impressionnante pour ceux qui en étaient témoins. Cette fois, du moins, épargnerait-elle à Tiarnan une émotion qu'il n'était plus en état de supporter.

Concentrant toute son attention sur son geste, Keelin sortit la lance de son fourreau…

1.

Au sud de Chester, en ce début d'hiver 1428

Les branches serrées des arbres formaient au-dessus de leurs têtes une voûte que seuls traversaient certains rayons de soleil, jetant au sol moussu et jonché de feuilles de la forêt des taches de lumière qui dansaient au gré du balancement des ramures dans la brise de cette fin d'après-midi.

Les cavaliers, impatients d'arriver au château de Wrexton avant la nuit, pressaient leurs chevaux. Marcus de Granville, qui chevauchait au côté de son père, le comte de Wrexton, serra les mâchoires en entendant ce dernier évoquer une nouvelle fois la question du mariage.

Les femmes… Pas tout à fait des ennemies, mais aussi inconnues, aussi peu fiables, aussi imprévisibles…

— Il y avait une belle brochette de jolies filles, toutes plus charmantes les unes que les autres, au château de Haverston.

— Père, vous savez que…

— Je ne rajeunis pas, Marcus, tu le sais très bien, et toi tu es largement en âge de te marier, reprit Eldred de Granville sans prêter attention à la réaction de son fils. Un jour, qui est peut-être proche, tu seras comte de Wrexton, et il te faudra alors impérativement une épouse, une femme digne et respectable comme ta mère, ma chère et regrettée Rhianwen.

C'était également le plus grand souhait de Marcus, mais il lui fallait rencontrer une jeune fille avec laquelle il se sentît à l'aise. Or, à l'exception des épouses de quelques-uns de ses proches amis, il ne connaissait aucune femme avec laquelle il pût discuter librement et en toute confiance. C'était particulièrement le cas des jeunes filles de bonne naissance auxquelles il reprochait leur attitude hautaine, la perpétuelle petite moue de dégoût qui s'accrochait à leurs lèvres, la vanité avec laquelle elles paradaient dans les fêtes, fières de leurs corps sveltes rehaussés par d'élégants surcots de velours ou de soie, et leurs comportements le plus souvent imprévisibles.

Elles étaient toutes si fragiles, délicates, incompréhensibles pour un jeune homme qui ne connaissait de la vie que les tournois et la guerre, et qui avait passé si peu de temps à la cour !

Il n'avait, en effet, aucune expérience de l'art de courtiser. Et puis, avec sa grande taille et sa force musculaire redoutée de ses adversaires, il craignait de blesser ces jeunes filles toutes de finesse en prenant seulement leur main dans la sienne.

— Une épouse ? s'écria avec indignation Adam Fayrchild, le jeune cousin de Marcus.

Orphelin en bas âge, Adam avait été recueilli par Eldred de Granville, son plus proche parent, et, malgré ses douze ans, il suivait partout Marcus comme un écuyer.

— Marcus n'a pas besoin de femme, reprit le jeune garçon. Damoiselle Yseult s'occupe bien du château... Et puis il y a une cuisinière, des valets, des servantes...

— Un homme, et particulièrement un seigneur, ne peut mourir sans descendance, l'interrompit le comte. Tu le comprendras le jour où tu rencontreras ton Eurydice.

— Comment ? fit l'enfant en retroussant son petit nez parsemé de taches de rousseur. Je ne me marierai jamais. Il n'y avait pas une fille à Haverston dont je supporterais la compagnie plus d'une journée !

Marcus sourit, bien que les propos d'Adam rappelassent à son souvenir l'impression douloureuse de solitude qu'il avait éprouvée à divers moments pendant les festivités du mariage célébré au château de Haverston. Il aimait son père, certes, et, depuis que son jeune et précoce cousin vivait avec eux, il s'était fortement attaché à lui, mais le nombre de ses amis mariés ne cessant de grandir, il lui arrivait, maintenant, d'éprouver le désir de les imiter.

Il lui faudrait corriger, bien sûr, la grande timidité qui le gagnait chaque fois qu'il se trouvait en présence d'une jolie fille. Il savait, bien sûr, que son physique ne déplaisait pas aux femmes mais, malheureusement, il n'était pas très éloquent. Or, la séduction, il l'avait souvent observé à la cour ou à l'occasion de festivités, tenait beaucoup à l'art et à la manière de s'adresser à elles.

Un cri déchirant résonna sous les hautes frondaisons et, aussitôt, un tumulte se fit entendre : un bruit de piétinement et de voix féroces. Des hommes chevelus et barbus, à l'aspect sauvage, se précipitaient vers Marcus et les siens, brandissant épées et lances.

L'étalon de Marcus, qui avait perdu l'habitude du cliquetis des armes et de l'odeur du sang, se cabra sous lui alors que les chevaliers de sa troupe étaient assaillis par une nuée de cavaliers. Plusieurs d'entre eux roulèrent au sol sans avoir même eu le temps de sortir l'épée du fourreau ; d'autres, qui avaient pu dégainer, menaient un combat perdu d'avance contre un ennemi bien supérieur en nombre et apparemment sans pitié.

Au milieu du fracas des armes et du désordre, Marcus aperçut son père que leurs adversaires renversaient de son cheval.

— Non ! s'écria-t-il devant cette vision d'horreur.

Eldred de Granville était un homme trop noble et généreux pour mourir ainsi sous les coups de ces brutes ! Marcus aurait voulu se porter à son secours, mais une nuée de cavaliers tournait autour du comte et d'une poignée de chevaliers qui s'étaient laissés prendre au piège.

— Marcus ! s'écria Adam qui se cachait derrière son grand cousin depuis le début de l'affrontement. Il faut porter secours à oncle Eldred !

Prenant conscience des risques qui pesaient sur le jeune garçon, Marcus sauta à bas de son cheval et, soulevant Adam dans ses bras, le porta à la lisière des bois où il le fit se cacher dans la cavité d'un chêne creux.

Retournant ensuite à sa monture, il se remit en selle et lança l'étalon à travers les combattants. Il allait atteindre son père qui gisait au sol lorsque l'un des siens le prévint qu'un cavalier ennemi s'apprêtait à le frapper dans le dos. Marcus fit faire un demi-tour à son cheval et, d'un grand coup d'épée, terrassa son adversaire. Un instant après, un autre diable roux fondit sur lui, qui ne fut pas mieux reçu que le précédent.

Il voyait les chevaliers anglais, autour de lui, tomber un à un et ne voyait aucune issue favorable au combat. Il n'avait d'autre choix, cependant, que de lutter jusqu'au dernier souffle.

— Milord ! s'écria l'un de ses compagnons. Voici des cavaliers !

— Ce sont des Anglais ! s'écria un autre, reconnaissant leurs oriflammes.

— Oui, le baron de Kirkham et ses hommes !

Voyant ce renfort inattendu, les assaillants battirent précipitamment en retraite. Marcus laissa détaler l'adversaire avec lequel il croisait le fer et courut vers son père que deux chevaliers avaient tiré à l'écart de la bataille.

Une lueur d'espoir jaillit dans son cœur en constatant que le regard du comte n'était pas éteint.

— Père, dit-il en s'agenouillant près du blessé et en lui prenant la main.

— Mon fils, murmura le comte.

Marcus resta sans voix. Il mesurait la gravité des blessures de son père et des larmes commençaient à lui embuer les yeux.

— Ne sois pas triste, dit Eldred d'une voix altérée par la souffrance. Mon temps est fini… Je vais rejoindre ta mère. Il est temps que tu saches que ton père est très fier de toi… Tu m'as donné plus de satisfactions et de raisons de m'enorgueillir que je n'aurais pu l'espérer.

Eldred reprit sa respiration puis, ayant recommandé son âme au Ciel, il rendit le dernier souffle.

Un silence impressionnant régnait sur le vallon. Pas un chant d'oiseau, pas un frémissement de feuille.

Les chevaliers anglais s'agenouillèrent autour du comte et firent le signe de la croix puis, tour à tour, ils exprimèrent leurs regrets et leur compassion à Marcus qui hochait la tête sans entendre leurs mots de réconfort.

Il n'arrivait pas à croire que, quelques instants plus tôt, inconscient de la menace qui pesait sur eux, il conversait avec son père… Comment tout avait-il pu basculer aussi rapidement ?

— Messire ! s'exclama une voix au loin. Venez vite !

Marcus se retourna et vit l'un de ses compagnons près de l'arbre creux où il avait laissé Adam. Saisi par l'angoisse, il se releva et courut vers le chevalier. Le jeune garçon avait-il quitté sa cachette ? A moins qu'il n'y eût été surpris par leurs agresseurs ?

En approchant, Marcus vit qu'il était couché sur le ventre, le visage contre l'herbe moussue, et qu'une flèche était plantée dans son dos. Jamais le jeune garçon ne lui avait semblé aussi petit et vulnérable.

— Il respire, dit-il en s'agenouillant près de lui.

— Oui, répondit Robert Barry, mais si nous retirons la flèche, il va perdre tout son sang.

— Nous sommes à plusieurs heures de Wrexton, remarqua Guillaume Cole. Il mourra si nous…

— J'ai remarqué une chaumière un peu avant d'arriver ici, près d'un ruisseau, dit Marcus. Nous allons l'y transporter.

Il se pencha sur l'enfant et le souleva dans ses bras avec précaution.

— Et vous, dit-il à ses compagnons, portez mon père.

— Ne soyez pas aussi inquiet, mon oncle, dit Keelin en posant la main sur le front du vieil homme dont le visage était d'une extrême pâleur. Je ne laisserai jamais les hommes de Ruairc s'emparer de la lance sacrée.

En dépit de la fermeté avec laquelle elle s'adressait à Tiarnan, Keelin se laissait gagner par l'angoisse. Après les visions qu'elle venait d'avoir, elle savait que le moment était venu de fuir de nouveau si elle ne voulait pas tomber entre les mains de ceux qui la recherchaient.

Elle avait été trop souvent témoin de la cruauté de Ruairc Mageean pour le laisser établir durablement son ascendant sur Ui Sheaghda. La possession de la lance lui accorderait un tel pouvoir sur le clan de Keelin qu'il ne réussirait plus jamais à s'affranchir de sa tyrannie. A cause de cette terrible menace, la jeune fille et son oncle avaient dû changer de refuge quatre fois déjà depuis qu'ils avaient atteint le rivage anglais.

Ils ne devaient leur salut, d'ailleurs, qu'aux pouvoirs de médium de Keelin qui leur avaient permis, chaque fois, d'échapper à leurs poursuivants.

— Tenez, mon oncle, dit-elle en soulevant la tête du vieil homme et en approchant une écuelle de ses lèvres. Buvez un peu de cette boisson. Elle vous fera du bien.

— Ah ! mon enfant... fit Tiarnan d'une voix enrouée. Repose-toi. Tu as eu des visions, ce matin, et je sais dans quel état de fatigue elles te plongent.

— Je vais bien, répondit-elle alors qu'elle était encore toute tremblante plusieurs heures après avoir pris *Ga Buidhe an Lamhaigh* entre ses mains.

— Tu ne m'as pas dit ce que tu as vu, dit-il en tournant ses pauvres yeux à demi aveugles vers sa jeune nièce.

S'il ne la voyait presque plus, il se représentait très bien sa beauté pleine de fraîcheur avec sa peau blanche comme un lys et le teint légèrement rosé de ses joues, ses yeux d'un vert profond et ses cheveux noirs et luisants.

La pauvre Keelin ignorait que Ruairc ne voulait pas seulement s'emparer de la lance mais aussi d'elle. Le scélérat avait l'intention de la prendre comme concubine. Il rêvait déjà de la posséder alors qu'elle n'était qu'une fillette aux jambes maigres et aux grands yeux qui lui mangeaient le visage. Tiarnan avait assisté à une scène où les regards de convoitise du chef brutal et sanguinaire des Mageean ne trompaient pas.

S'il réussissait à faire main basse sur la lance et à épouser Keelin de force, il serait le maître de toute la province du Kerry.

Il n'était pas le seul, cependant, à convoiter la jeune fille. Tiarnan regrettait amèrement, d'ailleurs, que son frère l'eût promise en mariage à Fen McClancy, le chef d'un clan dont les terres étaient voisines de celles d'Ui Sheaghda. Eocaidh avait pris cette décision abominable quelques jours seulement avant sa mort. Tiarnan priait le ciel de lui pardonner ses erreurs, mais il ne pouvait s'empêcher, au fond de son cœur, d'éprouver une certaine amertume contre ce frère qui, dans une occasion aussi grave, ne s'était pas montré à la hauteur de son titre de chef du séculaire clan Ui Sheaghda.

McClancy était indigne de Keelin, non seulement à cause de son grand âge mais aussi, et surtout, parce que c'était un homme sans intelligence ni vertu. Eocaidh aurait dû mesurer sa médiocrité et ne jamais envisager de lui donner sa fille. Il s'était bien gardé, cependant, de faire connaître son intention à cette dernière. Elle savait, certes, qu'il lui avait choisi un mari, mais ignorait complètement de qui il s'agissait. Son père se doutait certainement de la façon dont elle aurait réagi en apprenant à qui il la destinait, et il s'était bien gardé de le lui faire savoir.

Tiarnan avait réussi, Dieu soit loué, à convaincre le collège des anciens d'envoyer au loin Keelin après la mort d'Eocaidh, et de lui confier la lance sacrée. Il espérait que pendant leur exil McClancy trouverait la mort à l'occasion de l'un des incessants combats qui opposaient les clans. Ainsi, Keelin ignorerait-elle peut-être toujours quel était celui que son père lui avait choisi pour mari. C'était souhaitable car si elle apprenait qu'il avait eu l'intention de la donner à McClancy, elle en serait, sans doute, profondément peinée.

— Je vous en parlerai plus tard, mon oncle, répondit enfin Keelin. Reposez-vous. Il n'y a rien de…

— Si, ma chérie, répondit Tiarnan en reposant la tête sur l'oreiller de plume confectionné pour lui par sa nièce. Le temps presse. Prends un siège et assieds-toi près de moi.

Keelin, qui était épuisée, ne se fit pas prier et approcha un tabouret de la paillasse de son oncle. Un courant d'air d'un froid piquant passait sous les portes, circulait dans la pièce au niveau du sol, mais il faisait tout de même bon dans la chaumière grâce au feu que la jeune fille entretenait dans la cheminée. Il y régnait un parfum de fleurs et de plantes que Keelin faisait sécher avant de les ranger dans des poches en cuir.

— Les hommes d'armes des Mageean sont à nos portes, ma petite, reprit Tiarnan. Je le sens, même si je n'ai pas ton don.

Keelin, perplexe, baissa les yeux en fronçant les sourcils. Comment son oncle pouvait-il être aussi sûr de l'imminence du danger ? Elle n'avait pas voulu lui dire la violence de ce qu'elle avait vu : les guerriers irlandais s'attaquant par surprise aux chevaliers anglais ; le hennissement des chevaux ; l'odeur du sang ; les blessures mortelles et la tristesse des hommes.

Elle n'avait pas le moyen de savoir quand ce carnage aurait lieu, mais elle savait seulement qu'il prendrait place dans un très bref délai.

— Ils ne sont pas loin, reprit Tiarnan. Tu le sais aussi bien que moi. Il y a trop longtemps que nous sommes ici. Ils doivent être sur le point de nous trouver.

Keelin lança un regard autour d'elle. Comment réussirait-elle à rassembler toutes leurs affaires et à fuir avec son oncle malade avant l'arrivée de leurs ennemis ? Et où iraient-ils, cette fois ? Etait-il envisageable de rentrer en Irlande ?

Lorsqu'ils étaient venus en Angleterre, Tiarnan avait encore une vue correcte et il n'était pas dans un tel état de faiblesse.

A l'époque, il était encore capable de la défendre, mais aujourd'hui, elle n'était même pas certaine qu'il eût la force de supporter le voyage à travers le pays de Galles puis de s'embarquer pour l'Irlande.

Après sa dernière vision, elle n'avait, pourtant, pas d'autre choix que de retourner au plus vite dans le Kerry. Elle ignorait ce qui se passait exactement au donjon de Carrauntoohil, mais elle pressentait qu'un nouveau drame allait y avoir lieu. Aussi n'était-elle plus seulement impatiente de revoir les siens mais, surtout, remplie d'une inquiétude qui ne la quitterait que le jour où elle aurait rapporté la lance.

— Ecoute-moi, Keelin, reprit avec calme Tiarnan qui sentait l'angoisse gagner sa nièce. Il faut que tu prennes *Ga Buidhe an Lamhaigh* et que tu partes d'ici avant que…

— Non, mon oncle ! s'écria-t-elle. Je ne vous laisserai jamais.

— Je t'en prie, Keelin...

— Non, non et non !

— Keelin...

— Nos ennemis viennent d'essuyer un revers... Nous ne partirons que lorsque vous serez en état de voyager et, cette fois, vous vous déplacerez dans la charrette.

Tiarnan ferma les yeux avec lassitude. Il lui en coûtait horriblement de savoir qu'il devrait bientôt envoyer sa nièce seule sur les routes, mais ses prières n'avaient pas été entendues. Il avait un point horriblement douloureux dans la poitrine et, chaque fois qu'il toussait, il lui semblait qu'il allait rendre l'âme.

Les yeux remplis de larmes, Keelin prit les mains de son oncle et les porta à son visage.

— Je vais vous conduire en un lieu plus sûr que celui-ci où vous...

— Ne comprends-tu pas, ma petite ? l'interrompit Tiarnan d'une voix faible. Je suis trop mal pour voyager, mais toi, tu dois partir avant qu'il ne soit trop tard.

— Non, mon oncle. Nous avons encore du temps devant nous.

— Keelin, même si ce que tu dis était vrai, tu n'as pas besoin de t'encombrer d'un vieillard qui retardera ta marche et t'exposera ainsi aux plus grands dangers. Et maintenant, ma fille, emballe tes affaires et pars...

Tiarnan s'interrompit et inclina la tête de côté d'un air préoccupé.

— Qu'y a-t-il ? demanda Keelin, alarmée.

— J'entends des bruits de sabots... On vient vers nous.

— Mon Dieu ! s'exclama-t-elle en se dressant sur ses jambes. Vous croyez que ce sont eux ? Comment ai-je pu me tromper à ce point ?

— Je ne pense pas que ce soient les hommes de Ruairc, répondit Tiarnan avec la sagesse qui vient avec l'âge, mais nous n'avons pas d'autre choix que d'attendre.

Keelin était mortifiée. Elle avait toujours réussi à conserver une bonne avance sur les hommes d'armes du clan Mageean. Jamais, même, elle n'avait été exposée au risque de tomber entre leurs mains. Et voilà qu'elle était prise au piège, incapable de conduire son oncle hors de la chaumière et de le faire échapper à la fin brutale qui l'attendait...

— Entends-tu leurs voix ? demanda Tiarnan.

Elle hocha la tête.

Elle espérait, du moins, que leurs poursuivants ne trouveraient pas *Ga Buidhe an Lamhaigh*. Elle ne leur dirait jamais où elle l'avait cachée, quoi qu'ils lui fissent.

Marcus portait Adam avec précaution. Il avait cru la chaumière plus proche, mais, certes, la distance semblait plus longue, à pied, avec le corps du jeune garçon dans les bras.

Une fureur terrible l'avait saisi en découvrant l'enfant, une flèche plantée dans le dos, et il aurait voulu poursuivre ceux qui l'avaient lâchement pris pour cible et qui fuyaient, à présent, devant le baron de Kirkham.

Quatre des leurs avaient trouvé la mort et deux étaient gravement blessés. Quant aux autres qu'il avait vus assaillis et parfois tomber de leur cheval, ils n'avaient que des blessures légères. Alors qu'il marchait, entouré de ceux qui n'étaient pas restés en arrière pour fabriquer des brancards afin de transporter les blessés, il se demandait la raison pour laquelle ils avaient été attaqués par cette bande de guerriers à l'aspect sauvage. Cet échange de coups n'avait aucun sens, et son père était mort pour rien…

Sans l'intervention de Kirkham et de ses chevaliers, qui les suivaient à une faible distance, ils auraient été tous massacrés. Tout prétentieux et suffisant qu'il fût, Nicholas Hawken ne se dérobait pas devant le danger et l'on pouvait compter sur lui en cas de nécessité.

L'un des écuyers de Marcus, qui le précédait de quelques pas, alla frapper à la porte de la chaumière. Après un moment, elle s'ouvrit lentement sur une silhouette féminine qui resta en retrait, dans la pénombre, et dont seul le bas du corps était éclairé.

Sans un mot à la maîtresse des lieux, Marcus entra dans la masure et déposa Adam sur le grabat libre. A l'autre bout de la salle, il vit un vieillard à barbe blanche étendu sur une autre paillasse.

— Je vais avoir besoin d'eau bouillie et d'un linge propre, dit-il en sortant un couteau de son fourreau et en commençant à découper le pourpoint du jeune garçon.

Puis, se tournant vers les deux chevaliers qui l'avaient suivis.

— Edouard, tiens solidement ses bras et toi, Roger, ses jambes, pendant que je lui enlève la flèche.

Keelin, qui louait le ciel en son for intérieur qu'il ne se fût pas agi des hommes de Ruairc, éprouvait une profonde pitié pour le pauvre enfant dans le dos duquel était plantée la flèche.

Debout près de son oncle, elle observait le jeune seigneur qui donnait des ordres à ses compagnons. De grande taille, il avait dû baisser la tête pour entrer dans la chaumière, et là encore, agenouillé près du blessé, sa carrure et sa haute stature impressionnaient.

Il avait les cheveux d'un blond de blé qui ondulaient comme les épis dans la brise alors qu'il retirait sa cotte de mailles. Il portait au-dessous une tunique aux fines broderies dont il retroussa les manches sur ses bras nus.

Il fit le signe de la croix et murmura une prière avant de chuchoter au garçon inanimé :

— Je suis désolé, Adam, mais je vais te faire mal. Je n'ai malheureusement pas d'autre solution. Il faut que tu sois courageux.

Il ajouta dans un souffle :

— Et moi aussi.

La sensibilité que trahissait ces mots émut Keelin au plus profond d'elle-même et elle éprouva un élan de tendresse vers celui qui les avait prononcés. Elle l'avait vu lors de ses visions. Il cheminait au milieu d'une troupe paisible lorsque, soudain, les guerriers du clan Mageean se jetaient sur les siens avec férocité. Dans la lutte, il perdait de fidèles compagnons ainsi qu'un être qui lui était particulièrement proche…

Elle ne pouvait pas rester à le regarder sans lui proposer ses services.

Elle se dirigea vers le coffre, au pied de la paillasse de son oncle, qui renfermait les quelques vêtements qu'elle avait emportés avec elle, et en souleva le couvercle. Elle en sortit une chemise en lin blanc qu'elle déchira en bandes pour panser le jeune garçon.

Elle prit ensuite dans ses poches de cuir les feuilles de plantes séchées dont elle allait avoir besoin. Elle avait si bien appris l'art de soigner avec son oncle qu'elle n'avait pas besoin de ses conseils pour choisir telle ou telle plante. En l'occurrence, la pimprenelle arrêterait l'hémorragie et l'alchémille, plus connue sous le nom de manteau de Notre-dame, aiderait la plaie à cicatriser en l'empêchant de suppurer.

Lorsque Keelin se retourna vers le chevalier, la flèche était déjà retirée du dos de l'enfant qui saignait abondamment. Elle s'approcha du grabat et, sans en avoir été priée, pressa contre la blessure un linge plié en quatre. Le jeune garçon gémit.

— Adam ? dit le chevalier d'une voix tremblante.

Keelin leva les yeux sur son visage dont elle voyait le profil aux traits accentués, le nez droit et long, la mâchoire carrée, les yeux d'un bleu transparent comme le ciel, et elle se demanda s'il se trouvait un homme en Irlande qui lui accorderait l'attention qu'elle le voyait prodiguer au blessé.

Oui, sans doute, se dit-elle pour se rassurer. Au moins celui auquel elle était promise serait-il plein d'attentions pour elle ! Son père n'avait pu le choisir que bon et généreux. Elle avait souvent interrogé son oncle à son sujet, mais, elle ne savait pas trop pourquoi, il avait toujours éludé ses questions. A la fin, elle avait renoncé à lui parler de son promis car il se pouvait fort bien qu'il ne sût rien de lui.

— C'est bon signe qu'il gémisse, messire, remarqua-t-elle.

Le chevalier la regarda pour la première fois dans les yeux mais, son teint pâle s'empourprant aussitôt, il détourna rapidement le regard.

— Edouard, dit-il en s'adressant au chevalier qui gardait la porte. Va voir s'il y a un guérisseur dans le plus proche village et amène-le ici.

— Je suis une guérisseuse, messire, dit Keelin en disposant ses poches en cuir sur la paillasse où était étendu le blessé. Et j'ai tout ce qu'il faut pour soigner votre ami.

Elle ouvrit plusieurs poches, versa une certaine quantité des extraits de plantes en poudre qu'elles contenaient dans un bol et y joignit un peu d'eau. Elle mélangea le tout avec une cuillère en bois jusqu'à ce qu'une bouillie d'un vert sombre se formât puis elle retira le pansement du jeune garçon.

— La blessure est sérieuse, dit-elle à mi-voix en versant une partie de l'emplâtre dans la profonde entaille. Elle l'est d'autant plus qu'elle est toute proche de l'échine.

Keelin aurait pu préciser que la blessure était à côté du rein et qu'elle espérait qu'il n'avait pas été percé. L'enfant risquait de se vider de son sang, lentement, et d'une façon invisible.

Marcus était fasciné par la beauté de ses longs doigts fins qui soignaient Adam avec dextérité. Il ne s'agissait pas là des mains d'une simple paysanne, pensa-t-il. Mais que faisait cette jeune fille, seule avec ce vieillard, dans cette simple masure ?

Elle n'était pas anglaise. Il était aisé de tirer cette conclusion de son accent ainsi que de la façon dont elle était vêtue.

Sa présence ici était certainement liée à l'assaut qu'ils venaient de subir. Ces guerriers étaient-ils les siens et les avaient-ils attaqués pour la défendre ?

Le peu d'étonnement qu'elle avait montré lorsqu'il était entré dans la chaumière en portant Adam était également très surprenant. Etait-elle accoutumée à ce genre de situation ? Toute autre femme, dans les mêmes circonstances, aurait fui ou, du moins, se serait cachée dans le coin le plus obscur de la chaumière.

Or, cette jeune fille était non seulement restée en sa présence et celle des autres chevaliers, mais elle avait même pris l'initiative de soigner le jeune garçon.

Qui était-elle pour agir ainsi ?

Elle était vêtue avec simplicité mais la cotte en laine d'un vert sombre qu'elle portait sur sa robe avait été confectionnée avec art. Ses longs cheveux bruns et soyeux lui tombaient librement dans le dos sans que cette coiffure négligée ne retirât rien de son élégance. Elle avait un port de tête altier et la démarche gracieuse d'une personne de haute naissance. Sa façon de parler, douce et mélodieuse, attestait également une éducation raffinée.

Elle vivait dans une masure et dormait sur un grabat, mais avait un maintien de reine qui intimidait Marcus, et il se sentait aussi peu éloquent et assuré en sa présence que lorsqu'il était en compagnie de jeunes filles nobles.

— Messire ? dit le vieil homme couché sur sa paillasse.

Marcus se retourna et, alors qu'il se dirigeait vers lui, constata qu'il ne cessait de lui faire signe de s'approcher. Manifestement, le malheureux avait une très mauvaise vue.

— Laissez faire ma nièce, dit-il d'une voix chantante comme la jeune fille. Vous ne trouveriez pas meilleure guérisseuse dans tout le royaume d'Irlande que la très courtoise Keelin O'Shea.

— Vous venez d'Irlande ? demanda Marcus, la langue enfin déliée maintenant qu'il s'était éloigné de la jeune fille.

— Oui, messire, du comté de Kerry. Je suis moi-même Tiarnan O'Shea, l'oncle de cette damoiselle, et serai à votre service dès que je pourrai me tenir sur mes jambes.

Marcus acquiesça d'un hochement de tête. Il avait entendu des bruits de pas et de voix à l'extérieur. Lançant un regard par l'étroite fenêtre, il vit ses compagnons déposer la dépouille de son père dans l'herbe et la couvrir d'un linceul.

Paralysé par la colère et la souffrance, il ne savait pas comment il affronterait les prochaines heures. Il était, dès à présent, comte de Wrexton et c'était à lui de diriger tous les hommes, chevaliers, écuyers, sergents d'armes, villageois et laboureurs qui vivaient sur ses terres. Réussirait-il, en premier lieu, à ramener ses compagnons sains et saufs au château ? Et que ferait-il d'Adam et des deux autres blessés ? Le jeune garçon était intransportable et Marcus n'avait pas l'intention de le laisser dans la chaumière, sous la garde d'étrangers.

— Le Kerry est un beau pays de lacs et de collines escarpées avec des bras de mer qui remontent à l'intérieur des terres entre les flancs abrupts des montagnes.

Perdu dans ses pensées, Marcus ne réagit pas. Le vieil homme interpréta ce silence comme l'expression de ses doutes au sujet des aptitudes de sa nièce à soigner le jeune garçon.

— Ne vous faites pas de mauvais sang pour votre écuyer, messire. Keelin le soignera mieux que quiconque. Elle a vraiment un don pour guérir.

— J'espère que vous dites vrai, répondit Marcus en tournant les talons.

Avant de sortir de la masure, il fit signe à Roger et à Edouard de rester à l'intérieur. Il savait qu'ils accourraient pour le prévenir si l'état d'Adam s'aggravait soudain.

Levant les yeux vers le ciel transparent, il respira profondément. Il ne comprenait pas pourquoi une aussi belle journée avait pu être troublée, soudain, par un tel drame.

Il avait connu d'autres moments tragiques au cours de sa vie, en particulier lorsqu'il guerroyait en France en compagnie d'Henri V lors de la difficile campagne de 1421-1422, mais c'était la première épreuve douloureuse qu'il traversait depuis la mort de sa mère à son retour en Angleterre.

Ayant appris qu'elle s'éteignait d'une grave maladie, il avait pris congé de sa majesté et traversé la Manche pour être auprès de son père dans des circonstances aussi graves. Devant la détresse d'Eldred, lorsque la mort de sa femme était survenue, Marcus n'avait pas eu le cœur de le laisser seul pour retourner auprès du roi, et il avait décidé de rester auprès de lui à Wrexton.

C'était l'une des raisons, sans doute, pour lesquelles sa perte, aujourd'hui, était aussi dure à accepter.

Heureusement, Wrexton vivait en paix avec ses voisins. A la suite de son prédécesseur, Eldred de Granville avait réussi à gagner l'amitié des seigneurs gallois tout proches et aucun affrontement n'avait troublé la campagne du Cheshire depuis plusieurs années.

Marcus ne trouvait aucune explication à l'assaut que son père et ses chevaliers venaient de subir, sinon dans la présence de cette jeune irlandaise et de son oncle dans la chaumière abandonnée.

Les guerriers qui les avaient assaillis, avec leurs barbes hirsutes, leurs cheveux longs attachés par une lanière en cuir qui leur battaient les reins, ressemblaient étrangement aux descriptions qu'il avait pu lire ou entendre concernant les peuplades vivant en Irlande.

Il ne pouvait que souhaiter que la jeune fille et son oncle ne fussent pas responsables d'une manière ou d'une autre du massacre qui venait d'avoir lieu.

Marcus se dirigea vers le pignon de la masure où ses compagnons avaient installé leurs tentes, mais il ne s'approcha pas d'eux. Il avait besoin d'être seul encore un certain temps.

Il descendit un sentier conduisant au ruisseau impétueux qui coulait au fond du vallon. La jeune irlandaise devait l'emprunter chaque jour pour aller puiser de l'eau, à moins qu'il n'y eût un puits, derrière la maison, qu'il n'avait pas remarqué.

Marcus retira sa tunique et s'agenouilla au bord du ruisseau dans lequel il plongea les mains pour s'asperger le visage. L'eau fraîche l'aiderait peut-être à voir plus clair en lui-même…

Lorsqu'elle eut fini de panser l'enfant, Keelin se lava les mains dans une bassine d'eau claire puis s'approcha de son oncle.

— Dormez un peu, ça vous fera du bien, lui dit-elle, sachant que l'inquiétude puis l'arrivée inattendue des visiteurs l'avaient épuisé. Je vais sortir quelques instants. J'ai besoin de respirer un peu d'air pur. Je reviendrai auprès de vous dès que je me sentirai mieux.

Elle voulait parler au jeune seigneur qui était sorti de la chaumière comme s'il avait été saisi par une envie de fuir...

En franchissant le seuil de la porte, elle fut surprise du nombre de cavaliers occupés à installer un campement près de la maison. Elle s'approcha de l'un d'eux et lui demanda s'il savait où se trouvait son maître. Le sergent lui indiqua le vallon au fond duquel, au milieu des arbres, coulait un gros ruisseau. Keelin courut vers le sentier qui y conduisait et le descendit rapidement entre arbustes et buissons et de grandes fougères qui lui léchaient les jambes. Elle dérangea quelques bécassines qui s'envolèrent à son passage et atteignit enfin le fond du vallon.

Lorsqu'elle vit le chevalier, elle s'arrêta net. Nu jusqu'à la ceinture, il était penché sur le ruisseau et buvait dans le creux de ses mains. Jamais elle n'avait remarqué que les chausses des hommes étaient aussi basses sur leurs hanches...

Elle voyait jouer sous sa peau les muscles de ses bras et de ses épaules. Soudain, il se redressa et rejeta en arrière ses longs cheveux mouillés. Keelin retint sa respiration ; le chevalier venait de porter son regard sur elle.

Il se redressa et, posant imprudemment le pied sur un rocher moussu, glissa et tomba dans le ruisseau. Il ne lui fallut qu'un instant pour se relever, tout ruisselant, le visage empourpré comme un jeune garçon.

— Si vous aviez envie d'un bain... commença Keelin, mais elle s'interrompit car le chevalier ne semblait pas d'humeur à rire.

Elle le comprenait, d'ailleurs, après ce qu'il venait de vivre. N'avait-il pas de bonnes raisons d'en vouloir aux Irlandais, quels qu'ils fussent ?

— Votre jeune ami dort, reprit-elle avec sérieux. Sa blessure est très grave. Il faudra plusieurs jours avant de savoir s'il va s'en remettre.

Le chevalier hocha la tête et s'engagea sur le sentier qui remontait à la chaumière

Désappointée, Keelin le suivit du regard. Il ne faisait aucun doute que sa compagnie lui déplaisait. Il ne voulait ni la voir ni lui parler. Il la fuyait, même, comme si elle avait été le démon !

Comment s'y prendrait-elle pour toucher son cœur et éveiller en lui un peu de compassion ?

Elle avait absolument besoin de lui pour veiller sur Tiarnan. S'il acceptait de le recueillir chez lui, elle serait libre de rentrer en Irlande et d'apporter enfin aux siens la lance sacrée.

— Attendez ! s'écria-t-elle.

Il s'arrêta comme s'il daignait enfin lui prêter attention et se retourna vers elle.

— Je m'appelle Keelin O'Shea. Je suis la fille d'Eocaidh, le puissant chef du clan Ui Sheaghda.

Comme il ne répondait rien, elle reprit :

— Il me semble que c'est une règle de courtoisie qu'un gentilhomme se présente à une femme de son rang.

— Marcus de Granville, répondit-il enfin d'une voix hésitante. Comte de Wrexton depuis aujourd'hui, malheureusement, puisque mon père — Dieu ait son âme ! — vient d'être tué au combat.

Elle le considéra avec une grande mansuétude. Perdre ses parents était une terrible épreuve à laquelle elle n'avait pas échappé non plus.

— Je suis désolée, dit-elle en s'approchant de lui. Moi aussi, je suis orpheline.

Jamais Marcus n'avait été aussi troublé en présence d'une femme. Elle avait une telle façon de le regarder, lui qui était à peine vêtu... mais la sincérité qu'il lisait dans ses grands yeux verts et qu'il entendait dans le ton chantant de sa voix le conduisit à répondre presque malgré lui :

— Alors vous savez combien c'est douloureux.

— Et le jeune garçon... Adam ? demanda-t-elle alors qu'ils se remettaient en marche côte à côte. Quel est votre lien avec lui ?

— C'est mon cousin.

— Pardonnez-moi d'être indiscrète, messire, mais voudriez-vous me dire qui vous a attaqués, vous et vos compagnons ?

— J'espérais que vous pourriez m'éclairer à ce sujet, répondit-il, s'étonnant lui-même de ne pas baisser les yeux devant la séduisante Irlandaise dont les formes féminines et le parfum épicé le troublaient profondément.

— Moi ? dit-elle, apparemment stupéfaite, en s'arrêtant net.

— Nous avons été assaillis par une bande de soudards irlandais dans les bois, au nord, à quelque distance d'ici. Heureusement, une troupe de chevaliers amis est arrivée au moment où nous allions succomber sous le nombre. Quatre d'entre nous, cependant, en plus de mon père, ont trouvé la mort dans cet affrontement, et plusieurs, dont Adam, ont été blessés.

Keelin pressa ses mains jointes contre sa poitrine, faisant apparaître la rondeur de ses seins sous son surcot. Elle murmura quelques paroles inintelligibles avant de dire, à la grande surprise de Marcus :

— Je craignais qu'il ne se produisît quelque événement de ce genre tôt ou tard.

— Vous connaissez ces chevaliers ?

Keelin baissa la tête sans répondre.

— Qui sont ces hommes ? demanda-t-il en lui saisissant le bras. Vont-ils revenir ?

— Non ! s'écria-t-elle en se dégageant. Du moins, j'en doute fort.

— Qui sont-ils ?

— Ils appartiennent au clan des Mageean. Leur chef est Ruairc Mageean. Ils me recherchent. Il y a quatre ans qu'ils nous traquent, mon oncle et moi. C'est pourquoi nous sommes venus nous cacher en Angleterre où nous avons changé de lieu de résidence chaque fois que la menace se faisait plus pressante.

Marcus, d'habitude si timide et réservé en présence d'une jolie femme, se sentait soudain plein d'audace. Cette jeune fille savait trop de choses, il fallait la faire parler.

— Quel est votre lien avec lui ?

— Eh bien… commença Keelin. Il appartient à un clan rival du mien. C'est un homme cruel et sanguinaire qui régnerait sur toute la province de Kerry s'il le pouvait, cependant…

— Je vous écoute…

— Il lui manque quelque chose pour y parvenir, répondit-elle avant de s'éloigner d'un pas rapide.

Marcus la suivit du regard jusqu'à ce que les branches des arbres se fussent refermées sur elle. Puisqu'elle voulait remonter seule à la chaumière, il ne lui imposerait pas sa présence. Il ne se sentait pas plus mal, d'ailleurs, de rester sans elle dans la paix des sous-bois qui n'était troublée que par le chant des oiseaux et le murmure de l'eau.

Cette délicieuse sérénité après de si grandes épreuves commençait à gagner son cœur quand un cri à vous glacer le sang résonna sous les hautes frondaisons.

Laissant tomber au sol sa tunique détrempée, Marcus s'élança dans la direction d'où était venu l'appel déchirant…

2.

Keelin était déjà à mi-chemin et n'était séparée de la chaumière que par un rideau d'arbres lorsqu'elle se trouva nez à nez avec un soudard du clan Mageean qui lui plaqua sa forte main velue sur la bouche avant de la soulever et la jeter sur son épaule.

Elle eut beau se débattre, donner des coups de pied dans le dos et les flancs de son agresseur, le griffer, essayer de mordre sa main, elle ne put se libérer alors qu'il l'entraînait au plus profond du bois.

Comprenant qu'elle serait bientôt trop éloignée des chevaliers anglais pour espérer être secourue, elle dégagea sa bouche et poussa un cri déchirant.

Furieux, l'homme d'armes lui saisit les cheveux qu'il tira en arrière à lui rompre la nuque et lui intima en gaélique l'ordre de se taire avant de reprendre sa course dans la pénombre des grands chênes.

Keelin, qui se voyait déjà perdue, était atterrée à la pensée qu'elle allait laisser son pauvre oncle seul et malade et, qui plus est, gardien de la lance sacrée ! Si Ruairc la retrouvait, Ui Sheaghda était perdu !

— Lâche cette femme ! ordonna une voix masculine.

L'Irlandais s'arrêta net et fit volte-face, tenant Keelin devant lui comme un bouclier. Sorti de l'ombre des arbres, Marcus de Granville se dressait devant lui tel un champion venu le défier.

— Ne bougez pas, Keelin, dit Marcus entre ses dents.

Keelin resta sans voix, pétrifiée par la peur car elle sentait la lame du soudard sur sa gorge.

— Donne-moi *Ga Buidhe an Lamhaigh* et tu es libre, souffla ce dernier à l'oreille de Keelin.

Outrée par l'arrogance du scélérat et stimulée par l'imposante assurance du comte de Wrexton, elle réussit à répondre dans un souffle :

— Jamais !

L'épée au poing, Marcus de Granville était prêt à en découdre avec l'homme à l'allure barbaresque, mais Keelin craignait qu'il ne pût rien faire alors que le celte la tenait solidement par les cheveux et appliquait la pointe de son poignard sur sa gorge. S'il se jetait sur son adversaire, elle mourrait sans aucun doute.

Prêt à engager le combat, légèrement courbé, l'épée menaçante, le chevalier commença à tourner lentement autour du soudard et de sa prisonnière. Le celte, serrant plus fort encore les cheveux de Keelin dans sa poigne de fer, se déplaça, lui aussi, pour rester toujours face à Marcus. Bien qu'elle le sentît quelque peu déséquilibré, la jeune fille n'en profita pas pour essayer de se libérer. Elle redoutait trop d'être transpercée par sa lame aiguisée.

— Tu ne sortiras jamais vivant de ce bois ! lança Marcus. Libère-la et je t'épargnerai. Lâche ton arme…

Un claquement déchira l'air et le rustre poussa un cri alors que Keelin, projetée en avant, tombait sur les genoux puis le visage contre terre.

Au milieu du tumulte qui suivit, elle resta immobile, allongée dans l'herbe, puis elle se sentit soulevée, portée par de grands bras. Ouvrant les yeux, elle vit que son visage reposait sur l'épaule nue du comte de Wrexton.

Il marchait calmement le long du sentier vers la clairière où était nichée la chaumière. Toute tremblante, Keelin noua les bras autour de son cou et s'abandonna au bonheur ineffable de se sentir protégée pour la première fois depuis le jour tragique où son père était mort.

Elle leva les yeux vers le visage du chevalier qui venait de lui sauver la vie et dont les traits réguliers exprimaient force et détermination. Jamais elle n'avait été aussi proche d'un homme, jamais il ne lui avait été donné de contempler d'aussi près la force musculaire d'un guerrier. Et, surtout, elle n'avait jamais eu conscience qu'un homme pouvait être aussi beau...

Elle ferma les yeux pour interrompre le fil de ses pensées qui, malgré elle, s'enchaînaient les unes aux autres, menaçant de la conduire dans un terrain marécageux dont elle craignait de ne pas réussir à s'extraire. Comment lord Wrexton pouvait-il exercer un tel effet sur elle alors qu'elle le connaissait à peine ? C'était un mystère...

En arrivant près de la masure, ils furent rejoints par un grand chevalier brun à l'allure un peu féroce.

— Ta protégée s'est remise de ses émotions ? demanda-t-il avec désinvolture à Marcus qui venait d'asseoir Keelin sur une grosse souche de chêne.

La jeune fille toisa l'intrus dont elle n'aimait pas l'assurance hautaine.

— Sans l'intervention du baron de Kirkham, vous ne seriez plus en vie, à présent, remarqua Marcus qui avait senti l'animosité de la belle Irlandaise pour son voisin sinon ami. Nicholas, en descendant au ruisseau pour s'y laver, comme je l'avais fait moi-même quelques instants auparavant, vous a remarquée alors que vous veniez d'être enlevée par cette brute épaisse.

— Ce claquement dans mon dos, c'était vous ? demanda Keelin en levant à contrecœur les yeux sur le baron dont l'air hautain ne lui inspirait aucune sympathie.

Kirkham sourit d'une façon qui déplut à Keelin mais, cette fois, elle ne le laissa pas voir. Il sortit de sa ceinture un long fouet en cuir qu'il fit claquer avec l'aisance d'un dresseur de bêtes féroces.

— Il a reçu le coup entre les deux omoplates, expliqua Kirkham, et ça fait mal.

— Sous l'effet de la douleur, il a fait un pas en avant et ouvert les bras, remarqua le comte de Wrexton. Il m'a été facile, à partir de ce moment, de le défier.

— Je devine qu'il n'a pas tenu longtemps devant vous, messire…

Marcus rougit et acquiesça d'un petit sourire.

— Je vous dois la vie, baron, dit-elle en s'adressant à Kirkham.

Puis, tournant ses grands yeux vers Marcus :

— Et à vous aussi, bien sûr, messire, car si vous n'aviez pas entendu mon cri, je serais loin, à présent.

Le comte de Wrexton fit signe à l'un de ses compagnons d'approcher et lui demanda d'aller chercher dans la chaumière le baume cicatrisant préparé par Keelin et qui avait servi pour soigner Adam.

— Je ne voudrais pas vous inquiéter, dit-il en s'adressant à Keelin, mais, dans l'action, la lame de votre agresseur vous a éraflée.

Il désigna le cou de la jeune fille qu'il n'osait pas même effleurer du doigt.

— Vous perdez un peu de sang.

Keelin porta la main à son cou et vit que ses doigts étaient rouges.

— Ce n'est rien, dit-elle, mais elle pâlit et les ailes de son nez frémirent.

Elle éprouvait une sorte de nausée à la pensée que le fer du soudard avait failli lui rentrer dans la gorge.

— Vous avez besoin de repos, dit Marcus. Nous allons soigner votre blessure puis je vous conseille de vous allonger.

— Non, je vais très bien. Il va falloir, d'ailleurs, que je m'occupe de mon oncle et que je m'assure qu'Adam n'a besoin de rien.

Le chevalier requis par Marcus revint avec tout ce qui convenait pour nettoyer la plaie de Keelin, et le donna à son seigneur qui enduisit la blessure d'un baume après l'avoir nettoyée avec un linge humide. Marcus, qui osait à peine effleurer la jeune fille, mesurait à quel point elle avait la peau douce et il brûlait de la caresser…

Keelin, de son côté, baissait les paupières et savourait ce délicieux moment bien qu'elle fût quelque peu terrifiée de la scène qu'elle venait de vivre. Que serait devenu Tiarnan si elle avait été tuée ? Et la lance ? Le clan Ui Sheaghda ne l'aurait peut-être jamais récupérée !

Elle éprouvait avec plus de force encore le besoin de rentrer à Carrauntoohil, même si elle ne savait pas exactement quand ni comment aurait lieu ce retour. Elle était certaine, maintenant en tout cas, qu'elle devait repartir seule et qu'il lui fallait obtenir du séduisant comte de Wrexton d'accueillir Tiarnan dans son château. Pour s'assurer qu'il était en de bonnes mains, elle l'accompagnerait jusqu'en la demeure du comte puis, de là, partirait pour l'Irlande.

Marcus était si troublé par l'incident qui venait d'avoir lieu qu'il ne sentait même pas le froid tomber sur ses épaules nues. Sa tunique était trempée, mais il en avait une de rechange qu'il aurait déjà revêtue si son émotion n'avait pas été aussi grande après avoir porté la jeune fille dans ses bras et l'avoir soignée. Il était si troublé, en effet, qu'il en avait les mains toutes tremblantes.

Il aurait aimé avoir un moment de solitude pour méditer sur les sensations merveilleuses qu'il venait d'éprouver et rêver au corps gracieux de Keelin, à l'élégance de son cou de cygne, la splendeur de sa chevelure, la beauté de son grand regard vert, mais Nicholas Hawken était toujours à son côté et, tout en se dirigeant vers le campement, il parlait avec lui de la brève bataille qui avait eu lieu contre les mercenaires irlandais.

— Je suis désolé, Marcus, que tu aies perdu ton père, dit le baron de Kirkham dont l'attitude était devenue beaucoup plus grave et humaine. Le comte de Wrexton était un homme juste et généreux. C'est une grande perte pour vous et pour le royaume.

— J'ai envoyé deux messagers à Chester pour prévenir l'évêque. Dès qu'il sera à Wrexton, il pourra célébrer une messe de requiem pour mon père.

— Tu ne penses pas être de retour à temps pour y assister ?

— Je n'ai aucune certitude à ce sujet. Adam a été très gravement blessé... Mais je fais confiance à la damoiselle Elle saura me dire s'il est ou non transportable.

— Tu accordes ta confiance à cette fille alors que, de son propre aveu, elle est responsable de la mort de ton père et de quatre de tes compagnons ?

Marcus soupira. Même si l'affrontement n'aurait sans doute pas eu lieu sans sa présence dans les parages, il savait qu'elle n'avait aucune part active dans le malheur qui venait de le frapper et qu'elle était victime tout autant que lui de ces féroces soldats.

— Pour moi, elle a d'abord et avant tout besoin de protection, et si je m'en tiens aux principes de la chevalerie, il est de mon devoir de mettre mon bras et mon épée à son service.

Kirkham éclata de rire.

— Tu ne changeras jamais, Marcus ! s'exclama-t-il en donnant une tape dans le dos du comte. Homme d'honneur avant tout !

— Je ne conçois pas la vie autrement. Dès qu'Adam sera en état de supporter le voyage, nous reprendrons notre chemin avec la jeune fille et son oncle qui pourront demeurer à Wrexton aussi longtemps qu'ils le souhaiteront.

Kirkham considéra Marcus d'un œil goguenard. Comme beaucoup d'autres seigneurs et chevaliers enclins aux réjouissances de la vie, il jugeait exagéré le sens de l'honneur de Marcus qui lui interdisait toute relation ludique avec le sexe faible. A cause de cette rigueur morale, il avait été la cible de nombreuses moqueries à la cour, mais il laissait parler, jugeant vain de se défendre sur ce terrain.

D'instant en instant, Adam remuait et se retournait sur sa paillasse. Keelin, qui venait de refaire son pansement, le veilla quelques instants puis s'approcha de son oncle qu'elle ne négligeait pas pour autant. Elle n'avait aucune intention de l'informer de ce qui venait de se passer pour ne pas l'inquiéter, ni de lui confesser les étranges sensations qu'elle éprouvait depuis que le jeune comte de Wrexton était entré dans sa vie. Le pauvre Tiarnan avait assez d'efforts à fournir pour vivre sans qu'elle lui donnât en plus des raisons de se faire du souci.

Assise près de lui, elle observait par la fenêtre l'animation du campement qui s'était nettement élargi maintenant que la troupe du baron de Kirkham s'était jointe à celle de Marcus de Granville.

Ce dernier se réchauffait auprès d'un feu de bois devant lequel tournait une broche portant plusieurs volatiles chassés dans les bois voisins. Ses longs cheveux blonds brillaient dans la lueur du feu comme l'armure dorée d'un prince sous les rayons du soleil.

— Messire Henry, dit-il en s'adressant à l'un de ses chevaliers. Dès la première heure, demain, vous partirez avec Thomas et Arthur Pratt. Vous irez à Wrexton pour annoncer la mort du comte et commencer à préparer les funérailles.

Keelin, qui avait très bien perçu le ton autoritaire de sa voix, fut remplie d'admiration devant la façon dont il prenait le bâton de commandement à la suite de son père, alors même qu'il devait lutter contre la peine qui le rongeait intérieurement.

— Quel genre d'homme est-il ? demanda Tiarnan en levant les yeux vers sa nièce.

Décontenancée par la question bien qu'elle aurait pu s'y attendre sachant que son oncle avait également un don pour lire dans la pensée des autres, elle feignit de n'avoir pas compris.

— De qui voulez-vous parler, mon oncle ?

— Du jeune comte... Marcus de Granville.

— Ah bon ?... Eh bien, il est... grand et imposant.

— J'aurais pu faire cette remarque moi-même.

— Il est assez peu éloquent, même s'il a pris plusieurs fois la parole, depuis le coucher du soleil, pour donner des ordres à ses compagnons.

— Il semble avoir des qualités de chef.

— Oui, j'en ai l'impression, et pourtant il n'est comte que depuis quelques heures.

— Le commandement est un don, ma petite. Il ne s'apprend pas. Un homme naît avec cette qualité ou il en est privé toute sa vie. Est-il d'un aspect agréable ?

Keelin fut parcourue d'un frisson. Le comte de Wrexton, avec sa haute stature, ses cheveux blonds et ses yeux bleus évoquait l'image qu'elle s'était forgée dans son enfance des envahisseurs normands, mais, ce qui la touchait le plus en lui, indépendamment des beaux traits réguliers de son visage et de sa silhouette d'athlète, c'était la façon dont il rougissait lorsqu'elle s'approchait de lui et la délicatesse de ses manières. En dépit de sa force et de son allure martiale, Marcus de Granville n'était assurément pas un homme suffisant ni exagérément sûr de lui comme le baron de Kirkham.

— Dirais-tu qu'il est beau ? reprit Tiarnan.

Keelin laissa échapper un soupir.

— Oui... Du moins, c'est l'impression qu'il me donne...

— Qu'est-ce que tu me racontes, ma petite ? Ou il est beau ou il ne l'est pas.

Un gémissement d'Adam fit diversion, donnant l'occasion à la jeune fille de se lever et d'éviter ainsi d'avoir à répondre à son oncle qui faisait preuve, décidément, d'un peu trop d'intuition.

— Marcus ? appela d'une voix faible le jeune garçon.

Keelin s'approcha de lui et s'assit à son chevet.

— Il est devant la maison, répondit-elle en lui essuyant le front. As-tu besoin de quelque chose ?

— Marcus... répéta l'enfant comme une plainte.

Keelin tourna les yeux vers messire Roger, en faction devant la porte, et lui fit signe d'approcher.

Debout près du feu que ses hommes avaient allumé pour se réchauffer et rôtir le gibier, Marcus revivait chaque scène de sa rencontre avec la jeune Irlandaise et il avait l'impression croissante qu'elle lui cachait quelque chose, mais au lieu de rentrer dans la chaumière et d'essayer de percer ce mystère, il préférait rester dehors.

Il redoutait, en fait, de se retrouver dans l'atmosphère confinée de la masure en présence de cette jeune fille qui le troublait au plus profond de lui-même. A tel point, d'ailleurs, qu'il espérait pouvoir transporter Adam et les autres blessés le plus tôt possible à Wrexton et ne pas prolonger ainsi son séjour ici où il lui était impossible d'éviter de la croiser.

Il se serait peut-être senti plus à l'aise avec elle si elle lui avait dit toute la vérité. Il croyait qu'elle était pourchassée par les membres du clan Mageean comme elle le lui avait dit, mais il avait le sentiment que les motivations de ses poursuivants ne se limitaient pas à une simple querelle entre deux clans adverses. Que pouvaient-ils rechercher qui justifiât quatre années de poursuite sur une terre hostile ?

La convoitise semblait la seule explication plausible, pensa Marcus qui se voyait obligé de lutter contre sa propre concupiscence à l'égard de la jeune fille. Sans aucun doute Keelin O'Shea exerçait-elle une fascination suffisamment forte sur les hommes pour leur faire traverser mers et océans.

Si c'était le cas, cependant, pourquoi le lui cachait-elle ? Toute autre femme aurait expliqué quelle menace pesait sur elle et se serait placée sous sa protection pour y échapper. A moins qu'elle ne fût promise au chef du clan Mageean ?

— Messire ? fit la voix claire de Roger.

Marcus se retourna vers le jeune chevalier.

— La damoiselle m'a envoyé vous quérir parce qu'Adam est réveillé et vous demande.

— Comment est-il ?

— Mieux qu'on n'aurait pu le craindre, mais la damoiselle dit qu'il souffre beaucoup et qu'il est très malheureux de la mort de votre père.

Marcus laissa tomber les épaules d'un air affligé. Quel réconfort pouvait-il offrir à son cousin ? Le comte était mort et ne reviendrait pas à la vie.

— Votre présence le réconforterait.

Marcus acquiesça d'un bref signe de tête et se dirigea vers la chaumière. Il se baissa pour passer sous le linteau de la porte et s'arrêta sur le seuil alors que Keelin passait délicatement un linge humide sur le front d'Adam. Assise sur un tabouret à côté du lit, elle lui parlait avec douceur alors qu'elle lui rafraîchissait le visage et lissait ses cheveux en les repoussant sur les tempes. Adam donnait l'impression d'être complètement détendu.

A la pensée de ces jolies mains sur son corps, Marcus sentit le sang lui monter aux joues...

— Marcus ! fit la voix plaintive du blessé.

Le comte se dirigea vers lui, le cœur serré en voyant l'épaisseur du bandage qui lui entourait le dos et le ventre.

— Tu es réveillé, dit-il en posant la main sur la tête du jeune garçon.

— Asseyez-vous, messire, dit Keelin en se levant.

Elle lui effleura le bras avant de s'éloigner et il fut parcouru d'un délicieux frisson.

— Marcus ? dit le jeune garçon. Oncle Edouard est-il vraiment...

— Oui, Adam. Il est mort.

— Ce n'est pas possible ! dit l'enfant d'une voix qui n'était qu'un souffle. Je l'aimais tant...

— Moi aussi, Adam... Moi aussi...

— Lorsque je pense à oncle Edouard, j'ai envie de pleurer.

— Eh bien, pleure, mon garçon. Tu ne t'en sentiras que mieux.

Adam ferma les yeux et resta ainsi un moment avant de reprendre :

— Est-ce que tu pleures parfois, Marcus ?

Keelin, qui était allée se placer près de son oncle pour laisser les deux cousins parler librement et sans témoin, ne pouvait s'empêcher, néanmoins, de les écouter et, à la suite de la question de l'enfant, elle retenait sa respiration.

— Oui, répondit enfin le comte de Wrexton d'une voix étranglée. Ça m'arrive.

La jeune fille lutta pour ne pas courir vers lui et le réconforter en le prenant dans ses bras. Elle avait remarqué qu'il n'était pas à l'aise en sa présence et ne voulait pas le troubler davantage, mais sa tendresse allait vers ces deux jeunes gens dont les vies avaient été brisées par les ennemis jurés d'Ui Sheaghda.

Tiarnan serra la main de Keelin et elle reporta son attention sur lui, mais après quelques instants la voix hésitante de Marcus la fit se retourner :

— Damoiselle ? demanda-t-il sans quitter des yeux son cousin. Savez-vous dans combien de jours Adam sera en état de voyager ?

Keelin lâcha la main de son oncle et s'approcha du lit de l'enfant.

— Deux jours, messire.

— Comment pouvez-vous en être aussi certaine ?

Elle haussa les épaules. Elle n'avait pas de réponse à cette question. Elle savait intuitivement qu'après ce délai il pourrait supporter les secousses de la route. Il faudrait l'étendre sur une paillasse, bien sûr, pour éviter que sa blessure ne se rouvre.

Le comte de Wrexton secoua la tête.

— C'est trop long. Dans l'intervalle, les Irlandais pourraient revenir en force. Nous sommes tout proches du pays de Galles où ils n'auront aucune peine à trouver du renfort en soudoyant quelques mauvais sujets.

— Ça n'arrivera pas, rétorqua Keelin avec fermeté.

Il leva sur elle son regard clair et plein d'étonnement. Pourquoi la croirait-il ? Il avait d'autant moins de raison de la faire qu'elle avait été attaquée par un guerrier seul, contredisant son affirmation selon laquelle les Irlandais ne se séparaient jamais.

Elle n'avait aucune intention, cependant, d'expliquer à ce seigneur anglais la nature de son don de voyance. Il se méfiait certainement d'elle spontanément du seul fait qu'elle venait d'Irlande ; alors fallait-il aggraver encore son cas en lui laissant accroire qu'elle était aussi sorcière ?

Le comte de Wrexton s'éclaircit la voix avant de reprendre avec autorité :

— Soyez prête à quitter cette chaumière dans deux jours. Vous et votre oncle nous accompagnerez à Wrexton.

— Nous serons prêts, messire, répondit Keelin avec un sourire radieux. A quelle distance sommes-nous de votre fief ?

— Si nous n'étions pas retardés par les blessés, il faudrait quelques heures à cheval, mais...

On frappa à la porte avec insistance et le chevalier qui se trouvait à côté l'ouvrit. Un écuyer entra et lança aussitôt :

— Messire ! Une troupe approche !

Keelin retint son souffle alors que le comte de Wrexton se levait calmement et mettait la main à la poignée de la grande épée qui pendait à son côté.

— Les nôtres sont prêts ? demanda-t-il avec assurance.

— Oui, messire.

— Allons voir qui vient.

— Est-ce ces mêmes soudards qui nous ont attaqués dans la forêt qui reviennent ? demanda Adam d'une voix étranglée après le départ de son cousin.

Keelin lui passa la main dans les cheveux d'un geste apaisant.

— Non, je ne le crois pas, mon petit.

Elle l'aurait senti si le danger avait été aussi imminent... Même si elle ignorait qui étaient ces cavaliers, elle ne pouvait pas croire qu'ils venaient ici pour les massacrer.

— Mon oncle ? demanda-t-elle à Tiarnan. Avez-vous une idée de l'identité de ces visiteurs ?

Le vieil homme fit non de la tête.

— Aucune.

— Eh bien, dit-elle en croisant les bras alors qu'elle prenait place sur le tabouret près du lit d'Adam, il ne nous reste plus qu'à attendre le retour de ton cousin pour être informés à leur sujet.

3.

Quelle que fût cette troupe, elle arrivait à point nommé. Marcus, en effet, ne pensait pas qu'il aurait pu rester plus longtemps auprès de la jeune beauté sans commettre quelque maladresse ou tenir un propos incongru car il perdait tous ses moyens en sa présence.

Les cavaliers, qui n'étaient plus qu'à quelques mètres, crièrent le mot de passe et, sautant à terre, entrèrent dans le halo que la brume nocturne formait autour du feu.

Il s'agissait simplement d'une partie de la troupe de Nicholas Hawken qui revenait au campement après avoir donné la chasse aux Irlandais épars dans la forêt comme celui ayant tenté de s'emparer de Keelin.

Les hommes du baron n'apportaient aucune nouvelle alarmante, aussi, chevaliers, écuyers et hommes d'armes des deux maisons de Wrexton et de Kirkham s'installèrent-ils pour la nuit, postant des sentinelles et désignant plusieurs d'entre eux pour veiller les morts à tour de rôle.

Marcus allait et venait nerveusement à la lisière du campement sans se décider à retourner dans la chaumière. Sa place était à côté d'Adam, et non de son père pour lequel il ne pouvait plus rien, mais il redoutait de se trouver dans la même salle que la charmante Keelin O'Shea.

Il sentit le sang lui monter aux joues et son cœur se mit à battre à la seule pensée de passer la nuit sous le même toit qu'elle !

Il jura en son for intérieur. N'était-il pas le seigneur de Wrexton depuis aujourd'hui même ? Il était temps qu'il dominât sa timidité chaque fois qu'il se trouvait à proximité d'une jolie femme. N'avait-il pas réussi à parler normalement avec Keelin O'Shea ? Il n'y avait pas de raison pour qu'il ne pût pas persévérer dans cette attitude.

Les craquements du feu, les faibles hennissements des chevaux, les voix étouffées des hommes s'élevaient dans la nuit noire. Le ciel était couvert. Sans doute pleuvrait-il le lendemain…

Il avait conscience de retarder quelque chose d'inévitable. Prenant son courage à deux mains, il défit les lanières de cuir du sac attaché à la selle de son cheval, ramassa ses couvertures et se dirigea vers la chaumière.

Keelin fit boire un bol de sa précieuse valériane à Adam puis s'assit à son chevet tandis qu'il glissait dans le sommeil. Le silence qui régnait dans la pièce au plafond bas n'était troublé que par les ronflements paisibles de Tiarnan. La jeune fille, qui entendait les conversations feutrées des chevaliers, à l'extérieur, avait deviné sans peine qu'aucun incident n'avait eu lieu.

Le comte de Wrexton ne tarderait pas à revenir, mais elle n'avait aucune raison de redouter sa présence. Selon toutes les apparences, il préférait garder ses distances. Elle ne lui en voulait pas de mépriser sa race… des hommes issus de sa nation n'étaient-ils pas responsables de la mort de son père et de plusieurs de ses compagnons ? Elle aurait aimé, cependant, qu'il n'eût pas ce mouvement de recul aussi flagrant chaque fois qu'il se trouvait en face d'elle.

L'entrée soudaine dans sa vie de Marcus de Granville faisait prendre conscience à Keelin à quel point elle s'était sentie seule au cours des dernières années. Son oncle avait toujours été auprès d'elle, certes, depuis la mort de son père, mais il n'avait jamais joué dans sa vie le rôle qu'un homme comme le comte de Wrexton pourrait tenir !

Ce dernier n'était pas vraiment à son côté, pas encore du moins, mais Keelin n'avait jamais eu une telle conscience de son corps et de sa féminité que lorsqu'il l'avait portée dans ses bras. Il ne l'avait fait que par courtoisie, bien sûr, parce qu'il avait un sens aigu des devoirs du chevalier. Ç'avait été, néanmoins, une expérience merveilleuse pour elle lorsqu'il l'avait soulevée avec une telle aisance qu'elle avait eu l'impression de ne pas peser plus qu'une feuille tournoyant dans le vent d'automne.

Même si elle ne pouvait rien attendre d'autre de lui que ce genre d'attentions empreintes de civilité, sa présence masculine et la préoccupation qu'il manifestait pour qu'elle se sentît bien la touchaient intimement, éveillant des sensations et même des désirs dont elle ne soupçonnait pas l'existence auparavant.

Mais elle se languissait pour un bien qu'elle ne pouvait avoir... A moins, pensa-t-elle dans un élan d'espoir, qu'elle ne retournât en Irlande et se donnât à celui auquel son père l'avait promise avant de mourir.

Dans la clarté vacillante de l'âtre, Keelin défit les lacets de son surcot et le retira avant d'ouvrir un coffre où elle prit un peigne et une courtepointe. Elle s'enveloppa dans celle-ci pour ne pas être vue par Marcus en simple chemise de lin lorsqu'il viendrait se coucher puis commença à démêler ses cheveux.

Depuis son exil avec son oncle, elle avait réussi à se défendre de la nostalgie qui menaçait à tout instant de la gagner et s'était consacrée au vieil homme et à la protection de la lance sacrée.

Elle ne s'était jamais laissée aller à rêver à la vie qui aurait été la sienne si elle était restée en Irlande, mais il lui arrivait, cependant, de penser parfois aux enfants qu'elle aurait certainement eus, et alors une profonde mélancolie la gagnait.

Cette fois encore, cette évocation la bouleversait, mais elle s'interdit de s'abandonner maintenant aux larmes alors qu'elle devait veiller sur un blessé et un malade. Elle n'avait pas de raison, d'ailleurs, de se lamenter sur son sort alors que Marcus de Granville l'avait priée d'être prête à quitter la chaumière d'ici à deux jours pour se rendre avec lui dans son château !

En entrant dans la maison, Marcus constata que les deux chevaliers qu'il y avait laissés s'étaient retirés et que Keelin veillait seule Adam et son vieil oncle dont le ronflement régulier s'élevait du fond de la salle.

Il ne fut pas sans remarquer que la jeune fille avait retiré son surcot, mais il prit soin de ne pas la regarder avec trop d'insistance pour ne pas la mettre mal à l'aise. Assise près d'Adam, elle somnolait, ses lourds cheveux tombant en vagues amples et généreuses sur ses épaules.

Elle tourna la tête en entendant son pas.

— Messire ? dit-elle dans un souffle.

— Tenez, dit-il en lui donnant les couvertures. Vous devriez vous étendre devant l'âtre. Les nuits sont fraîches.

Il lui effleura involontairement la main et se sentit rougir alors qu'elle levait sur lui ses grands yeux verts bordés de longs cils noirs.

— Je vais veiller Adam, reprit-il.

— Tout va bien ? demanda Keelin en prenant les couvertures. Les cavaliers n'étaient pas menaçants ?

Marcus secoua la tête avec gravité.

— Non… Il ne s'agissait que des chevaliers de Kirkham qui ont poursuivi vos compatriotes.

— Les ont-ils rejoints ? s'enquit-elle d'une voix altérée par l'émotion.

— Sans doute… Nicholas m'a affirmé que nous n'en rencontrerions plus un seul.

En s'asseyant près d'Adam, Marcus ne prêta pas attention au pli amer qui s'était formé aux commissures des lèvres de Keelin. Même si ces hommes la pourchassaient, ils étaient irlandais et elle souffrait de savoir que le sang de ses compatriotes avait été répandu.

— Comment va-t-il ? demanda le comte de Wrexton.

— Pas plus mal… Je lui ai donné à boire une infusion de valériane pour l'aider à dormir.

Marcus posa la main sur le front de l'enfant.

— Il n'a pas de fièvre.

Keelin ne répondit rien. Elle savait, tout comme Marcus, que la température s'élèverait plus tard.

La poitrine étreinte par la tristesse, le comte caressa les cheveux du jeune garçon. Comme la vie était fragile ! pensa-t-il. Il mesurait soudain tout ce qu'il avait perdu en une journée. Son père, recouvert d'un linceul, était étendu dehors, sur le sol dur et froid, et Adam, couché sur un grabat dans cette chaumière misérable, oscillait entre la vie et la mort.

Mon Dieu ! S'il venait à le perdre aussi...

Il repoussa cette pensée. Il avait eu assez de malheur pour la journée !

Il se passa la main sur le visage et, relevant les yeux, vit Keelin étendre une couverture sur le sol en terre battue. Elle s'y assit, repliant les jambes sous elle avec pudeur, puis se mit à lisser ses longs cheveux avec son peigne d'ivoire.

Emerveillé, Marcus observait les longues dents du peigne démêler les lourdes boucles brunes qu'il se représentait roulant sur son ventre, caressant ses cuisses...

Il dut fermer les yeux. Son imagination, stimulée par la tenue légère de Keelin qui ne portait qu'une chemise laissant voir les formes harmonieuses de son corps, s'était emballée d'une incontrôlable manière.

Après le regard, il essaya de détourner ses pensées de la jeune fille. N'était-il pas inconvenant, dans les circonstances présentes, de s'abandonner à la convoitise ?

Heureusement, dans deux jours ils prendraient la route de Wrexton et Adam retrouverait le confort de son lit et serait livré aux soins de la maîtresse des lieux, Yseult Coule. L'évêque de Chester célébrerait la messe d'enterrement du comte défunt, premier de sa race à aller reposer dans la crypte de la chapelle de Wrexton auprès de plusieurs générations de seigneurs de Sandborn dont le dernier des rejetons, Edmund, l'avait fait hériter à défaut de descendance directe.

Et lorsque les cérémonies seraient finies, la vie reprendrait comme avant à Wrexton même si l'hiver était tout proche…

— Messire ? fit la voix douce de Keelin.

Il tourna la tête vers elle et vit qu'elle luttait avec le pansement qu'il lui avait fait autour du cou pour protéger sa blessure.

— Il m'irrite, dit-elle. J'aimerais bien le retirer, mais il s'est entortillé et je n'arrive pas à le défaire.

Marcus se leva et s'approcha d'elle.

— Le linge s'est effiloché, expliqua-t-elle, et les fils se sont emmêlés. Peut-être arriverez-vous à m'en libérer ? Je préfère l'ôter.

En effleurant le cou Keelin, Marcus fut envahi par un irrésistible désir de la toucher, de découvrir les charmes de sa féminité, et les doigts lui brûlaient de soulever sa chemise, de caresser son corps souple et doux…

Malgré le trouble qu'il ressentait, il continua toutefois de dénouer le bandage et constata que la peau de la jeune fille avait rougi. Elle souffrait manifestement. Il remarqua, d'ailleurs, que son menton tremblait et qu'une larme brillait dans son regard.

Elle tourna la tête pour qu'il ne la vît pas pleurer, mais, touché de constater qu'elle était aussi émotive que lui, il la retint par le menton et essuya du pouce la larme qui lui roulait sur la joue. Puis, surmontant sa timidité, il s'inclina sur elle…

Marcus effleura les lèvres de Keelin d'un léger baiser, se redressa légèrement pour la contempler puis, émerveillé par la sensation délicieuse qu'il éprouvait, l'embrassa de nouveau plus longuement et avec plus d'intensité.

Visiblement charmée par ce qui lui arrivait, Keelin émit un petit gémissement et, levant les mains, les noua derrière la nuque de Marcus dont elle se mit à caresser les longs cheveux. Vibrant de désir et d'émotions jusqu'alors inconnues, il la serra dans ses bras, écrasant sa poitrine contre la sienne, mêlant les uns aux autres les battements rapides de leurs cœurs.

Marcus aurait voulu sentir la peau douce et chaude de la jeune fille contre la sienne, se fondre en elle. Il aurait pu la tenir sans fin serrée contre lui. Elle était comme un feu qui le brûlait de l'intérieur, dévorant sa chair et son âme. Il n'avait jamais rien connu de tel…

Mais gagné soudain par la mauvaise conscience, il interrompit brutalement leur baiser. Avait-il perdu la tête ? Adam était sur son lit de souffrance, à quelques pas de lui, et son père, figé dans la mort, reposait de l'autre côté de ce mur.

Keelin…

Déconcertée, elle le regardait dans les yeux.

Après un long silence, ils balbutièrent simultanément :

— Pardonnez-moi, je n'aurais pas…

— Messire, je ne…

Ils se turent l'un et l'autre puis Marcus reprit :

— Pourquoi pleurez-vous ?

Keelin se détourna pour qu'il ne vît pas son trouble.

— Ce n'est rien, messire, répondit-elle comme s'il était coutumier que de beaux chevaliers viennent frapper à sa porte et l'embrassent à en perdre le souffle. La journée a été dure… pour vous surtout.

La douleur se lisait dans son regard et quelque chose d'autre aussi. Etait-ce la stupéfaction, l'émerveillement ou la perplexité ? Tout à la fois peut-être ? Le baiser qu'ils venaient d'échanger n'était-il pas ensorcelant ?

Le rose de ses joues contrastait avec son teint de lys et l'infinie tristesse avait fui son regard, mais l'arc charmant de ses sourcils venait de se relever et d'exprimer très nettement l'étonnement.

Elle luttait pour recouvrer la pleine maîtrise d'elle-même tout en s'interrogeant sur la raison pour laquelle Marcus s'était arrêté brusquement de l'embrasser et lui avait demandé pardon. Elle ne comprenait pas comment il pouvait éprouver des regrets d'avoir échangé un tel baiser avec elle. A moins qu'il n'y eût trouvé aucun plaisir à cause de son inexpérience, car c'était la première fois qu'elle embrassait un homme...

Il ne donnait pas l'impression, pourtant, d'avoir détesté ce moment d'intimité, pensa-t-elle en tournant les yeux vers lui. Sa respiration rapide attestait l'émotion qu'il venait d'éprouver ainsi que l'expression attendrie de son regard.

Elle avait été surprise de la douceur de ses lèvres et éprouvé un sentiment de grande paix entre ses bras malgré sa puissance virile, son aspect de guerrier toujours prêt au combat, de chevalier se rendant d'un tournoi à l'autre...

Alors qu'elle l'observait, admirant la régularité de ses traits et la noblesse de son port, elle sentit les premières manifestations d'une vision comme elle en connaissait, parfois, d'une manière spontanée.

Sa vue se troubla et elle fut prise de vertige. Effrayée, elle essaya de résister à la vision qui s'imposait à son esprit, tombant devant elle comme un rideau sombre qui dérobait tout ce qui s'offrait à sa perception.

Il ne servait à rien de résister. Le visage de Marcus, d'ailleurs, fut remplacé soudain par celui de Cormac O'Shea, le féroce cousin de Keelin qui semblait avoir pris la tête de leur clan. Petit à petit, le décor de la chaumière s'effaça devant les paysages verdoyants du Kerry et leurs cieux chargés de lourds nuages noirs...

Elle entendait le fracas des armes qui se heurtaient les unes aux autres. Une bataille était en cours, mais elle ignorait si elle avait déjà eu lieu ou si elle allait se dérouler dans les jours prochains. Elle voyait Cormac lutter contre ses ennemis avec une bravoure héroïque. Son bras puissant levait son épée qui tranchait les mailles des hauberts, faussait les heaumes, brisait les écus, mais une nuée d'adversaires l'entouraient et, bientôt, Keelin le vit succomber aux coups et rouler sur le sol boueux.

— Non ! murmura-t-elle, toute tremblante, en se cachant le visage dans les mains.

Elle distinguait très nettement, à présent, la campagne autour du donjon de Carrauntoohil. L'odeur du sang était écœurante et les gémissements s'élevaient des corps brisés jonchant le sol. Une fumée noire flottait au-dessus du village...

Cormac s'était redressé. Il n'était que blessé mais ne pouvait plus lever son arme. Elle lui fut arrachée de la main et Keelin vit une lame brillante traverser sa cotte de mailles à l'endroit du cœur.

Epouvantée, Keelin aurait voulu fuir mais elle était comme rivée au sol. Elle vit Cormac tomber lourdement sur le dos puis un pied lui écraser la poitrine tandis que deux mains puissantes tiraient sur la poignée de l'épée qui l'avait transpercé.

Keelin entendit un cri de victoire gaëlique et vit la face de l'homme qui venait de le pousser et qui brandissait l'épée ensanglantée au-dessus de sa tête.

Il s'agissait de Ruairc Mageean !

4.

Marcus prit Keelin dans ses bras en la voyant perdre l'équilibre et la déposa sur la couverture. Inconsciente, elle tremblait comme si elle avait été dévorée par la fièvre.

Il ne comprenait pas ce qui lui arrivait. Elle avait semblé ravie par le baiser qu'ils avaient échangé, même si elle avait paru très émue, au bord des larmes presque, puis, soudain, la pupille de ses yeux s'était complètement dilatée et elle avait commencé de gémir.

Il la secouait doucement dans l'espoir de lui faire reprendre conscience et lui frottait les mains, mais elle restait totalement inerte. Plus longtemps elle demeurerait dans cet état, plus elle se sentirait mal au réveil.

Ne voyant pas d'autre solution, il se dirigea vers l'oncle de la jeune fille qui dormait paisiblement et lui tapota l'épaule.

— Qu'y a-t-il ? demanda Tiarnan en ouvrant les yeux. C'est toi Keelin ?

— Non, c'est Marcus de Granville. Votre nièce s'est évanouie, il y a quelques instants. Elle allait bien et puis soudain…

— Je vous écoute, dit le vieil homme en se dressant dans son lit.

— Ses pupilles sont devenues immenses et elle fixait quelque chose qui m'était invisible...

Tiarnan eut un accès de toux puis, ayant repris sa respiration :

— S'est-elle mise à gémir et à trembler ?

— Oui, répondit Marcus avec un soupir de soulagement.

Si l'oncle de Keelin avait déjà été témoin d'un malaise de la jeune fille, ça signifiait qu'elle s'en remettait.

— Mon Dieu ! fit Tiarnan. C'est beaucoup trop tôt. Est-ce qu'elle tenait la lance ?

— Quelle lance ? s'enquit avec impatience Marcus qui aurait voulu obtenir une explication simple et rapide du vieil homme.

— Seigneur ! C'est donc venu tout seul ?

— De quoi parlez-vous, O'Shea ? Je ne comprends rien.

— C'est normal, mon garçon, répondit Tiarnan en frissonnant. Il fait froid cette nuit. Tu devrais envelopper la petite dans les couvertures et la serrer dans tes bras. Je t'expliquerai ensuite ce qui s'est passé.

Ce changement de ton de la part de l'oncle de Keelin, qui avait l'âge d'être son père, n'offensa nullement Marcus. Il était trop heureux de faire sa volonté et ne se préoccupait pas du respect dû à son rang.

Il s'étendit près de Keelin et monta les couvertures sur ses épaules. Elle avait le visage exsangue et glacé. Il était presque impossible à Marcus d'établir un lien entre celle qu'il tenait à présent dans ses bras et la jeune fille vibrante et passionnée qu'il avait embrassée quelques instants plus tôt.

— Je vous écoute, reprit-il. Dites-moi ce qui ne va pas.

Tiarnan succomba à une nouvelle quinte de toux. Il fallut donc à Marcus patienter encore quelques instants avant que la réponse sibylline ne tombât :

— La petite a un don.

— De quoi s'agit-il ? Parle sans détour, vieil homme !

— Elle a un don de voyance. Depuis la petite enfance, elle est capable de voir ce qui est caché aux autres. On dit chez nous qu'elle a un don de double vue. Elle est capable d'annoncer un événement qui va se produire, et lorsqu'elle prend *Ga Buidhe an Lamhaigh* en main, ce pouvoir est décuplé.

— De quoi me parles-tu ?

— De la lance sacrée de notre clan. Elle a été confiée au premier des O'Shea bien avant que saint Patrick ne foule le sol de l'Irlande !

— Tout ça ne m'explique pas ce qu'il convient de faire pour ranimer votre nièce, répondit Marcus avec irritation.

— Ah ! Mais il n'y a rien à faire, sinon la tenir dans tes bras pour qu'elle se réchauffe pendant que je te parle d'elle.

— Soit… Je t'écoute.

— Keelin a toujours eu un don de prémonition. Elle le tient de sa mère. Elle voit, en particulier, le danger lorsqu'il menace et permet aux siens d'y échapper.

— Veux-tu dire qu'elle est ensorcelée ?

— Pas du tout. Je la crois, au contraire, bénie du Seigneur.

Marcus baissa les yeux sur le visage de Keelin dont les traits figés évoquaient un masque mortuaire. Elle donnait plutôt l'impression d'être maudite mais il ne voulait pas croire que son âme fût tombée sous l'emprise du diable.

Même si elle n'était pas possédée, il ne faisait aucun doute, cependant, qu'elle l'avait ensorcelé. Il comprenait, maintenant, pourquoi il avait su lui parler, la toucher, l'embrasser alors qu'à vingt-six ans il ne s'était encore jamais senti à l'aise en présence d'une femme qui lui plaisait vraiment.

— Elle tient ce don de sa mère, expliqua le vieil homme, qui le tenait elle-même de sa propre mère et ainsi de suite jusque dans la nuit des temps.

Marcus acquiesça sans bien savoir s'il accordait foi ou non aux propos du vieil Irlandais.

A défaut de certitude, il serra Keelin dans ses bras. Elle n'était plus aussi glacée, mais elle tremblait encore et il éprouvait le besoin de la protéger. Paradoxalement, le désir qu'il ressentait pour elle n'était pas diminué par son état. Est-ce que ça signifiait qu'elle était bénie du Seigneur comme l'affirmait son oncle ou était-ce lui, Marcus de Granville, comte de Wrexton, qui était victime d'un ensorcellement ?

Plus il contemplait Keelin, plus il lisait l'innocence sur les traits délicats de son visage, de même qu'à force de la tenir contre lui, il mesurait combien elle était fragile.

— Sans doute a-t-elle eu une vision de la plus haute importance, remarqua Tiarnan d'un air pensif.

— Pourquoi dites-vous ça ?

— Eh bien… Ça n'est pas facile à expliquer, répondit le vieil homme en se frottant le menton. Depuis que Keelin a perdu le second de ses parents et qu'elle est sous ma responsabilité, il ne lui est arrivé que deux fois d'avoir des visions sans l'aide de la lance sacrée. La première fois, elle a vu la mort de son frère.

— Il l'était vraiment ?

— Oui, hélas ! C'était au début du printemps. Le soleil brillait dans un ciel limpide et les premières pousses mettaient une touche de vert tendre ici et là. Je gardais Keelin, qui jouait à la poupée, à l'abri des gros murs du donjon de Carrauntoohil. La plupart des hommes valides étaient partis chasser, ce jour-là. Brian et ses camarades de jeu étaient livrés à eux-mêmes. Ils sont descendus à la rivière dont les eaux grondaient comme un torrent…

Marcus écoutait avec gravité Tiarnan poursuivre son récit, évoquer la pâleur soudaine de sa nièce, ses tremblements et les mots inintelligibles qu'elle avait prononcés avant son évanouissement brutal.

— Et lorsqu'elle est revenue à elle, expliqua le vieil homme, elle s'est mise à pleurer. Elle venait d'assister à la mort de son frère. La vision s'était imposée d'un coup à elle sans même qu'elle eût pris la lance dans sa main.

— C'était la première fois que ça se produisait ?

— Oui et elle a vu mourir Brian comme si elle avait été témoin de la scène. Il était à bord d'une barque et il est tombé à l'eau. La seconde fois qu'elle a eu une vision spontanée, c'était aussi à l'occasion d'un drame. Elle a assisté ainsi à la mort de son père, Eocaidh, mon frère cadet, qui a été tué par Ruairc Mageean.

— Vous croyez qu'elle vient de voir la mort d'un proche parent ?

— Je le crains, en effet.

Marcus baissa les yeux sur la jeune fille qu'il serrait dans ses bras et s'interrogea sur la façon dont Satan accomplissait son œuvre maléfique à travers elle.

— Vous seriez gentil de faire en sorte qu'elle ne se refroidisse pas, reprit Tiarnan. Gardez-la contre vous jusqu'à ce qu'elle montre quelques signes d'éveil.

Marcus ne demandait pas mieux. Il se sentait plein de force et de chaleur. Après un regard à Adam qui dormait paisiblement, il s'étendit confortablement contre Keelin qu'il tenait blottie contre lui et douillettement enveloppée dans les couvertures.

Keelin ne reprit pleinement conscience qu'à l'aube. Au cours de la nuit, elle n'avait recouvré partiellement ses esprits que de brefs moments, lorsque Marcus lui frottait le dos et les épaules et qu'il lui murmurait de petits mots tendres, mais elle n'avait jamais été assez lucide pour lui répondre.

Encore maintenant, elle avait l'esprit confus et n'était pas en mesure de mettre de l'ordre dans les événements de la veille. Elle était incapable, par exemple, de s'expliquer pourquoi elle se trouvait dans les bras de Marcus de Granville.

Il la serrait contre lui et, pourtant, il semblait à Keelin qu'il somnolait. Elle le constatait à la façon dont sa poitrine montait et descendait régulièrement. Aussi surprenante que fût la situation, elle éprouvait, contre lui, un profond sentiment de sécurité.

Elle avait le visage dans le creux de son épaule et regardait avec envie le duvet blond et soyeux qui lui recouvrait la poitrine. Sans réfléchir à la signification de son acte, elle y enfouit son visage.

— Mmm... dit Marcus en augmentant la pression de ses bras.

Keelin frissonna, non de froid mais à cause de l'étrange sensation qu'elle éprouvait, une impression toute nouvelle et qui ne ressemblait en rien à tout ce qu'elle avait ressenti jusqu'alors.

Elle se rapprocha de lui et, de nouveau, il laissa échapper un gémissement. Il était à peine éveillé mais, de la main, il décrivait de petits cercles dans le dos de Keelin. Plissant les paupières, elle respira l'odeur de sa peau et ressentit le désir d'y déposer les lèvres. Elle était si proche de lui...

Mais elle était incapable d'un geste aussi peu conforme à ce qu'on attendait d'une jeune fille. Même si le désir de l'accomplir était grand, elle savait qu'elle n'y céderait en aucun cas.

Au moment où Marcus sortit de sa somnolence, elle constata à regret qu'il s'écartait légèrement d'elle.

— Vous avez enfin recouvré vos esprits ? dit-il d'une voix mal assurée.

Keelin hocha la tête.

Elle ne comprenait toujours pas comment elle avait pu se retrouver étendue sur ces couvertures en laine, blottie dans les bras de Marcus de Granville. Elle n'avait que des bribes de souvenirs concernant les derniers instants qui avaient précédé la nuit : Marcus la libérant du bandage qui la démangeait, le baiser qu'il lui avait donné et l'impression que ses jambes se dérobaient sous elle...

Cormac !

Mon Dieu ! Tout lui revenait à la mémoire. Cormac était mort ! Et celui qui l'avait tué n'était autre que Ruairc Mageean !

Elle se leva d'un bond et, à cet instant, la salle se mit à tourner autour d'elle si bien qu'elle dut se rasseoir sur les couvertures.

— Prenez votre temps, dit Marcus en lui mettant le bras autour des épaules pour la soutenir.

— Keelin ? fit Tiarnan de son grabat. Tu es revenue à toi ?

— Oui, mon oncle, répondit-elle en baissant les yeux.

Elle n'osait pas croiser le regard de Marcus. Quelle opinion avait-il d'elle alors qu'elle était entrée en transe et s'était évanouie devant lui un instant après qu'ils eussent échangé un baiser ?

— Comment te sens-tu ? demanda Tiarnan en se dressant sur un coude pour regarder dans la direction de sa nièce bien qu'il la distinguât à peine.

— Bien, mon oncle, affirma-t-elle en se levant de nouveau car elle s'étonnait de ne pas entendre Adam. Comment va notre jeune blessé ?

— Il dort, répondit Marcus. Je suis allé le voir avant votre réveil

— Sa plaie ne saigne pas ? demanda Keelin en osant enfin croiser son regard.

A son grand étonnement, elle n'y lut aucun dégoût, mais sans doute, comme tout grand seigneur, savait-il cacher ses sentiments.

— Non. Et il n'a pas de fièvre. Les soins que vous lui avez prodigués lui ont permis de passer une bonne nuit.

Keelin n'était pas convaincue de la sincérité de son propos. Ne l'avait-elle pas senti s'écarter d'elle au moment où elle avait recouvré ses esprits ? Elle avait eu, alors, très nettement l'impression qu'il ne supportait plus d'être près d'elle, sa peau contre la sienne…

Sans doute se sentait-il mal d'avoir été contraint de passer la nuit accolé à une femme qui n'était pas saine d'esprit, loin s'en faut ?

Blessée dans son amour-propre, elle ressentit le besoin de s'éloigner de lui et de chercher du réconfort auprès d'Adam. En gagnant le chevet du jeune garçon, elle tourna le dos à son oncle sans prêter attention à l'insistance avec laquelle il la cherchait de ses yeux éteints.

Elle savait qu'il était impatient de savoir ce dont elle avait été témoin, mais la vision était trop vive encore pour qu'elle pût l'évoquer. Elle parlerait avec lui plus tard, lorsqu'elle serait un peu remise de la terrible émotion qui s'était emparée d'elle.

Elle écouta d'abord la respiration d'Adam, très régulière, toucha son front pour s'assurer qu'il n'avait pas de fièvre puis alluma une chandelle pour examiner sa plaie. Elle rabattit la couverture et souleva le pansement. La blessure était exactement dans le même état que la veille.

Elle fit un nouvel onguent à base d'alchémille et l'étendit sur la plaie tandis qu'elle entendait chevaliers, écuyers et hommes d'armes commencer de bouger à l'extérieur. Il y avait des blessés parmi eux, des hommes qui souffraient et avaient besoin de ses soins…

Après avoir examiné lui-même la plaie d'Adam, Marcus sortit de la chaumière et se rendit auprès de ses compagnons. Constatant qu'aucune aggravation de l'état des blessés n'avait eu lieu dans la nuit, il descendit au bord du cours d'eau et s'assit, le dos contre un vieux saule.

Il tremblait, non pas de froid, mais d'émotion. Ces longues heures où il était resté étendu contre Keelin avaient mis ses nerfs à vif. Il n'avait jamais dormi auprès d'une femme, enfin... presque jamais... et certainement pas auprès d'une personne aussi belle et désirable que la jeune Irlandaise.

C'était une expérience bien plus intime que celle qu'il avait eue, quelques années plus tôt, lorsqu'il guerroyait en France au côté d'Henry V.

L'armée anglaise campait devant Troyes, juste avant la signature du traité qui accordait la régence de France au roi d'Angleterre et assurait la couronne au premier né mâle de l'union qu'il contractait avec Catherine de France, fille du défunt roi, Charles VI.

Marcus et tous les autres chevaliers du royaume d'Angleterre jubilaient. Le mariage d'Henry avec la princesse de France allait garantir durablement l'alliance entre les deux royaumes qui ne tarderaient pas, d'ailleurs, à se trouver réunis sous le même sceptre lorsque la reine Catherine aurait accouché de l'enfant tant attendu.

Le vin coulait à flot et les filles de joie entraient en nombre dans le camp des vainqueurs. Marcus, qui avait bu plus que de coutume, se laissa séduire par l'une d'elles et apprit entre ses bras tous les rudiments de l'amour.

Qu'elle n'en voulût qu'à sa bourse ne l'avait pas freiné, mais après une nuit étourdissante de plaisir, un grand vide s'était creusé dans son cœur et il s'était juré de ne plus jamais céder ainsi à la passion des sens.

Il avait tenu parole et réussi à rester chaste au cours de toutes ces années, bien que l'occasion de céder à la tentation se fût présentée plus d'une fois, mais c'était la première fois, depuis cette nuit de débauche, qu'il éprouvait une attirance aussi forte pour une femme.

Or, il n'était pas lié par son vœu, à présent, car il avait la ferme intention d'épouser ladite jeune fille. Il craignait fort, cependant, qu'il ne fût pas aisé de conduire Keelin O'Shea jusqu'à l'autel.

5.

A genoux au bord du cours d'eau, Marcus, comme chaque matin depuis qu'il était un homme, se rasait après s'être lavé, mais, cette fois, il était plus qu'un simple chevalier : il était comte de Wrexton. Sa tenue, la dignité de sa personne, étaient garantes de l'ordre et de l'harmonie qui régneraient entre ses sujets.

La tâche l'écrasait avant même qu'il n'eût commencé de l'exercer. Il avait une telle habitude de voir son père aux commandes qu'il avait peine à s'imaginer dans ce rôle. Il lui faudrait pourtant l'assumer, car Eldred de Granville se retournerait dans sa tombe s'il voyait son fils laisser se dégrader la splendide forteresse qu'était devenue le château de Wrexton après bien des travaux menés par ses soins.

Le vrai maître des lieux, cependant, ne serait plus là pour en jouir et y exercer son commandement…

Marcus plongea le visage dans ses mains et s'abandonna au chagrin. Si, au moins, Adam n'avait pas été blessé, sa peine n'aurait pas été aussi grande, mais, vu l'état du jeune garçon, il ne pouvait se libérer de la crainte de le perdre.

Un bruit de pas feutré l'arracha à ses réflexions. Il se dressa sur ses jambes et, se retournant, vit approcher Nicholas Hawken.

— La nuit a été calme, observa le baron.

Marcus pensait exactement le contraire, mais il ne dit rien de la façon dont il avait passé la sienne. Il ne savait que penser, d'ailleurs, des heures qui venaient de s'écouler. Les tempes lui battaient encore d'avoir passé toute la nuit près de Keelin, dans la chaleur, qu'elle avait fini par retrouver au fil des heures, de son corps délié et délicieusement parfumé ; mais il préférait ne plus y penser car il sentait bien, sinon, qu'il allait perdre la tête.

Les deux hommes marchèrent le long du ruisseau, tendant l'oreille et observant les bois autour d'eux au cas où il s'y serait encore trouvé un ou plusieurs de leurs agresseurs de la veille.

— Il me semble qu'aucun d'eux ne se soit aventuré dans ces parages, dit Marcus. Il n'y a trace ni de pas ni de feu.

— Mes hommes ont dû tous les passer par le fil de l'épée, répondit Kirkham. Celui que nous avons surpris ensemble ici, hier soir, était sans doute le seul rescapé.

— Je l'espère.

Un vent froid s'engouffrait dans le vallon, faisant ployer les branches des arbres et tourbillonner les feuilles mortes. Marcus leva les yeux et vit de lourds nuages noirs au loin. Il ne tarderait pas à pleuvoir, peut-être même à tomber de la grêle, car la température avait beaucoup chuté au cours de la nuit.

Les vieux paysans de Wrexton disaient que l'hiver serait rude et précoce. C'était la raison pour laquelle Eldred de Granville avait ordonné aux siens de s'en retourner chez eux dès le lendemain de la célébration du mariage plutôt que de demeurer chez le comte de Haverston pendant tout le temps des festivités. Il redoutait, en effet, de se retrouver bloqué sur la route par une tempête de neige.

En observant les nuages menaçants, Marcus se demanda si la pluie se transformerait en neige et si leur retour à Wrexton en serait retardé.

— Je vais rentrer à Kirkham avec mes hommes dès aujourd'hui, dit le baron. Il ne nous sera pas difficile de faire un détour par Wrexton. Veux-tu que nous y transportions la dépouille de ton père et tes blessés ?

Marcus fut très surpris de l'offre de Nicholas, d'habitude si indifférent à la misère d'autrui. La veille, certes, il avait dérogé à ses mauvaises habitudes. Etait-il en train de changer radicalement ?

Sa proposition, en tout cas, n'était pas à négliger car le temps pressait et il fallait donner une sépulture au comte dans un délai de deux à trois jours. S'il était retardé, lui-même, en raison de l'état de santé d'Adam ou d'éventuelles chutes de neige, les obsèques auraient lieu en son absence.

— J'accepte volontiers, répondit Marcus. Il faut, en effet, ramener mon père à Wrexton au plus vite.

Nicholas leva les yeux au ciel et Marcus lut sans peine dans ses pensées. Il ne devait pas tarder s'il voulait partir avant la tempête.

Les deux hommes revinrent sur leurs pas et, bientôt, aperçurent des écuyers de la maison de Wrexton qui rassemblaient joncs et roseaux.

— Qu'est-ce que vous faites ? demanda Marcus.

— La damoiselle nous a demandé d'installer dans la chaumière des paillasses pour les blessés, répondit l'un des hommes.

— Elle considère, reprit un autre, qu'il fait trop froid et trop humide pour eux sous la tente. A l'intérieur, où il fait sec et chaud, nous a-t-elle dit, elle pourra les soigner et les panser.

Impressionné par l'initiative de la jeune fille, Marcus acquiesça d'un hochement de tête. Puis, après avoir ramassé son nécessaire de toilette, il remonta en direction de la maison.

Keelin fit déplacer le grabat d'Adam de façon à donner de la place pour les deux autres paillasses qui devaient accueillir les blessés les plus atteints.

— Portez-le ici, dit-elle aux écuyers qui s'étaient mis spontanément à son service.

Les chevaliers, remplis de respect pour la belle damoiselle qui déployait tant de talent pour soigner les leurs, lui obéirent avec diligence.

La pluie, cinglante et glacée, s'était mise à tomber, et, pour maintenir une douce chaleur dans la masure, Keelin dut jeter de la tourbe dans le feu. Elle n'avait pas revu Marcus depuis qu'il était sorti et n'avait pas non plus parlé avec son oncle qui ignorait toujours quelle vision elle avait eue.

Elle ne pourrait pas la lui cacher beaucoup plus longtemps car il trouverait certainement une occasion au cours de la journée pour l'interroger à ce sujet.

Alors qu'elle mettait de l'ordre dans la salle pour faire de la place aux blessés, elle pensait aux sensations troublantes ressenties entre les bras de Marcus, au contact de ses mains…

Elle éprouvait pour lui, indéniablement, une très forte attirance, et son absence complète d'expérience à l'égard des hommes ne l'empêchait pas d'en mesurer l'intensité. A tel point qu'elle aurait tout fait pour rester auprès de lui si, autrefois, elle n'avait fait le serment de rapporter *Ga Buidhe an Lamhaigh* au donjon de Carrauntoohil.

Elle s'en sentait, d'ailleurs, d'autant plus obligée qu'elle venait d'assister à la mort de Cormac. Celui qui allait lui succéder à la tête d'Ui Sheaghda, harcelé par le clan Mageean, ne pourrait s'y maintenir sans l'assistance de la lance sacrée.

Elle renouvela le vœu que Tiarnan fût le bienvenu à Wrexton, même sans elle, et qu'elle ne fût pas empêchée par des chutes de neige précoces de traverser le pays de Galles et de gagner les rivages de la mer d'Irlande. Le devoir lui dictait d'ignorer ce qu'elle éprouvait pour Marcus de Granville et de retourner au plus vite auprès des siens.

Une odeur agréable d'herbes séchées, d'épices et de ragoût enveloppa Marcus lorsqu'il entra dans la chaumière. De la marmite pendue à la crémaillère, dont les parois renflées étaient léchées par les flammes, s'élevaient les effluves appétissants d'un plat qui mijote.

Les blessés, allongés sur de confortables paillasses devant l'âtre, dormaient paisiblement tandis que Tiarnan, dressé sur un coude, cherchait manifestement à attirer l'attention de sa nièce.

Assise près d'Adam, elle lui parlait doucement. Elle portait le même surcot vert serré à la taille par une ceinture qui mettait en évidence sa minceur, le galbe de ses hanches et la rondeur de sa poitrine. La chemise en lin blanc dans laquelle elle avait dormi dépassait du vêtement en laine évasé autour du cou gracile.

— Oh oui ! fit Keelin en tournant la tête vers Marcus. Ça laissera une cicatrice impressionnante, comme celles que les courageux chevaliers portent sur leur corps. Ceux qui vont au plus fort de la mêlée au combat. Tous ceux qui la verront sauront que tu n'as pas eu peur d'exposer ta vie.

— Qui vient d'entrer ? demanda Adam d'une voix faible.

— Messire de Granville qui vient prendre de tes nouvelles.

— En effet, dit Marcus en s'approchant du grabat. Comment te sens-tu ?

— La damoiselle dit que je vais très bien, alors je ne peux que me sentir mieux, répondit Adam. Le baron de Kirkham est parti conduire oncle Eldred à Wrexton ?

— Oui, murmura Marcus en posant la main sur le front de l'enfant.

Il était très chaud.

Levant un regard interrogateur vers Keelin, il la vit acquiescer de la tête. La fièvre avait commencé…

— Est-ce que nous allons partir aussi à Wrexton pour assister aux funérailles ? demanda l'enfant qui n'avait pas remarqué l'échange de regards des adultes.

— Nous essaierons, répondit Marcus. Mais pour le moment, ce qui importe, c'est que tu te remettes au plus vite.

Adam murmura un petit « oui » en reposant la tête sur l'oreiller tandis que Keelin se levait pour aller tourner le ragoût à l'aide d'une cuillère en bois au long manche.

— Combien de vos hommes sont-ils restés ici ? demanda-t-elle à Marcus.

Ce dernier réprima un bâillement. Les dernières vingt-quatre heures avaient été épuisantes.

— Quatre valides en dehors de ces deux blessés, répondit-il. Nicholas Hawken et moi-même nous nous sommes assurés qu'il ne restait pas de soudards errant dans les environs avant qu'il ne parte avec l'essentiel de mes compagnons.

— Vous êtes fatigué après la mauvaise nuit que vous avez eue, messire, dit Keelin qui avait vu son geste. Vous devriez étendre vos couvertures et vous reposer un peu.

Marcus sentit le sang lui monter aux joues et il eut l'impression que la jeune fille rougissait aussi. Accordait-elle autant d'importance que lui à ce qui s'était passé entre eux dans la nuit ? Il avait les idées si confuses qu'il préférait ne pas aborder cette question avec elle… N'était-ce pas, cependant, une manière de nier la réalité ?

Certes, mais comme l'avait remarqué Keelin fort judicieusement, il était épuisé et avait besoin de repos. Renonçant, pour le moment du moins, à y voir plus clair, il prit une paire de couvertures et s'étendit à côté d'Adam.

Un instant après, il dormait à poings fermés.

— Keelin, ma chérie, dit Tiarnan qui avait compris que tout le monde dormait à l'exception de sa nièce et de lui-même. Viens t'asseoir près de ton vieil oncle et raconte-lui ce que tu as vu.

Keelin embrassa la salle du regard et, constatant que tous dormaient, elle prit un tabouret et alla s'installer près de son oncle.

Le vent qui soufflait en tempête réveilla soudain Marcus. Il s'assit sur son grabat, se demandant combien de temps il avait dormi. Les hommes, qui montaient la garde dehors, devaient être transis. Le moment était venu de les remplacer et de leur offrir de venir se réchauffer à l'intérieur où il faisait bon.

Il tourna la tête et vit Keelin agenouillée près de l'un des blessés dont elle refaisait le pansement à l'épaule. Elle lui parlait avec douceur, le rassurant sur l'état de sa plaie qui, selon elle, ne présentait pas de risque de gangrène. Elle était visiblement compatissante et avait le don d'encourager ceux qui étaient dans la peine.

Elle s'approcha ensuite de l'autre chevalier qui était étendu près de l'âtre et passa sur son front un linge humide. Dans le mouvement, sa poitrine imprima sa forme ronde et ferme dans le surcot, et Marcus eut l'impression qu'il la cueillait entre ses mains. Il lui sembla sentir sur son corps les longs doigts fins qu'il voyait effleurer la peau du blessé...

Elle se pencha pour plonger le linge dans une bassine d'eau et, soudain, eut un sursaut. Marcus, vers qui elle avait le visage tourné, remarqua que ses pupilles se dilataient et que ses mains tremblaient alors qu'elle tombait sur les genoux. Son regard, noir et fixe, paraissait observer une scène invisible, au loin...

Elle resta ainsi un instant puis se redressa et poursuivit ce qu'elle avait commencé avant d'aider le blessé à se retourner sur le côté.

— Qu'est-ce qu'il y a ? demanda ce dernier.

— Oh ! Ce n'est rien, répondit-elle. Je veux seulement faire un peu de place pour… pour…

A cet instant, Marcus toussa pour attirer l'attention de Keelin et se leva.

— Messire ? Vous êtes réveillé ! dit-elle en venant jusqu'à lui.

Elle lui saisit le bras et reprit à voix basse pour n'être entendue de personne d'autre :

— Il s'est passé quelque chose de grave…

Il la regarda, déconcerté.

— L'un de vos compagnons est tombé de cheval. Il est blessé… Deux hommes le portent… Ils approchent de la chaumière…

Des voix, à cet instant même, résonnèrent à l'extérieur. Marcus se précipita vers la porte et l'ouvrit. Exactement comme l'avait annoncé Keelin, il vit Edouard encadré de deux écuyers qui l'aidaient à marcher sur un pied alors qu'il laissait traîner lamentablement son autre jambe.

Un frisson courut dans le dos de Marcus. Se tournant vers Keelin, il la considéra avec une perplexité mêlée de méfiance alors qu'elle invitait le blessé et ceux qui le soutenaient à entrer.

— Conduisez-le ici, dit-elle en indiquant le grabat devant le feu.

Le chevalier gémit alors que les deux écuyers l'aidaient à s'étendre à côté de l'autre blessé.

— Son cheval a glissé, expliqua l'un d'eux. Il y a des plaques de glace en certains endroits, et comme nous étions aveuglés par la grêle...

— Sa jambe est cassée, dit l'autre.

Marcus prit son couteau pour découper les chausses du chevalier et voir l'état de sa jambe tandis que Keelin préparait une potion. Comment avait-elle pu deviner ce qui s'était passé ? Elle avait été proprement frappée par la vision prémonitoire !

Elle présenta l'écuelle à Edouard et l'aida à en avaler le contenu.

— Ce sont des extraits de valériane ou d'herbe-aux-chats, expliqua-t-elle. Ils ont un effet calmant. Ils vous aideront à mieux supporter la douleur lorsque nous réduirons votre fracture.

Elle s'agenouilla près de lui ainsi que Marcus.

— Il nous faut deux bâtons, dit-elle aux écuyers. Vous trouverez du bois dans l'abri de la mule.

Elle passa les mains le long de la jambe du chevalier qui gémit de nouveau alors qu'elle essayait par de petites pressions de remettre les deux morceaux du fémur dans le même axe. Ses gestes étaient parfaitement maîtrisés, comme ceux d'une personne ayant une grande expérience de la chirurgie.

— Avez-vous des lanières en cuir ? demanda-t-elle à Marcus. Je vais en avoir besoin pour fixer l'attelle à sa jambe.

Le comte de Wrexton, à la fois déconcerté et subjugué, acquiesça de la tête et alla chercher ce qu'elle lui demandait.

Aidée des deux écuyers, Keelin réussit à redresser la jambe du chevalier puis elle le persuada de manger un peu de son ragoût.

Elle offrit ensuite aux autres hommes de s'asseoir à table et de déjeuner du plat de viande et de légumes qui embaumait. Il n'était plus question qu'ils montent la garde à l'extérieur avec ce froid et cette pluie qui n'était autre que de la neige fondue. Il n'y aurait aucun rôdeur menaçant par ce temps épouvantable.

Marcus, cependant, s'il ne voulait pas infliger ce désagrément à ses hommes, ne redoutait pas de sortir. Il en éprouvait même le besoin pour mettre quelque distance entre lui et Keelin. Il revêtit donc une tunique en laine au-dessus de sa chemise de lin et jeta une grande cape sur ses épaules.

— Marcus ? dit Adam qui le suivait des yeux.

— Oui ?

— Où vas-tu ?

Il se pencha sur l'enfant.

— Je vais aller voir si les chevaux n'ont besoin de rien et vérifier que tout est en ordre, dit-il en caressant les cheveux de son cousin.

Les chevaux s'étaient tous assemblés autour de l'abri de la mule pour se protéger du vent et de la pluie. Le froid humide pénétrait les vêtements, rendant certainement les déplacements très éprouvants pour ceux qui étaient obligés de voyager.

Levant les yeux au ciel où le vent charriait de gros nuages sombres, Marcus formula le vœu que le baron de Kirkham eût réussi à devancer la tempête et fût parvenu sans encombre à Wrexton. Et l'évêque de Chester ? s'interrogea-t-il. Etait-il parti avant le mauvais temps ou se trouvait-il arrêté en chemin ?

Peut-être aurait-il dû interroger Keelin à ce sujet.

Enfer et damnation ! Il s'exposait à la morsure du froid et à l'odieuse humidité pour essayer de ne plus penser à elle et, en dépit de ses efforts, elle lui revenait encore à l'esprit ! Elle avait un don, comme l'affirmait son oncle, c'était incontestable, mais le tenait-elle du diable ou du ciel ? Etait-elle ensorcelée ou avait-elle reçu un don du Seigneur ?

Rien dans son attitude ne laissait penser qu'elle fût la proie du mal. Elle soignait Adam et les autres blessés avec dévotion, faisant preuve d'une charité qui ne pouvait trouver sa source que dans Notre Seigneur. Ne s'était-elle pas signée, d'ailleurs, avant de procéder à la réduction de la fracture d'Edouard ? Agirait-elle ainsi si elle était l'instrument du mal ?

Marcus ne savait que penser. Tout l'étonnait dans cette jeune fille. Il restait stupéfait, en particulier, devant la façon dont il avait réagi en sa présence. Elle avait exercé sur lui, dès le premier instant, une action libératrice et, pour la première fois de sa vie, il s'était senti parfaitement à l'aise et sûr de lui-même en compagnie d'une jolie femme.

Elle avait même réussi à effacer complètement de sa mémoire le souvenir des visages féminins aperçus au mariage à Haverston ! Mais le plus surprenant était la facilité avec laquelle il l'avait prise dans ses bras et embrassée alors qu'il ne la connaissait pas.

Même s'il lui déplaisait de penser qu'elle l'avait ensorcelé, il ne voyait pas d'autre explication au changement d'attitude radical qu'il avait connu grâce à elle.

*
* *

— Tu comprends, n'est-ce pas, ma petite, que je ne pourrai pas rentrer avec toi en Irlande ? dit Tiarnan alors que sa nièce lui remplissait son écuelle de ragoût.

Drapés dans leurs couvertures, alignés les uns à côté des autres, chevaliers et écuyers se reposaient. Certains somnolaient, d'autres, profondément endormis, ronflaient.

Keelin regardait à tout instant en direction de la porte, s'attendant à ce que Marcus parût sur le seuil, mais elle redoutait de ne lire dans ses yeux que méfiance et répulsion.

— Même la distance qui nous sépare du château de Wrexton sera peut-être trop grande pour un pauvre vieillard comme moi, reprit-il.

— Il est hors de question que je vous laisse seul ici, mon oncle, répondit Keelin avec humeur.

— Il ne faut pas te préoccuper de moi. La seule chose qui importe…

— Assez de sottises, mon oncle ! Jamais je ne vous abandonnerai à votre sort.

— Keelin ! Je…

— J'ai une intuition, d'ailleurs, au sujet de Wrexton…

Le regard de Keelin s'assombrit comme si elle avait été sujette à une vision intérieure.

— Je vous vois heureux dans un charmant jardin, avec un banc en pierre tourné vers le sud. Le soleil brille. Vous êtes assis sur le banc et c'est le printemps. Les oiseaux pépient, les bourgeons sont sur le point d'éclore, l'herbe et les feuilles des arbres sont d'un vert tendre…

Tiarnan se laissa aller contre sa paillasse et ferma les yeux. Il venait de s'endormir sur la vision idyllique que sa nièce présageait.

L'obscurité était tombée et Marcus n'était toujours pas de retour. Keelin s'enveloppa dans une couverture et s'allongea près d'Adam au cas où il aurait besoin de ses soins. Elle était épuisée après cette longue journée consacrée aux blessés, mais elle se sentait incapable de dormir.

La nuit était déjà bien avancée lorsque Marcus rentra enfin. Pour ne pas avoir à supporter sa mauvaise humeur, Keelin feignit d'être endormie, mais elle l'observa entre ses cils tandis qu'il retirait sa cape ruisselante d'eau. Elle le vit la pendre à une patère près de l'âtre avant de s'approcher d'Adam.

Il sembla satisfait de le trouver calmement endormi avec, apparemment, une fièvre qui ne s'était pas aggravée. Il retira sa tunique en laine et sa chemise en lin puis, prenant une serviette dans le sac en cuir où étaient rangées ses affaires, il retourna près du feu où il se frictionna le corps.

Keelin le vit ensuite se remplir une écuelle de ragoût qu'il mangea, accroupi devant l'âtre. Il paraissait tout aussi épuisé qu'elle-même.

Il en serait ainsi lorsqu'elle serait mariée, pensa-t-elle. Son mari reviendrait tard de la chasse ou des affaires qui l'auraient occupé dans la journée et il prendrait seul les restes du repas qu'elle aurait gardés pour lui.

Après avoir dîné, il retirerait ses vêtements et se glisserait sous leur courtepointe, dans l'ombre des rideaux du lit à baldaquin. Le poids de son corps sur le matelas en laine la réveillerait ou, plutôt, une caresse, un baiser… et alors…

Serait-ce aussi merveilleux que ce qu'elle avait connu, la nuit précédente, dans les bras de Marcus ? La main d'un autre homme sur son corps réussirait-elle à créer une telle émotion en elle ? Elle le saurait bientôt car, lorsqu'elle serait de retour dans le Kerry, elle n'avait aucun doute qu'elle épouserait l'homme auquel son père la destinait.

Tiarnan avait toujours prétendu ne pas le connaître. Elle ne le croyait pas, bien sûr, mais il avait éludé toutes les questions qu'elle lui avait posées à son sujet, même les plus détournées et les plus insidieuses. Pour quelle raison ?

Elle n'avait aucun indice en ce qui le concernait, mais les chefs de clans du Kerry étaient tous identifiables et il ne pouvait s'agir que de l'un d'eux. Elle n'en connaissait que quelques-uns dont elle n'aurait pas aimé être la femme, mais elle faisait confiance à son père qui avait dû choisir le meilleur d'entre eux. La fille du chef d'un puissant clan, de toute façon, ne pouvait rêver de faire un mariage d'amour. Il était de son devoir de renforcer son clan par son union, surtout maintenant que Cormac avait trouvé la mort.

Elle ignorait quelle était l'exacte situation à Carrauntoohil. La mort de son cousin ne signifiait pas nécessairement que Ruairc Mageean se fût emparé du donjon.

Elle eut un soupir d'exaspération. Aussi dramatique qu'elle fût, la vision qu'elle avait eue la veille ne suffisait pas à se faire une idée parfaitement claire de la situation à Carrauntoohil. Si elle avait pu retourner dans le Kerry, maintenant, et rapporter à son clan *Ga Buidhe an Lamhaigh*, il aurait été, peut-être, en mesure de résister à un nouvel assaut des Mageean.

Elle devait se montrer patiente, cependant, car elle ignorait quand elle serait en mesure de gagner Wrexton ni, lorsqu'elle serait parvenue au château, dans quel délai elle jugerait convenable d'y laisser son oncle.

Elle aurait aimé réussir à discerner l'avenir, et faisait des efforts considérables dans ce sens mais en vain, bien sûr, car son don de voyance ne se manifestait pas à la demande.

6.

Quatre jours plus tard, à la faveur d'une amélioration du temps, Marcus prit la décision de quitter la chaumière avec sa petite troupe.

Il savait qu'il garderait un souvenir nostalgique de la masure où régnait une douce chaleur et où il avait vécu avec Keelin dans une proximité qui ne se répéterait plus.

Il avait essayé de ne pas trop la regarder pendant les longues heures où il était resté enfermé dans la chaumière, mais, malgré lui, ses yeux se tournaient toujours vers son élégante silhouette lorsqu'elle se penchait sur Adam ou les autres blessés. Plus d'une fois, d'ailleurs, elle l'avait surpris en train de l'observer et avait plongé ses beaux yeux verts dans les siens.

Devant la réaction de Keelin, Marcus avait dû, alors, chaque fois, lutter contre lui-même pour ne pas la prendre par la main et l'entraîner dehors où ils auraient été enfin seuls.

La pluie glacée qui ne cessait de tomber, cependant, l'en avait dissuadé pour leur bien, sans doute, à l'un comme à l'autre. Et lorsqu'elle s'était enfin interrompue, le quatrième jour, et que le soleil s'était levé, brillant dans un ciel limpide, Marcus avait décidé que le moment était venu de se mettre en marche.

Ils n'étaient qu'à une demi-journée de Wrexton, mais puisqu'ils devaient couvrir la distance avec une charrette tirée par un seul cheval et chargée de blessés, ils ne pouvaient envisager d'arriver au château avant la fin de la journée.

Keelin avait emballé toutes ses herbes médicinales et les avait placées dans le coffre où étaient rassemblés ses quelques effets, mais, à aucun moment, Marcus ne l'avait vue prendre une lance. Il ne pouvait croire, cependant, qu'elle laissât derrière elle un objet aussi précieux à ses yeux !

Elle devait se trouver quelque part parmi ses bagages...

— Messire ? fit la voix de la jeune fille. Voulez-vous porter Adam jusqu'à l'attelage ?

Marcus souleva le jeune garçon avec précaution, sortit de la chaumière avec lui et l'étendit sur les bottes de foin disposées au fond de la charrette pour amortir les secousses de la route.

— Est-ce que nous arriverons à temps pour les obsèques d'oncle Edouard ? demanda l'enfant à demi somnolent car Keelin lui avait fait boire de la valériane pour qu'il ne souffrît pas trop pendant le voyage.

— Je l'espère, répondit Marcus. Messire Roger nous devance pour annoncer notre arrivée imminente à Wrexton. S'il arrive avant la cérémonie, il demandera à l'évêque de nous attendre pour la célébrer.

Tiarnan et les trois autres blessés se trouvaient déjà dans le chariot. Tout l'espace étant occupé, Keelin n'avait d'autre choix que de voyager à cheval.

Les destriers des chevaliers étendus dans la charrette étaient de grands et puissants animaux qu'elle craignait de n'être pas capable de diriger. Elle n'avait jamais été, en effet, une cavalière émérite et, depuis son arrivée en Angleterre, n'était pas montée une seule fois à cheval, mais elle n'avait pas le choix. Si elle marchait à côté du convoi, elle se laisserait distancer rapidement et obligerait Marcus à l'attendre. Quant à guider le robuste animal qui avait été attelé à la place de la mule, elle ne s'en sentait pas capable.

Alors que tous étaient prêts, Keelin levait toujours les yeux sur sa monture sans savoir comment se hisser sur elle.

— Savez-vous monter ? demanda Marcus, intrigué par son hésitation.

— Un peu, répondit-elle en se tournant vers lui, mais il y a bien longtemps que cela ne m'est pas arrivé.

— Si vous ne vous sentez pas capable de vous maintenir sur un grand cheval de bataille, vous pourriez venir sur le mien. Il supportera sans peine nos deux poids. Harnaché et caparaçonné pour le tournoi, et monté par un cavalier en armure, il porte une charge bien plus grande.

Keelin ne demandait pas mieux, mais elle ne pouvait accepter l'offre de Marcus après tous les efforts qu'elle l'avait vu déployer pour garder ses distances vis-à-vis d'elle.

— Je vous remercie, messire, mais si vous pouviez m'aider à m'asseoir sur la selle de ce cheval, je serais prête à me laisser conduire par lui jusqu'au fin fond du pays de Galles si c'était nécessaire.

Voyant Marcus hésiter, elle comprit qu'il appréhendait de la toucher. Sentant les larmes lui brûler les yeux, elle détourna rapidement la tête et prit les rênes du cheval. Sans prêter attention à la réaction du comte de Wrexton, elle se dirigea avec l'animal vers un banc, le long du mur de la chaumière, sur lequel elle avait l'intention de monter pour réussir à se hisser en selle.

Elle relevait son surcot pour libérer sa jambe et mettre le pied sur le banc quand Marcus, qui l'avait suivie, lui saisit le poignet.

— Qu'avez-vous l'intention de faire, damoiselle ?

— Ne vous souciez pas de moi, messire. De cette façon, je réussirai à me mettre en selle.

Elle le vit rougir jusqu'en haut des oreilles alors que, sans lui demander la permission, il la prenait à la taille et la soulevait.

Un instant après, elle était juchée sur le grand cheval.

— Ça ira ? demanda Marcus. La selle n'est pas adaptée...

— Je me débrouillerai, répondit Keelin dont les deux jambes pendaient du même côté. Je me tiendrai au pommeau.

Jamais Marcus ne s'était senti aussi vulnérable. Il cheminait le long d'une étroite vallée avec un chariot de blessés, une jeune fille mal à l'aise sur son destrier et seulement deux chevaliers valides. Anxieux, il scrutait inlassablement la lisière de la forêt le long de laquelle ils progressaient. S'ils étaient attaqués, maintenant, par une troupe comme celle rencontrée quelques jours plus tôt, ils n'avaient aucun espoir d'échapper.

Juste après l'aube, Marcus et Roger étaient partis en reconnaissance sur la route pour s'assurer qu'aucun danger imminent ne se présentait. Ayant trouvé le champ libre et n'ayant relevé aucune trace d'un passage récent de cavaliers, ils avaient estimé qu'ils pouvaient quitter sans danger la chaumière. Plus tôt ils atteindraient Wrexton, moins Adam et les autres blessés auraient à souffrir.

Marcus avait été très ému au moment où il avait soulevé Keelin par la taille. Elle était si souple, légère et gracieuse... Lorsque ses longs cheveux, libres et soyeux, lui avaient effleuré le visage, cela avait été comme une caresse qui avait éveillé en lui l'envie de les toucher, de les sentir sous ses doigts...

Il se réprimanda intérieurement. Il fallait, sans délai, chasser de ses pensées ces rêveries qui ne l'aideraient pas à conduire au plus vite la petite troupe en sécurité derrière les murs de Wrexton. Plus tôt il gagnerait son fief, plus tôt il serait en mesure d'organiser une expédition punitive contre Ruairc Mageean.

A moins que ce dernier n'agît le premier et n'envoyât des hommes pour tenter de récupérer la lance sacrée. Si tel était le cas, il les attendrait de pied ferme sur les remparts de son château.

Il ferait tout pour protéger Keelin, même s'il avait des réticences au sujet de son don de voyance, et lorsque le danger serait écarté, il la laisserait repartir dans son pays.

De son côté, Keelin souffrait trop de l'inconfort de sa position sur le destrier pour penser à autre chose qu'à se maintenir en selle. Elle était épuisée, mais elle oubliait un peu sa torture quand elle baissait les yeux sur les blessés cahotés dans la charrette, sur le visage de messire Edouard, en particulier, qui blêmissait chaque fois qu'une roue tombait dans une ornière ou un nid-de-poule.

Alors que le jour déclinait, ce fut pour tous un soulagement immense d'apercevoir enfin, au loin, au milieu de collines verdoyantes, les hautes tours du château de Wrexton juché sur un piton rocheux au pied duquel était niché le village.

Entouré d'imposants remparts flanqués de quatre tours d'angle en plus des deux tours encadrant la porte, il était dominé par un énorme donjon bien plus haut et massif que celui de Carrauntoohil. Une rivière coulait au pied des remparts qu'elle séparait du village. En dépit du caractère défensif de l'édifice, un sentiment de paix et d'harmonie s'en dégageait qui était sans doute lié à la beauté et à la douceur du site.

En les voyant approcher, les villageois sortaient de leurs maisons et venaient au devant d'eux, saluant Marcus, lui exprimant leurs regrets et leur tristesse à cause de la mort du comte.

Touché par leur spontanéité et la sincérité de leur compassion, Marcus descendit de cheval et invita messire Roger à poursuivre sans lui jusqu'au château.

Keelin l'observait du coin de l'œil et il lui faisait penser à son père avec sa grande taille, sa robustesse et l'autorité avec laquelle il parlait. Elle avait, certes, décelé aussi beaucoup de douceur en lui, mais c'eût été une erreur d'en tirer la conclusion qu'il n'était pas capable de fermeté et n'avait pas un don inné du commandement.

Il pouvait se montrer, assurément, aussi inflexible et déterminé qu'Eocaidh O'Shea, ce père dont la figure héroïque avait illuminé l'enfance de Keelin.

Après avoir franchi le pont-levis au-dessus de la rivière, être passés sous la herse surplombée par un mâchicoulis et avoir franchi la porte bardée de fer, ils pénétrèrent dans la basse-cour où s'élevaient des écuries à pans de bois avec, au-dessus, les logis des palefreniers aménagés dans les combles. Des greniers à pans de bois également et murs en torchis leurs faisaient suite, ainsi que des bâtiments plus bas d'où provenaient les grognements de porcs et le caquètement des gallinacés.

Adossée au donjon et aux courtines se dressaient la chapelle et, de l'autre côté, un logis édifié sur une salle basse qui abritait les cuisines. Dans le prolongement de celles-ci, un bâtiment plus bas et sans ouvertures, accolé au rempart, servait de cellier.

Keelin reconnut messire Roger qui venait au-devant d'eux entouré d'autres chevaliers. Ils prirent aussitôt en charge les blessés qu'ils portèrent dans la salle des gardes sauf Adam qui fut conduit dans le logis seigneurial.

Messire Guillaume aida Keelin à descendre de cheval et, dès qu'elle eut touché le sol ferme, elle courut vers la charrette et aida son oncle à en descendre. Guidée par messire Roger, elle gravit lentement les grands degrés conduisant au perron du donjon. Infirme depuis la naissance, Tiarnan avait le pied moins sûr encore maintenant qu'il était âgé. Aussi Keelin devait-elle le soutenir fermement par la taille.

— Messire Guillaume, dit-elle soudain inquiète. Pourriez-vous me dire où seront conduites ma mule et ma charrette ?

— Dans les écuries, pour la première, mais à l'opposé de la partie réservée aux chevaux, et tout simplement dans la remise, pour la seconde, entre les écuries et l'étable.

— Elle restera accessible ? demanda Keelin, préoccupée par la lance sacrée qu'elle ne voulait pas extraire de sa cachette en présence de témoins.

— Plus ou moins, mais ne vous faites pas de souci. J'enverrai des valets prendre votre coffre et ils le monteront dans votre chambre.

— Merci, messire Guillaume, répondit-elle, rassurée.

Dès que le moment propice se présenterait, elle irait récupérer *Ga Buidhe an Lamhaigh* et l'emporterait dans sa chambre où elle trouverait un endroit pour la dissimuler.

— J'ai l'impression que ce donjon est très important, remarqua Tiarnan dont l'attention se concentrait sur les marches en pierre de l'escalier.

— En effet, mon oncle. Il est énorme. Je n'en ai jamais vu d'aussi haut ni d'aussi large.

— Le nôtre est bien modeste en comparaison ?

— Oui, acquiesça Keelin en levant les yeux sur l'imposante porte en chêne, cloutée et bardée de fer, qui donnait accès au donjon. Il est beaucoup moins majestueux... Et ce château n'est pas seulement plus grand et imposant, il est aussi dans un état remarquable. Les comtes de Wrexton doivent être très fortunés.

A cet instant même, la porte s'ouvrit et une jeune femme élégante et courtoise parut sur le seuil.

— Damoiselle Keelin O'Shea, annonça messire Guillaume.

Puis, se tournant vers la jeune fille :

— Damoiselle Yseult Coule, châtelaine de Wrexton.

Yseult salua avec grâce Keelin et son oncle, et les invita à entrer dans le donjon. Keelin salua la jeune femme avec la même courtoisie, bien qu'elle se demandât à qui elle avait affaire : une parente pauvre de Marcus ? Une sœur frappée par le veuvage ? Une promise ?

— Deux chambres ont été préparées pour vous et votre oncle, damoiselle, dit-elle en précédant Keelin dans la grande salle.

L'air hautain de la jeune femme, sous son apparence aimable, n'échappa pas à Keelin. Elle tenait, de toute évidence, à lui faire comprendre qu'elle était chez elle ici.

— Je vous ferai porter des rafraîchissements dès que vous serez installés.

— Merci, répondit Keelin qui n'avait aucune raison de se laisser troubler par l'hostilité à peine voilée d'Yseult.

Elle ne représentait pas une menace pour elle puisqu'elle quitterait Wrexton le plus tôt possible. Dès qu'Adam serait entièrement remis de sa blessure et Tiarnan suffisamment habitué à son nouveau cadre de vie, elle prendrait le chemin de l'Irlande.

En pénétrant dans la grande salle, Keelin fut émerveillée par ses dimensions et la magnificence de sa décoration avec ses somptueuses tapisseries pendues aux murs, son dressoir chargé d'argenterie et d'orfèvrerie, son estrade richement décorée et présentant un dais brodé de fils d'or et d'argent, la tribune des musiciens délicatement sculptée.

Carrauntoohil était bien fruste comparé à cette demeure seigneuriale. C'était un édifice défensif avant d'être un lieu de séjour et d'agrément. Elle en prenait conscience pour la première fois. Elle avait toujours considéré le donjon de Carrauntoohil comme sa résidence, mais elle savait qu'elle ne le verrait plus sous le même jour, à présent.

Peut-être pourrait-elle lui donner une touche un peu plus raffinée et féminine ? Elle allait étudier soigneusement la décoration et les commodités de Wrexton, et peut-être pourrait-elle s'en inspirer pour améliorer le confort de Carrauntoohil.

Keelin reporta son attention sur Yseult. Elle était son aînée de quelques années, mais encore très jeune. Avec ses cheveux auburn, ses grands yeux de biche, ses longs cils noirs, le nez et les pommettes parsemés de taches de rousseur, elle était charmante et évoquait dans le souvenir de Keelin certaines jeunes filles du Kerry.

Elle avait le visage et la tête cachés en partie par une jolie guimpe et était vêtue d'un surcot bleu roi au-dessus d'une cotte jaune et d'un jupon vert, et duquel s'échappaient d'élégantes et amples manches.

Mal à l'aise dans sa tenue fruste, Keelin referma les pans de sa cape usée d'un ocre brun. Depuis quatre ans, elle n'avait pas changé de vêtements et ne s'était nullement souciée de son apparence.

— Messire de Granville a-t-il été retenu par quelque obligation ? demanda Yseult en s'engageant dans un escalier à vis aménagé dans un angle de la salle et qui recevait une faible clarté par d'étroites fenêtres.

— En effet, répondit Keelin. Les villageois l'ont accueilli avec une telle émotion qu'il est descendu de cheval pour leur parler.

Yseult ne fit aucun commentaire, mais Keelin crut voir se dessiner sur ses lèvres une petite moue de désapprobation qui, d'ailleurs, s'effaça bien vite.

Tiarnan s'accrocha au bras de sa nièce et ils commencèrent à gravir les marches avec lenteur.

— Je ne pense pas que messire de Granville se laissera retenir très longtemps au village, reprit Keelin. Il était impatient de voir Adam et ses compagnons confortablement installés.

— Ah ? Oui… Adam est-il gravement blessé ?

— Hélas… Il a reçu une flèche dans le dos. Il aurait pu être tué.

— Est-ce qu'il s'en remettra ?

— Nous sommes en droit de l'espérer, mais vos prières ne seront pas superflues.

Yseult ne répondit rien et Keelin, encore une fois, fut étonnée de l'absence de réaction de sa part. N'aurait-elle pas dû se montrer plus concernée par l'état de santé du jeune garçon ?

A mi-hauteur de la grande salle qu'on apercevait en contrebas par une étroite ouverture à caractère défensif, Yseult gravit deux marches aménagées dans l'épaisseur impressionnante du mur et donnant accès à une porte. Elle débouchait sur une galerie où elle s'engagea, suivie de Keelin et son oncle.

Elle s'arrêta devant la première porte qu'elle rencontra et l'ouvrit.

— Voici votre chambre, messire Tiarnan, annonça-t-elle.

La pièce, au sol en terre cuite, présentait un lit, un coffre et deux sièges. Deux bancs en pierre étaient aménagés dans l'embrasure de la fenêtre obstruée par un volet qu'Yseult alla ouvrir. Des flammes dansaient dans la cheminée.

— J'espère que vous vous y trouverez bien. Vous disposez de latrines privées comme chaque chambre dans ce logis qui surplombe la rivière.

— Mon oncle ne vous répond pas car il a une ouïe assez faible et une mauvaise vue, répondit Keelin pour expliquer le silence du vieil homme, mais il sera très bien dans cette chambre que je trouve fort belle. Merci beaucoup, damoiselle Yseult.

Elle conduisit son oncle jusqu'au lit sur lequel elle l'aida à s'étendre, sachant qu'il était exténué après leur long et épuisant voyage.

— Reposez-vous un peu, mon oncle. Je reviendrai vous voir très vite. Mais avez-vous besoin de quelque chose ?

— Non, ma chérie, je n'ai besoin que de repos, répondit-il en se couchant sur le côté. Je vais faire un petit somme et, après, je serai frais comme un gardon.

Keelin sourit et suivit Yseult qui la conduisit à la chambre voisine et lui confia deux chandelles.

— Vous nous avez fait demander, messire ? demanda l'un des jeunes chevaliers alors que Marcus, aidé d'un valet, retirait son haubert.

L'eau de la baignoire en châtaignier, qui l'attendait, fumait. Il allait s'y plonger, mais il devait d'abord confier aux deux jeunes gens une mission importante.

Il les considéra un instant en silence et se sentit conforté dans son choix. Ils formaient une solide paire et lui inspiraient toute confiance pour l'exécution du service qu'il attendait d'eux.

— Je voudrais que vous vous rendiez en Irlande, leur dit-il en retirant sa tunique qu'il jeta sur le lit.

Puis, s'asseyant sur le bord du matelas, il quitta ses chausses.

— Vous irez dans le comté de Kerry où vous vous rendrez au donjon de Carrauntoohil. Après vous être assurés qu'il est toujours sous le pouvoir du clan O'Shea, vous donnerez à ses occupants des nouvelles de la damoiselle Keelin et de son oncle Tiarnan. Prenez garde de ne pas croiser la route de Ruairc Mageean qui est l'ennemi juré d'Ui Sheaghda.

Si la nature de leur mission inquiétait les chevaliers ou leur déplaisait, ils n'en laissèrent rien voir. Aussi, sans hésiter, le jeune comte de Wrexton se pencha-t-il sur un coffre dont il sortit deux bourses.

— Vous partirez demain, dès l'aube, dit-il en leur en donnant une à chacun.

— Voici pour vos frais.

Les hommes s'inclinèrent et se retirèrent.

— Je n'ai plus besoin de toi, dit-il au valet qui sortit à son tour.

Seul, Marcus acheva de se dévêtir et entra dans le bain.

Il commençait à peine à s'y détendre quand Yseult, accompagnée de deux servantes portant serviettes et vêtements propres, entra dans la chambre.

— Ne refusez pas mon assistance, Marcus, dit Yseult sans lui laisser le temps d'émettre la moindre objection. Il est normal que je m'occupe de vous alors que vous êtes en deuil. Les obsèques de votre père auront lieu ce soir, l'évêque ayant eu la gentillesse de les reporter lorsqu'il a appris que vous étiez sur le chemin du retour.

— Yseult ! s'exclama Marcus d'un ton irrité, le sang aux joues. Il me semble que nous avons déjà parlé de cette question ensemble. Je n'ai pas besoin de vos services lorsque je prends mon bain.

— Mais…

— Laissez-moi ! dit-il avec fermeté avant de répéter avec plus de force encore, pour qu'il n'y eût aucune ambiguïté sur ses intentions : Laissez-moi !

Yseult fronça les sourcils mais ne bougea pas. Sans vergogne, avec même un aplomb incroyable, elle dévorait des yeux le corps magnifique de Marcus, créant en lui un inconfort de plus en plus grand.

Elle avait commis ce genre d'indiscrétion dès son arrivée à Wrexton après le décès du précédent comte qui avait eu lieu cinq ans plus tôt. Or, Marcus, à l'époque, lui avait fait clairement comprendre qu'il ne souhaitait nullement avoir de relations intimes avec elle.

De toute évidence, bien qu'il eût réitéré à plusieurs occasions son refus, Yseult n'avait toujours pas compris.

Elle avait, certes, toujours rêvé de devenir comtesse de Wrexton. N'avait-elle pas fait comprendre à Eldred qu'elle serait une parfaite épouse pour son fils ? Convaincu par ses arguments, le comte avait même plaidé sa cause auprès de Marcus.

Ce dernier avait été flatté par tant d'insistance, mais il n'était pas prêt à prendre femme, et n'en voulait surtout pas une aussi déterminée et conquérante qu'Yseult.

Plus elle avait insisté, plus Marcus s'était senti mal en sa présence et, à mesure que les années passaient, il s'était évertué à mettre autant de distances entre eux que les règles les plus élémentaires de la politesse l'y autorisaient…

Il n'arrivait pas à comprendre pourquoi le cousin de son père n'avait pas trouvé de mari à cette parente éloignée et sans famille qu'il avait recueillie toute jeune et laissée jouer le rôle de maîtresse de maison après la mort de la comtesse.

Marcus ayant clairement fait comprendre à son père qu'il n'épouserait jamais Yseult, Eldred avait essayé de la marier, mais elle avait repoussé tous les prétendants qu'il lui présentait. Il était évident qu'elle ne voulait rien de moins que le titre de comtesse de Wrexton.

Lorsque la porte de sa chambre se fut finalement refermée sur Yseult et les deux servantes, Marcus, enfin seul, laissa échapper un soupir. Après la mort de son père, Yseult, sans nul doute, allait redoubler d'efforts pour tenter de le conquérir…

7.

L'encens s'élevait sous la haute voûte de la chapelle, s'enroulait sur lui-même, s'étirait sans fin dans la lumière dorée du soleil couchant qui pénétrait dans l'édifice par les vitraux du chœur. Etendu dans sa bière qu'encadraient quatre grands cierges, le onzième comte de Wrexton, Eldred de Granville, recevait l'hommage de ses sujets, venus nombreux pour assister à ses funérailles.

D'une tribune s'élevaient les voix séraphiques d'un chœur d'enfants embrasant les âmes que Keelin croyait voir monter vers le ciel comme les volutes de fumée vers les croisées d'ogive.

Devant elle se dressait Marcus, droit, grand, impressionnant, ses longs cheveux blonds parsemés de reflets d'or dans les rayons du soleil. A sa droite se tenait Yseult Coule et à sa gauche le baron de Kirkham.

La chapelle était pleine. Parents et amis du défunt se trouvaient en grand nombre à côté de ses sujets, et beaucoup d'entre eux pleuraient. Autant parmi les proches d'Eldred que parmi les villageois et les serviteurs du château. A n'en point douter, pensa Keelin, le père de

Marcus était un homme juste qui avait su se faire aimer des petites gens.

En voyant Eldred de Granville couché dans sa bière, comment n'aurait-elle pas pensé à son propre père aux obsèques duquel elle n'avait pu assister puisqu'elle avait dû s'enfuir précipitamment avec son oncle et la lance sacrée ?

A la pensée d'Eocaidh O'Shea renversé sur le sol et baignant dans son sang, elle eut un sanglot. Mon Dieu ! Cormac, lui aussi, avait succombé sous les coups de Ruairc. Comment Ui Sheaghda pourrait-il survivre à de telles épreuves ? Si elle ne ramenait pas au plus vite *Ga Buidhe an Lamhaigh*, il allait irrémédiablement tomber au pouvoir du clan Mageean et s'éteindre.

Elle aurait voulu courir à la charrette, s'emparer de la lance et fuir au plus vite, mais elle ne le pouvait pas, d'abord à cause de son oncle, et aussi de l'état de santé d'Adam qui s'était dégradé, malheureusement, au cours du voyage.

Elle devrait rester à son chevet encore plusieurs jours, jusqu'à ce qu'elle ait la certitude qu'il soit en bonne voie de guérison. Quant à Tiarnan, il allait mieux qu'au moment où Marcus de Granville et ses chevaliers étaient arrivés à la chaumière. Keelin ne pouvait qu'espérer que son état continuerait de s'améliorer, particulièrement lorsqu'elle serait loin et dans l'incapacité de veiller sur sa santé.

La messe de requiem touchait à sa fin. Après la bénédiction, l'évêque prononça la prière des défunts tandis que le chapelain de Wrexton faisait le tour de la bière et encensait une dernière fois le corps.

Il semblait à Keelin que son cœur se dilatait en respirant l'odeur de l'encens et en écoutant les chants d'une indicible beauté. Elle fut un moment dans un état de joie et d'exaltation tel que les larmes roulèrent le long de ses joues puis la douleur lui perça le côté quand elle vit quatre hommes soulever le cercueil et l'emmener vers l'escalier conduisant à la crypte.

La cérémonie touchait à sa fin. Une procession, précédée de l'évêque et du chapelain, se forma à la suite du défunt. Keelin remarqua qu'Yseult, en marchant, donnait le bras à Marcus. Elle n'aurait pas dû être troublée par cette vision et, pourtant, elle ne put résister au besoin de baisser les yeux pour ne plus les voir ainsi attachés l'un à l'autre.

Heureusement elle ne resterait pas longtemps à Wrexton. Dès qu'elle le pourrait, elle retournerait dans le Kerry où l'attendait son promis. Le baiser qu'elle avait échangé avec Marcus de Granville n'était qu'un moment d'égarement survenu en raison des cruautés de la vie. Et le lien très fort qu'elle avait cru sentir entre eux n'était que pure invention de sa part.

Il était minuit passé et Marcus se félicitait d'avoir pu dormir quelques heures avant d'être arraché au sommeil par un valet.

Etendu en travers de son lit, il savoura encore quelques instants de repos dans le confort de sa grande chambre avant de se lever et de s'habiller.

Il était attendu dans la chambre d'Adam où Keelin l'avait fait demander. En entrant, il fut surpris par la clarté qui y régnait. De nombreuses chandelles brûlaient autour du lit sur lequel le jeune garçon, apparemment endormi, était étendu sur le ventre. Son pansement avait été retiré et Marcus fit la grimace en voyant la plaie.

— Priez le ciel qu'il guérisse, dit Keelin. Sa plaie s'est mise à suppurer. Je vais avoir besoin de votre aide pour la drainer.

Il n'écoutait pas la jeune femme. Toute son attention était absorbée par la beauté de son regard et la magnificence de sa chevelure qu'il brûlait de caresser, lisser entre ses doigts…

Sacrebleu ! Avait-il perdu la tête ? Il venait à peine d'enterrer son père ! Adam était à l'agonie ! Et il n'avait pas d'autre désir que de prendre Keelin dans ses bras !

Serrant les poings, il lutta pour résister à l'envie de passer la main dans ses cheveux et s'attacha plutôt à étudier l'expression de son visage. Elle semblait exténuée. Depuis leur arrivée à Wrexton, il ne s'était pas du tout occupé d'elle. Il avait passé l'essentiel de son temps avec l'évêque et, dès qu'il en avait eu l'opportunité, il s'était rendu auprès de ses faucons.

Pendant ce temps, Keelin s'était consacrée exclusivement aux blessés, et elle avait donné tant d'elle-même que des cernes, contrastant avec la pâleur de sa peau, s'étaient dessinés sous ses grands yeux.

Elle avait été émue, certes, par le service funéraire. Plusieurs fois, il l'avait vue essuyer des larmes de ses joues. Elle portait en elle, assurément, certaines souffrances bien enfouies et elle ne devait pas se confier au premier venu. Il n'avait jamais rencontré une personne à la fois aussi tendre, compatissante et forte.

— Messire ? dit-elle comme pour le rappeler à l'ordre. Peut-être aurais-je dû demander l'aide d'un…

— Non… Dites-moi ce que vous voulez que je fasse.

— Placez-vous près de sa tête et tenez-le fermement par les bras tout en lui parlant doucement. Je crains qu'il n'ait très mal.

Comme précédemment, l'accent irlandais chantant de Keelin charma les oreilles de Marcus qui souhaitait ne voir en elle qu'une noble personne éloignée malgré elle de son pays et ayant un don inné pour lire dans l'avenir.

Au fond de lui-même, il priait pour qu'il en fût ainsi et qu'il n'y eût rien de satanique dans les talents qu'elle déployait.

Marcus s'agenouilla près d'Adam et lui parla doucement. Comme il n'obtenait aucune réaction, il leva les yeux sur Keelin.

— Je lui ai fait boire une décoction de plantes qui a un effet calmant. Il est somnolent, mais ne vous privez pas, néanmoins, de lui parler. Ça l'aidera à supporter la douleur.

Marcus se pencha de nouveau sur l'enfant et lui passa la main sur le front.

— Il est brûlant !

— Oui. La plaie s'est infectée... Il faut absolument la drainer.

Elle se munit du nécessaire et, alors que Marcus tenait Adam et lui parlait avec douceur, elle s'employa à extraire le pus de sa blessure. L'enfant se tortilla en gémissant mais resta plus ou moins inconscient.

Lorsqu'elle eut fini de nettoyer la plaie, Keelin la recouvrit d'un emplâtre fait de plantes broyées.

— J'ai l'impression qu'il s'est évanoui, remarqua Marcus.

— Oui, c'est aussi bien ainsi car il doit avoir horriblement mal.

Elle se lava les mains dans une cuvette d'eau claire et commença à enrouler un pansement autour du torse d'Adam à l'aide de bandes de linon qu'elle avait réclamées à Yseult pour le soin des blessés.

— Pourriez-vous le soulever un peu pour que je puisse passer au-dessous de lui, messire, s'il vous plaît ? demanda-t-elle avec une grâce qui ranima l'intérêt de Marcus.

Il fit le tour du lit et glissa les mains sous le jeune garçon pour prendre le bandage que Keelin lui tendait. Leurs doigts se touchèrent et il fut comme frappé de stupeur alors qu'un frisson lui courait dans le dos.

Levant les yeux sur Keelin, il lut dans l'expression de son regard la même émotion que celle qu'il venait d'éprouver mais, agissant comme s'il ne s'était rien passé, elle reprit la bande qu'il lui présentait après en avoir entouré l'enfant et poursuivit ce qu'elle avait commencé.

Elle trempa ensuite un linge dans une cuvette d'eau et, après l'avoir tordu, épongea le corps brûlant de fièvre d'Adam.

— Que puis-je faire d'autre ? demanda Marcus.

— Rien, messire. Je voulais seulement que vous veniez m'aider à le bander et je pensais qu'il serait bon que vous soyez là au cas où il s'éveillerait. Votre présence le rassure.

— Alors, laissez-moi l'éponger à votre place, offrit Marcus en faisant le tour du lit pour prendre le linge de la main de Keelin. Vous devriez vous coucher. Vous semblez si fatiguée.

— Je le suis, répondit-elle en soupirant, mais je veux rester près d'Adam. Je me sens responsable de son état… Si je ne m'étais pas trouvée avec mon oncle dans la chaumière…

— Vous savez, Keelin, que je ne vous tiens nullement pour responsable de la mort de mon père ni de la blessure d'Adam.

Keelin le regarda d'un air incrédule avant de s'écarter de lui, non sans lui avoir abandonné le linge qu'il était venu prendre dans sa main. Elle ne pouvait croire qu'il lui pardonnait une culpabilité aussi évidente. Il cherchait seulement à ne pas lui faire de peine.

Alors que Marcus rafraîchissait à son tour le corps ruisselant de sueur d'Adam, Keelin alla s'asseoir sur un siège près de l'âtre.

Elle semblait si fragile et vulnérable que Marcus n'avait d'autre désir que de la prendre dans ses bras et la serrer sur son cœur, mais, résistant à ses impulsions, il continua de soigner avec précaution son cousin.

— Vous êtes très délicat, remarqua Keelin.

Le son mélodieux de sa voix eut l'effet d'une caresse sur Marcus qui murmura une réponse inaudible en continuant de passer le linge humide sur Adam.

Inconsciente de l'émotion qu'elle avait fait naître chez le comte de Wrexton, Keelin poursuivit :

— Diriez-vous que c'est rare pour un chevalier rompu aux tournois et à la guerre d'avoir la patience de soigner un blessé ?

Marcus, qui ne trouvait pas désagréable au fond d'être l'objet de l'intérêt de Keelin, s'éclaircit la voix avant de répondre :

— Au contraire. Nous sommes habitués à nous venir en aide les uns les autres. J'ai pansé et soigné plus d'un compagnon d'armes, autrefois, en France.

— Vous combattiez sous la bannière d'Henry ?

— Oui.

— Mais il est mort depuis six ans ! Vous n'étiez qu'un enfant à l'époque où il a livré ses dernières batailles !

Il haussa les épaules.

— Plus vraiment… A la mort du roi, je venais d'avoir vingt ans.

Regardant Keelin dans les yeux, il ajouta :

— Puisque nous parlons de soins prodigués aux blessés, pourriez-vous me dire où vous avez appris à vous occuper aussi bien d'eux ? Je n'ai jamais vu personne soulager la souffrance de cette manière ni montrer une telle compétence dans la pratique de la chirurgie.

Comprenant qu'il n'aimait pas parler de lui-même, Keelin, pour lui complaire, consentit à être de nouveau le sujet de la conversation.

— C'est mon oncle qui m'a appris les rudiments de la médecine. Il était l'aîné de ses frères et, s'il n'avait pas boité, il aurait été le chef de notre clan à la place de mon père. Il était incapable de conduire les siens au combat, mais rien ne l'empêchait de les conseiller et il l'a toujours fait avec zèle. Mon père se reposait sur lui pour toutes les décisions importantes. A la mort de ma mère, il a laissé mon oncle me prendre sous son aile et, à partir de ce jour, alors que je n'étais encore qu'une petite fille, il m'a enseigné l'art des soins par les plantes.

— Tiarnan est un guérisseur…

— Oui, le meilleur du Kerry, disait-on, et peut-être même d'Irlande.

— Et sa nièce, j'en ai bien l'impression, ne lui cède en rien sur la compétence.

Elle baissa la tête avec modestie.

— Je ne sais pas…

Le silence retomba alors que Marcus continuait patiemment de passer le linge sur Adam.

— Il me semble qu'il est moins brûlant, remarqua-t-il après quelques instants.

Keelin se leva de son siège et, s'approchant du jeune garçon, posa la main sur son front.

— Vous avez raison. A force de le rafraîchir, sa température est tombée.

Marcus regardait le mouvement des lèvres de Keelin sans écouter ce qu'elle disait. Sa jolie bouche généreusement ourlée, ses petites dents d'une blancheur éclatante exerçaient sur lui comme une fascination. Il avait une envie brûlante de s'emparer…

Les lèvres de la jeune fille étaient toutes proches. Il sentait sur son visage le souffle léger de Keelin, devinait la chaleur de son corps… S'inclinant sur elle, il la vit baisser les paupières et avancer les lèvres…

Etait-ce vrai ? se demanda-t-il en se redressant soudain. Il avait perdu sa timidité, et éprouvait même une assurance de plus en plus grande.

Sans doute s'était-il laissé ensorceler sinon rien de tel, si étranger à sa nature, ne se serait produit.

— Peut-être est-il temps, en effet, que j'aille me coucher, dit Keelin en gardant les yeux baissés. Faites-moi appeler si son état s'aggravait.

Sur ces mots, elle s'esquiva.

8.

Keelin glissa dans un profond sommeil et lorsqu'elle s'éveilla, le lendemain matin, elle se sentit mieux reposée qu'elle ne l'avait jamais été. C'était la première fois depuis l'irruption tragique de Ruairc Mageean dans sa vie qu'elle éprouvait un tel sentiment de sécurité, et elle savait qu'il était lié à la paix qui régnait dans le château de Wrexton.

Mais si elle ressentait ce sentiment de protection, elle était, par contre, pour la première fois aussi, la proie d'une agitation nerveuse et d'un désir de tendresse au centre desquels se trouvait, évidemment, Marcus de Granville.

Il avait été sur le point de l'embrasser — elle avait lu clairement cette intention dans son regard alors qu'elle sentait son souffle sur ses lèvres — quand, brusquement, il avait changé d'avis et s'était écarté d'elle.

Elle se retourna dans son lit avec dépit. Marcus avait plusieurs bonnes raisons de la fuir, la première d'entre elles étant son élévation subite au titre de comte de Wrexton qui faisait de lui un homme riche et puissant.

Son nouvel état l'incitait à chercher une épouse digne de lui, choisie parmi les jeunes filles nobles du royaume et dont la dot conforterait sa position. Il n'avait aucune raison de désirer s'allier avec une Irlandaise inconnue, et pauvre selon toute apparence.

En outre, cette étrangère était responsable de la mort de son père. Même si Marcus prétendait ne pas la considérer comme coupable, elle savait que, malgré lui, il associerait toujours sa présence en Angleterre avec la fin tragique d'Eldred de Granville.

Et puis il y avait ce don de voyance... Même les membres de son clan, ceux qui la connaissaient depuis l'enfance, avaient des difficultés à l'accepter. Même s'il ne venait pas directement de Satan, il s'était perpétué dans sa famille de mère en fille comme une malédiction. Or, si les O'Shea eux-mêmes étaient dubitatifs à son égard, que pouvait-elle attendre d'autre de Marcus de Granville ?

Les oiseaux pépiaient dans la cour du château, mais le jour qui se levait était gris et froid. Il allait pleuvoir de nouveau, pensa Keelin avec résignation.

Prête à faire face à cette nouvelle journée, elle quitta le cocon chaud et douillet de son lit et s'exposa à la fraîcheur qui régnait dans la chambre Après s'être lavée et habillée, elle se rendit silencieusement dans la chambre de son oncle.

A l'aube, une fille de cuisine vint remplacer Marcus au chevet d'Adam qui avait fini par s'endormir après une nuit agitée où il avait longuement déliré sous l'effet de la fièvre.

Au lieu de gagner sa chambre pour prendre enfin du repos, Marcus se rendit à la fauconnerie où, en présence de ses beaux oiseaux dont il avait été privé pendant près de deux semaines, il espérait retrouver un peu de sérénité.

L'odeur âcre des fientes lui piqua les narines au moment où il ouvrit la porte de la grande salle voûtée qui abritait les faucons. Il alluma plusieurs chandelles puis se rendit auprès de ses plus beaux animaux, un couple de gerfauts sur leur perchoir.

— Bonjour, dame Guenièvre, dit-il. Et vous, messire Lancelot.

D'une main gantée, il caressa le jabot du rapace.

— N'êtes-vous pas devenus paresseux en mon absence ?

Tout en parlant aux oiseaux, il s'assura que leurs ailes et leurs serres étaient en bon état, mais il ne s'inquiétait guère à ce sujet car son fidèle écuyer, Gerald, veillait sur les bêtes ailées avec une attention égale à la sienne. Il était considéré comme l'un des meilleurs fauconniers du royaume et Marcus lui accordait toute sa confiance.

Il inspecta les faucons pèlerins, les éperviers et les émerillons avant d'aller voir un couple d'autours puis il s'intéressa à la dernière acquisition de Gerald : deux jeunes émerillons qu'il convenait de dresser pour la chasse.

Marcus s'en serait volontiers chargé lui-même, mais avec la mort de son père, il allait devoir administrer son domaine, recevoir ses sujets, rendre la justice, autant d'occupations qui rempliraient largement ses journées. La prudence le poussait à s'entraîner au combat ainsi que ses chevaliers car il n'était pas exclu que les hommes d'armes du clan Mageean ne tentent de pénétrer à l'intérieur du château pour capturer Keelin.

Il ignorait combien de temps il faudrait aux Irlandais pour apprendre où elle se trouvait mais, avec un peu de chance, l'arrivée précoce de l'hiver les dissuaderait de rien tenter avant le retour des beaux jours.

Adam ruisselait de sueur. Le visage empourpré, il marmonnait des paroles incompréhensibles en se débattant sous sa courtepointe.

Heureusement, Tiarnan, comme il l'avait prédit, s'était réveillé en forme. Il semblait tellement apprécier le confort de Wrexton et la nombreuse compagnie qui s'y trouvait que Keelin n'eut aucun remords à le laisser se débrouiller tout seul tandis qu'elle restait au chevet du jeune cousin de Marcus.

Elle réclama l'aide de ce dernier, dans la matinée, mais on lui répondit qu'il était à l'entraînement avec ses chevaliers. Elle fit alors appeler Yseult. Ce fut en vain. La damoiselle était occupée…

Ne sachant à qui se vouer, Keelin se vit dans l'obligation de requérir l'aide de la fille de cuisine qui commençait à s'endormir au pied du lit d'Adam.

— Je vais avoir besoin de vous, Catherine, lui dit-elle. Il faut que vous teniez Adam pour qu'il ne bouge pas pendant que je nettoie sa plaie.

Keelin incisa de nouveau la blessure et en fit couler le pus tandis que la servante s'arc-boutait pour empêcher l'enfant de se débattre. Il finit par perdre conscience, ce qui permit à Keelin de drainer la plaie plus rapidement puis, aidée de Catherine, elle refit le pansement. Les deux femmes, ensuite, rafraîchirent l'enfant à l'aide d'un linge humide et lorsqu'il leur parut moins brûlant, elles changèrent les draps de son lit.

— Restez auprès de lui pendant que je porte tout ça à la buanderie, dit Keelin en rassemblant les draps et le linge.

— Oh non ! protesta Catherine. Je vais le faire.

— Je préfère que vous restiez ici, insista Keelin en se dirigeant vers la porte. Il faut que j'aille donner quelques ordres aux cuisines puis que je passe voir rapidement mon oncle.

Sur ces mots, elle sortit de la chambre avec son ballot et gagna l'escalier. Alors qu'elle traversait la grande salle, elle fut hélée par Yseult qui était assise près de la cheminée.

— Damoiselle ! Je ne connais pas vos us et coutumes en Irlande, mais ici les tâches domestiques sont accomplies par les serviteurs.

— C'est pareil chez nous, mais comme je descendais aux cuisines, j'ai pensé qu'en chemin je pourrais déposer ces draps à la buanderie.

— C'est hors de question !

Yseult fit un signe de la main à un huissier.

— Porte ces draps à la buanderie !

Le serviteur courut au-devant de Keelin qui lui abandonna son fardeau avant de prendre la direction des cuisines. Tout en marchant, elle pensa à la scène qui venait d'avoir lieu et se demanda pourquoi l'attitude d'Yseult à son égard était passée d'une courtoisie de bon aloi à une agressivité à peine dissimulée ?

A l'exception du petit incident qui venait d'avoir lieu, qu'avait-elle fait qui eût pu déplaire à la châtelaine, non en titre mais *de facto*.

En entrant dans la vaste cuisine aux plafonds voûtés dont les arcs d'ogive reposaient sur une double rangée de piliers, Keelin fut surprise par l'activité qui y régnait. Plusieurs mitrons et servantes s'affairaient autour de la cuisinière en titre, forte matrone aux joues rubicondes donnant des ordres d'une voix tonitruante qui n'effrayait personne car on la savait plus bruyante que méchante.

Keelin réussit à attirer son attention et la brave femme, ayant reconnu un visiteur de marque, interrompit son travail pour s'enquérir de ses désirs.

— Que puis-je pour vous, ma damoiselle ?

— Je voudrais deux écuelles de bouillon de viande et de légumes et un pot d'eau frémissante pour une décoction.

Un instant après, non sans avoir décliné l'offre de la cuisinière de la faire accompagner par une servante, Keelin ressortait de la cuisine avec un plateau chargé d'ingrédients et une paire de draps blanchis posée sur l'avant-bras.

Marcus pénétra dans la grande salle en compagnie de messires Guillaume et Robert au moment même où Keelin, poussant du dos une porte, y entrait à reculons.

Lorsqu'elle se retourna et le vit, la jeune fille, qui venait de remercier d'un sourire l'huissier qui s'était précipité pour lui ouvrir la porte, éclata d'un rire cristallin.

Charmé par cette rencontre inattendue, Marcus n'en nota pas moins qu'Yseult, toujours assise près du feu, n'avait aucune réaction. Elle avait entendu, assurément, tout autant que lui, l'explosion de joie de Keelin dont résonnait encore la grande salle, mais elle feignait de n'avoir rien remarqué ou, plutôt, montrait avec ostentation qu'elle se désintéressait complètement de la jeune Irlandaise.

Obéissant sans doute à une injonction d'Yseult, la servante qui ramassait de la cendre à ses pieds n'avait pas même relevé la tête.

Marcus et ses deux compagnons, ignorant Yseult, avançaient vers Keelin quand, soudain, ils la virent trébucher. Le plateau qu'elle portait lui échappa des mains. Il atterrit sur les dalles dans un bruit de bris de vaisselle tandis que Keelin s'étalait de tout son long.

Le comte de Wrexton courut pour l'aider à se relever tandis qu'Yseult, qui ne pouvait pas feindre plus longtemps d'ignorer la présence de Keelin, se mit à gronder la servante près d'elle pour avoir abandonné son balai au milieu de la salle.

— Vous êtes-vous fait mal ? demanda Marcus quand Keelin fut à nouveau debout.

Confuse, elle secoua la tête.

— Non, je vous remercie, messire, mais je suis désolée pour ce désordre... D'habitude, je ne suis pas si maladroite...

— Ça n'a aucune importance, répondit Marcus en faisant signe à un valet de venir ramasser les débris.

Puis, se tournant vers l'huissier :

— Va dans la cuisine et demande qu'on te donne exactement la même chose que ce que damoiselle Keelin transportait.

Sur ces mots, il conduisit cette dernière près de la cheminée où il la fit asseoir.

— Je vous assure que je vais bien, protesta-t-elle. Il faut que je retourne auprès d'Adam. Sa plaie suppure horriblement et il a une fièvre très forte.

Une expression soucieuse barra d'une ride le front de Marcus.

— Si vous êtes certaine que vous n'avez rien… dit-il en dirigeant son regard vers l'escalier comme s'il craignait qu'elle ne fût pas capable d'en gravir les marches.

— Cette fille est une idiote, dit Yseult lorsqu'elle eut fini de vitupérer la servante. Laissez-moi voir vos mains !

Keelin, à qui étaient adressées ces paroles, présenta ses mains à la châtelaine qui les retourna pour en examiner les paumes. Après s'être lamentée sur les égratignures qu'elles présentaient, elle voulut vérifier l'état des genoux de la jeune fille, mais celle-ci se leva brusquement.

— Ne vous inquiétez pas pour moi, damoiselle Yseult, dit-elle. Je n'ai rien du tout.

Là-dessus, elle se dirigea d'un pas rapide vers l'escalier et Marcus lui emboîta le pas.

— Adam était-il éveillé lorsque vous l'avez quitté ? demanda-t-il en rattrapant Keelin.

— Non, messire, répondit-elle sans s'arrêter. Il n'a été conscient que quelques instants, ce matin. Il est si accablé de douleur et de fièvre qu'il est presque tout le temps somnolent.

En gravissant les larges degrés de l'escalier à vis, Marcus glissa le bras sous celui de Keelin dont le cœur, aussitôt, bondit. Elle garda cependant les yeux baissés, craignant, par émotion, de rater une marche. Ne s'était-elle pas pris les pieds dans le balai juste après avoir aperçu Marcus de Granville ? Sa joie avait été si forte qu'elle en avait oublié de regarder devant elle !

— J'ai fait tout ce que j'ai pu pour Adam, remarqua-t-elle dans l'espoir de juguler l'émotion incontrôlée qui s'emparait d'elle. J'ai disposé sur sa plaie un cataplasme à base d'alchémille et de sauge des bois, mais elle continue de suinter.

Au sommet des marches, Marcus lâcha son bras et ils pénétrèrent ensemble dans la chambre d'Adam qui était la première sur leur passage.

— Vous voici, ma damoiselle, fit Catherine en se levant. Il n'a ni bougé ni bronché, pourtant il est brûlant.

Keelin posa la main sur le front de l'enfant et fronça les sourcils d'un air soucieux. Puis, versant de l'eau dans une cuvette, elle la donna à Marcus.

— Pourriez-vous le bassiner pendant que je prépare une décoction pour lui ?

Elle versa de la poudre de l'une de ses poches en cuir dans un bol qu'elle remplit de l'eau frémissante que l'huissier venait d'apporter de la cuisine. Lorsque le mélange fut satisfaisant, elle s'approcha du blessé.

— Adam ? M'entends-tu ?

Un petit gémissement s'échappa des lèvres de l'enfant.

— Bois une gorgée de cette infusion, mon garçon, dit-elle en glissant une cuillerée de la mixture entre ses lèvres. Ça te fera du bien.

En le voyant avaler, Keelin eut un soupir de soulagement. Le remède allait peut-être agir…

Le jour baissait et la fièvre d'Adam, cependant, restait toujours aussi forte. Si son état ne s'améliorait pas rapidement, son cœur finirait par lâcher…

— J'ai besoin de l'aide de mon oncle, dit Keelin d'une voix tendue qui inquiéta Marcus.

— Dois-je faire appeler le chapelain ? demanda Catherine.

Furieux que la servante pût supposer son cousin si près du trépas qu'elle crût le moment venu pour lui de recevoir les derniers sacrements, Marcus lui lança :

— Non ! Allez plutôt chercher messire Tiarnan. Dites-lui que nous avons besoin de lui.

— Oui, messire, répondit Catherine d'un air penaud en prenant la direction de la porte.

— Vous êtes injuste, messire, intervint Keelin. Catherine a eu raison de vous poser cette question. Je crois, en effet, qu'il serait préférable de prévenir le chapelain.

En voyant briller des larmes dans le regard de la jeune fille, Marcus comprit que la situation était plus grave encore qu'il ne le pensait. Se tournant vers Catherine qui attendait sur le seuil de la porte, il lui fit de la tête un petit signe d'assentiment.

La servante referma la porte derrière elle tandis que Marcus, consterné par ce qu'il venait implicitement d'admettre, restait interdit, le regard fixé sur l'huis. A aucun moment il n'avait envisagé qu'Adam pût mourir des suites de sa blessure. Or, à présent, il devait se préparer à cette affreuse issue.

Keelin s'étant approchée de lui, il la prit dans ses bras. Elle avait, apparemment, autant besoin que lui de tendresse et de chaleur. En la serrant sur son cœur avec le désir de la réconforter, il l'entendit, d'ailleurs, réprimer un sanglot…

Les heures qui avaient suivi avaient été extrêmement pénibles. Après un long combat contre l'infection, la nuit était tombée, enfin, et le calme était revenu dans la chambre du blessé étendu sur son lit, inconscient. Il venait de subir un traitement rigoureux et douloureux, ordonné par Tiarnan, qui lui avait été administré par Keelin et Marcus.

Jamais Keelin n'avait ressenti aussi fortement l'impression que le sort d'une vie reposait sur elle et jamais, non plus, elle n'avait eu autant le désir de fuir !

A un moment, elle avait été assaillie par un pressentiment funeste qui n'avait cessé de se renforcer au cours de la soirée. Elle avait essayé de l'interpréter, mais tous ses efforts avaient été vains. Elle était sûre, néanmoins, qu'il n'était pas lié à l'état de santé du jeune garçon.

Pour tenter d'y voir plus clair, Keelin envisagea un moment de se rendre dans la remise où étaient rangés les attelages et de sortir *Ga Buidhe an Lamhaigh* de sa cachette. Elle craignit cependant, si elle avait une vision grâce à la lance, de n'être si éprouvée par l'expérience qu'elle n'en devînt incapable de continuer à soigner Adam.

Elle était arrivée à la conclusion qu'il était préférable d'attendre. Tiarnan et elle-même n'étaient-ils pas en sécurité derrière les hauts murs de Wrexton ? Il n'y avait pas un membre du clan Mageean qui aurait pu pénétrer dans la forteresse sans être immédiatement repéré, et même si une troupe de soudards s'était présentée pour prendre d'assaut le château, elle n'avait aucun doute qu'elle aurait été repoussée par Marcus et ses défenseurs.

Adam était bien entouré et les derniers soins venaient de lui être administrés. La plaie était sèche, le pansement refait à neuf, et trois personnes veillaient sur lui. Keelin saisit l'occasion pour sortir respirer un peu d'air frais et s'éloigner ainsi de Marcus dont la présence la troublait par trop.

Chaque fois qu'elle était sortie de la chambre d'Adam pour aller chercher en cuisine une chose ou une autre, Catherine avait dû informer les domestiques de l'évolution de l'état de santé de l'enfant car lorsque Keelin pénétra à son tour dans la grande salle voûtée éclairée par un grand feu, elle fut entourée par les filles de cuisine et les mitrons.

La cuisinière interrogea Keelin et s'extasia ainsi que tous les autres serviteurs sur les traitements savants qu'elle avait administrés à l'enfant.

Keelin était à la fois émue de cette confiance et inquiète car, malgré tous ses efforts, elle n'était pas certaine de pouvoir sauver Adam.

Elle s'enveloppa dans sa cape et sortit dans la cour du château puis se dirigea vers le jardin. Elle avait besoin de quelques instants de paix et de solitude pour se remettre de ses émotions et réfléchir à la situation.

Elle aurait voulu n'éprouver aucun attachement pour Marcus et tous ceux qui l'entouraient, autant compagnons que serviteurs, mais elle ne pouvait s'empêcher d'avoir pour ces derniers une très forte sympathie et pour leur maître une inclination contre laquelle elle luttait.

Quels que fussent ses efforts, cependant, elle sentait bien au fond d'elle-même qu'elle était en train de perdre la bataille. Toute implication plus grande, assurément, rendrait très difficile son retour en Irlande.

Après presque cinq ans d'exil, les souvenirs de sa vie dans le Kerry commençaient à pâlir. Et de quel poids pesait le fiancé que son père lui destinait devant le bien réel Marcus de Granville ? Elle avait failli éclater en sanglots et s'abandonner complètement à lui lorsqu'il l'avait serrée dans ses bras, un peu plus tôt, alors qu'ils étaient seuls au chevet d'Adam.

Elle avait très nettement senti que Marcus lisait au fond de son âme, qu'il comprenait toute la profondeur de sa détresse alors qu'elle se sentait impuissante devant la progression de la fièvre.

Et plus tard, lorsque, sous la direction de Tiarnan, ils avaient fait tout ce qui était en leur pouvoir pour sauver Adam, ils avaient œuvré comme une seule et même personne, Marcus devinant les intentions de Keelin et répondant à ses attentes d'une façon inespérée.

— Damoiselle... fit une voix masculine familière dans son dos.

Elle se retourna, le cœur battant en entendant ce timbre chaud et vibrant. Sans aucun doute, Marcus lirait dans son regard quelle joie elle ressentait à se retrouver seule avec lui en ce lieu merveilleux, sous la voûte céleste où scintillaient des milliers d'étoiles.

— Messire ? répondit-elle d'une voix mal assurée.

— Je... euh... commença-t-il, les mains jointes devant lui dans une attitude évidente de timidité. Je me demandais ce qui n'allait pas. Vous avez quitté la chambre d'Adam si brusquement...

— Tout va bien, messire. Enfin, aussi bien que ça puisse aller. J'ai ressenti, en fait, un besoin urgent de respirer l'air frais de la nuit.

— Il est glacé, en vérité, répondit Marcus en s'approchant d'elle. Et humide. Je pense qu'il ne tardera pas à neiger.

— La nuit est claire, pourtant...

— Oui, mais il suffit que le vent tourne et nous aurons de la neige. Les anciens disent que l'hiver sera précoce et très rigoureux.

Keelin acquiesça en silence. Elle avait fait la même prédiction.

— Vous n'envisagez pas de retourner seule en Irlande, n'est-ce pas ? demanda Marcus après un moment d'hésitation.

Il sembla aussi surpris de la question qu'il venait de poser que Keelin à qui elle était adressée.

— Euh… si, messire. J'avais l'intention de partir dès qu'Adam irait mieux.

— Et votre oncle ? s'enquit Marcus en prenant les deux pans de la cape de la jeune fille entre ses mains qu'il venait enfin de disjoindre.

— Je pensais qu'il resterait ici, répondit Keelin qui sentait le regard insistant de Marcus sur elle. Avec vous, messire…

9.

Il la regardait intensément dans les yeux, ses grandes et belles mains à plat sur la poitrine de Keelin, là où battait son cœur affolé…

Comme poussée par une force mystérieuse, elle se dressa sur la pointe des pieds.

— Ce n'est pas une bonne époque pour voyager, dit-il dans un souffle.

— C'est vrai, messire. Je le sais, mais…

Les lèvres de Marcus effleurèrent les siennes, interrompant sa réponse comme elles mettaient fin à sa réflexion. Baissant les paupières, Keelin savoura le baiser, léger comme les battements d'ailes d'un papillon, et, lorsqu'il se fit plus pressant, elle y répondit avec la même suavité.

S'enhardissant, elle enlaça la taille de Marcus alors qu'il l'embrassait avec plus d'insistance, passait la main sur son épaule, descendait sur sa poitrine qu'il caressa doucement à travers le surcot en laine…

Le cœur battant, elle se serra contre lui, désirant n'avoir aucun obstacle entre eux, rêvant de sentir ses mains sur sa peau, ses lèvres là où ses doigts s'aventuraient…

Il déposa un baiser derrière l'oreille de Keelin, lui arrachant un petit gémissement, et descendit le long de son cou gracile jusqu'à l'épaule, là où se trouvait la broche qui maintenait réunis les deux pans de sa cape. Il l'ouvrit, dégageant l'épaule, la poitrine, puis commença à défaire les lacets du corselet de Keelin. Dès qu'il le put, il glissa la main sous le vêtement et caressa légèrement du bout des doigts la pointe tendue d'un sein…

Keelin se mordit la lèvre pour ne pas crier tant elle éprouvait de plaisir et d'étonnement. Jamais elle n'avait imaginé qu'une main d'homme pourrait engourdir ainsi sa conscience et liquéfier ses muscles. Comme elle ne se sentait pas capable de réfléchir, elle se soumit à ce qui lui était dicté par l'instinct et chercha à être agréable à Marcus. Laissant descendre ses mains fines, elle effleura sa force masculine visible sous les chausses, et il laissa échapper un soupir…

Un cri étouffé les arracha tous deux à leur vertige amoureux… Keelin laissa retomber les bras de chaque côté du corps tandis que Marcus se retournait. Après un bref regard en direction de l'intruse, il fit face de nouveau à Keelin et referma sa cape pour cacher le désordre de ses vêtements.

Keelin se sentait comme une enfant prise en défaut, bien qu'au plus profond de son cœur, elle eût la certitude de n'avoir commis aucun crime en s'étant laissé embrasser par Marcus de Granville.

La femme qui les avait surpris et qui restait interdite, le regard sévère dirigé vers eux, n'était plus toute jeune, pensa Keelin qui l'observait par-dessus l'épaule du comte de Wrexton. Une guimpe en lin blanc lui cachait les cheveux et le cou, mais Keelin devinait à sa corpulence et à son attitude qu'elle avait un certain âge.

Son hostilité était manifeste, mais elle eut tout de même la décence de détourner le regard. Elle resta un moment hésitante avant de faire volte-face avec un soupir et de s'éloigner dans un froissement d'étoffe.

Mal à l'aise soudain, Keelin essaya maladroitement de rattacher les lacets de son corselet. Elle sentit aussitôt la main de Marcus qui en refaisait les nœuds. Il semblait furieux. La tension qui l'habitait était sensible dans les mouvements de ses doigts. Il était, de toute évidence, la proie d'un conflit intérieur.

Keelin, cette fois, n'avait pas l'impression d'en être la source. Ils étaient si bien ensemble avant d'être dérangés par cette femme qu'elle n'avait encore jamais vue !

Le regard de Marcus, soudain, s'adoucit. Levant la main au niveau du visage de Keelin, il lui caressa la joue avec une infinie tendresse.

La sensation merveilleuse que son geste lui transmit fut de trop courte durée. Marcus laissait déjà retomber sa main et glissait son bras sous le sien avant de l'entraîner vers le donjon.

— Qui était cette femme ? demanda-t-elle.

— Beatrice, la suivante d'Yseult.

— Ah bon… Il y a quelque chose que je ne comprends pas… Qui est Yseult par rapport à vous ? Est-ce une parente ?

— Non. Elle était apparentée au cousin de mon père, l'avant-dernier comte de Wrexton. Elle est venue vivre au château avec Beatrice, il y a de nombreuses années, et n'en est jamais repartie.

— Votre père était très bon, Marcus. Rien ne l'obligeait à la laisser vivre ici.

Marcus ne répondit rien. Il savourait intérieurement la façon charmante dont Keelin avait prononcé son nom, qui lui semblait toujours dur dans la bouche des autres, et lui était reconnaissant d'avoir deviné les qualités d'Eldred sans même l'avoir connu.

Feu le comte, en effet, était un homme généreux et bon. Il avait pris en pitié Yseult à qui, pourtant, il ne devait rien. Marcus, pour sa part, ne savait pas s'il se serait montré aussi généreux envers elle.

A cet instant précis, en tout cas, elle ne lui inspirait aucune commisération. Il se serait senti capable, en effet, de tordre le cou de sa suivante pour l'avoir dérangé avec Keelin à un moment aussi précieux ! Il avait de forts soupçons, d'ailleurs, au sujet d'Yseult. Tout laissait à penser qu'elle n'ignorait pas qu'il se rendait au jardin pour y retrouver Keelin, et qu'elle y avait envoyé Beatrice avec l'intention délibérée de les surprendre.

Il ne comprenait pas pourquoi son père n'avait pas insisté auprès d'Yseult pour qu'elle épousât l'un des barons qui lui faisaient la cour à l'époque où il était devenu lui-même comte de Wrexton. Il aurait préféré, assurément, la marier à un chevalier plutôt que de la garder en réserve comme s'il avait eu des vues sur elle au bénéfice de son fils.

Marcus en avait un peu honte, mais il sentait bien au fond de lui-même qu'il n'aurait jamais la même magnanimité que son père. Dès que l'occasion se présenterait, il réglerait la question du mariage d'Yseult.

— Marcus ? dit soudain Keelin, l'air inquiet, en s'arrêtant. Ne sentez-vous pas une odeur de fumée ?

Marcus renifla l'air où flottait un parfum âcre et s'exclama :

— Les écuries !

Keelin s'élança à sa suite alors qu'il courait en direction de la basse-cour de laquelle s'élevaient des volutes de fumée noire qui se tordaient dans la brise glacée de la nuit.

Les palefreniers et valets d'écurie formaient déjà une chaîne du puits aux bâtiments en feu. Tour à tour, ils jetaient sur les flammes des seaux d'eau, arrosant au passage les bottes de foin qui n'avaient pas encore été dévorées par le feu.

Sans hésiter, Keelin se mit dans la file d'attente et, lorsqu'elle eut un seau d'eau entre les mains elle courut vers l'incendie.

— Messire ! cria Boswell, le palefrenier en chef. Nous avons fait sortir votre étalon et les poulinières en premier. Les gars s'occupent maintenant de sauver les autres chevaux.

Satisfait de ce rapport, Marcus donna l'ordre d'arroser les armatures en bois des bâtiments ainsi que les toits de chaume, mais il était trop tard pour la plupart d'entre eux qui étaient déjà la proie des flammes.

Keelin croisait les valets d'écurie qui conduisaient les bêtes apeurées à l'écart du foyer. De l'intérieur des écuries, elle entendait les hennissements déchirants des animaux prisonniers de leurs stalles. Elle abandonna son seau à un palefrenier qui le lui prenait des mains et entra dans l'écurie où l'air était presque irrespirable.

Soulevant un pan de sa cape pour se protéger le visage, elle courut au fond de l'écurie où un cheval, manifestement oublié, ruait et hennissait. Elle ouvrit la porte de sa stalle et l'animal se précipita à l'extérieur sans qu'elle eût eu le temps de lui passer une bride sur la tête.

Elle vit une jument, la seule apparemment dans cette aile de l'écurie, encore enfermée dans sa stalle et lui parla doucement pour tenter de la calmer. Puis, ayant saisi son licol, elle ouvrit la porte de la stalle et conduisit l'animal, docile, vers la sortie.

A l'extérieur régnait une grande confusion. Boswell, aidé de quelques valets, essayait d'établir un enclos provisoire pour les chevaux alors que palefreniers, écuyers, chevaliers, serviteurs de tout acabit allaient et venaient, piétinant le sol détrempé qui devenait de plus en plus boueux.

Un valet se saisit du licol de la jument conduite par Keelin qui, libre de nouveau et se représentant mieux maintenant la partie où avait été emmenée sa mule, s'élança dans cette direction. Elle constata que personne encore n'avait secouru la pauvre bête qui, en proie à une indescriptible terreur, ruait et se cabrait.

Keelin lui parla doucement tout en s'en approchant prudemment. Il fallait faire vite car toute la toiture était en feu et menaçait de s'effondrer, mais elle ne voulait pas se faire piétiner par sa propre bête.

— Ne restez pas là ! cria un homme. Il faut sortir !

Certes, pensa-t-elle, mais pas sans sa fidèle mule.

En tout cas, si elle voulait la sauver des flammes, c'était maintenant ou jamais. Elle ouvrit la porte et entra dans la stalle mais, avant même qu'elle ne se fût saisie du licol de la mule, elle ressentit un violent coup sur la tête et tout bascula dans le noir…

*
* *

Le désastre était moins considérable que Marcus ne l'avait d'abord redouté. Les écuries avaient brûlé, certes, mais les granges et leurs réserves de foin et de paille avaient échappé aux flammes. De même que l'étable et le grenier à blé.

Tous les chevaux avaient été sauvés et, à l'exception de quelques brûlures légères, l'on ne déplorait aucune victime. Si le feu ne se propageait pas aux autres bâtiments, comme cela semblait être le cas, ils auraient échappé à la catastrophe. Un crachin avait commencé à tomber, d'ailleurs, qui contribuerait à mettre un terme aux foyers toujours persistants…

— Messire ! cria Boswell, homme d'un tempérament d'habitude calme et pondéré, en courant dans la direction de Marcus.

Ce dernier, qui aidait un groupe d'hommes à rassembler des morceaux de poutres et des portions de toit de chaume incandescents, s'élança vers le maître palefrenier.

— Il s'agit de la damoiselle, messire !

Il saisit son maître par la manche de sa tunique et l'entraîna vers la remise.

— Keelin O'Shea ? La jeune Irlandaise ?

— Oui, messire. Elle a été blessée. Elle a dû recevoir une poutre sur la tête. L'un des valets l'a trouvée étendue à terre, inconsciente. Il l'a transportée dans la remise.

Marcus pénétra dans l'abri et eut l'impression que son cœur se décrochait de sa poitrine lorsqu'il vit Keelin, inerte, étendue sur le sol. Tombant sur les genoux à côté d'elle, il constata qu'elle avait les yeux grands ouverts, mais elle semblait ne rien voir. Du sang était collé à ses cheveux.

— Keelin ? dit-il à mi-voix en lui prenant la main. Vous m'entendez ? Keelin ?

— Marcus ? répondit-elle enfin alors que son regard retrouvait un peu de vie. Que s'est-il passé ?

Elle n'eut pas le loisir d'entendre la réponse de Marcus car une quinte de toux la secoua à cet instant.

— Ah ! Oui... L'incendie... reprit-elle lorsqu'elle eut retrouvé son souffle. Est-ce que la remise a brûlé ? Et ma mule ?

— Elle est sortie indemne du brasier. C'est le palefrenier qui vous a sauvée qui est revenu le chercher au péril de sa vie. Quant au feu, il ne s'est pas propagé aux autres bâtiments. Seule une écurie a brûlé.

Comprenant qu'elle n'était pas trop gravement blessée, Marcus la souleva dans ses bras et prit la direction du donjon. Le feu était circonscrit et, *a priori*, on n'avait plus besoin de lui ici. Les nombreux chevaliers rassemblés dans la basse-cour veilleraient toute la nuit s'il le fallait pour s'assurer que le foyer ne se ranimait pas. Rien n'était plus urgent à ses yeux que de porter Keelin dans sa chambre où il pourrait soigner sa blessure en toute quiétude. Il n'hésiterait pas, s'il le fallait, à requérir l'aide de l'oncle de la jeune fille même s'il dormait. Etant donné sa mauvaise vue, cependant, son assistance risquait de n'être guère utile.

— J'aurais pu marcher jusqu'à ma chambre, messire, dit Keelin en nouant les bras autour du cou de Marcus.

Ce dernier éprouva une joie indicible en sentant l'étreinte de Keelin. Il aurait voulu prolonger indéfiniment ce moment privilégié, mais il fallait soigner Keelin au plus vite. Il ne ralentit donc pas le pas, même s'il en avait un très fort désir, en traversant la grande salle du château. Il arrivait à l'escalier en pierre lorsqu'il fut rejoint par Yseult.

— Marcus ! s'écria-t-elle. Que s'est-il passé ?

— La damoiselle O'Shea a été blessée, répondit-il sans s'arrêter. Marchez devant nous, Yseult, pour ouvrir les portes.

Yseult lança un regard méprisant au jeune comte mais elle lui obéit. En entrant dans la chambre de Keelin, elle alla jusqu'au lit à baldaquin et en tira les rideaux avant d'aller fermer les volets.

— Son éminence l'évêque Delford vous attend dans votre chambre de parement pour un entretien privé, dit Yseult en se tournant vers Marcus qui venait de déposer Keelin sur le lit. Il a cherché à vous voir toute la journée, mais vous étiez introuvable.

— J'ai été au chevet d'Adam tout l'après-midi puis il y a eu l'incendie... Faites apporter de l'eau chaude à damoiselle O'Shea ainsi que des vêtements propres, puis vous irez dire à l'évêque que je serai auprès de lui dès que possible.

Yseult releva le nez d'un air dédaigneux et sortit de la chambre.

— Vous pouvez aller retrouver son éminence dès maintenant, Marcus, dit Keelin en se dressant sur les coudes. Je me panserai moi-même.

Elle fut prise de vertige, cependant, et se laissa retomber sur l'oreiller de plumes.

— Restez étendue, ordonna Marcus en s'asseyant près d'elle.

Il éprouvait un désir irrésistible de la prendre dans ses bras et de la réconforter. Etait-il soumis à une forme d'ensorcellement ou simplement touché par la générosité, le dévouement et le charme de la belle Irlandaise ?

En sa présence, en tout cas, il avait bien plus l'impression d'être entouré d'anges et de séraphins que de diablotins et de mauvais génies.

Keelin était épuisée mais ne trouvait pas le sommeil. Sans doute était-ce dû à son mal de tête et à toutes les émotions qu'elle avait eues dans la journée. Bien qu'elle fût encore sujette au vertige, elle se leva de son lit et, prudemment, alla s'asseoir sur un siège près du feu que Marcus avait généreusement alimenté avant de se retirer.

Elle rassembla les pieds sous elle et fit glisser entre ses doigts la cordelette en cuir dont Marcus se servait pour attacher ses cheveux. Elle s'était détachée de sa longue chevelure blonde, alors qu'il la soignait, et elle l'avait recueillie... Marcus s'était montré plein de compassion et de tendresse pour elle. A la pensée de ses belles et grandes mains qui la pansaient, elle fut parcourue de frissons...

Le trouble qu'elle éprouvait auprès de lui était trop fort. Elle devait s'en méfier, car si elle ne réagissait pas à temps, elle serait bientôt incapable de repartir pour l'Irlande. Or, c'était son devoir de rapporter la lance sacrée à son peuple. Le clan n'avait aucune chance de survivre sans elle.

Keelin ramena les genoux contre la poitrine et laissa reposer son menton sur eux. Ses cheveux bruns et soyeux roulèrent sur ses jambes et ses reins en boucles épaisses tandis qu'elle serrait la cordelette, toute chaude, dans sa main.

A la pensée de quitter Marcus, elle souffrait intérieurement, mais elle n'avait pas le choix. Sa première allégeance la liait au clan O'Shea. Il était de son devoir d'épouser l'homme auquel son père l'avait promise.

Elle écrasa une larme au coin de son œil et repoussa ses cheveux derrière ses oreilles. Il serait imprudent de laisser grandir ses sentiments pour Marcus et pourtant, elle ne pensait pas rencontrer un autre homme avec une âme aussi noble que la sienne.

Tant pis, pensa-t-elle. Dès qu'elle le pourrait, elle quitterait Wrexton. Tiarnan, si Marcus le permettait, resterait ici tout l'hiver et, au printemps, elle enverrait une petite troupe le chercher. Il aurait ainsi la chance de vivre ses dernières années au sein de son clan.

Entre-temps, elle devrait récupérer la lance. L'incendie des écuries lui avait montré combien ces bâtiments à pans de bois et aux couvertures de chaume étaient vulnérables. La remise aussi aurait pu partir en fumée et c'en eût été fini de *Ga Buidhe an Lamhaigh* !

Elle irait la chercher dès qu'elle serait en état de sortir et la cacherait dans sa chambre. A l'abri des énormes murs du donjon, elle devrait échapper à la plupart des dangers...

Quel dommage qu'elle ne pût pas protéger son cœur de la même manière ! S'il avait suffi de s'enfermer dans une chambre à l'écart et de tirer les verrous de la porte... Mais il n'en était pas ainsi avec les sentiments. Même si elle se cloîtrait dans la plus haute chambre du donjon, elle ne serait pas à l'abri de ses sentiments pour Marcus.

A n'en point douter, ses cheveux se mettraient à pousser avec une rapidité fantastique et, comme dans les romans courtois qu'elle avait lus et relus dans son enfance, elle n'aurait qu'à se pencher à une petite fenêtre et laisser tomber sa longue chevelure pour que le chevalier cher à son cœur la saisît de ses mains et, grâce à elle, fût en mesure d'escalader la haute muraille.

10.

En quittant l'évêque avec lequel il venait d'avoir un bref entretien, Marcus redescendit dans la basse-cour pour inspecter les bâtiments incendiés et évaluer l'étendue des dommages. Tous les toits de chaume des écuries étaient partis en fumée. Les charpentes restaient en place, mais elles étaient carbonisées pour la plupart ainsi que les colombages entre lesquels le hourdis était cuit et s'effondrait au moindre coup. Il fallait tout abattre et reconstruire.

Il jeta un regard d'ensemble et il lui parut miraculeux que l'étable, les granges et la remise n'eussent pas subi le même sort que l'écurie. Il n'avait jamais été conscient de leur vulnérabilité mais, maintenant, il savait qu'un tel drame pouvait se répéter. Pour parer à toute éventualité, il convenait de reconstruire tous les bâtiments en pierre. Dès le printemps, Marcus ferait venir des tailleurs de pierre et des charpentiers, et ils rebâtiraient de solides dépendances qui défieraient les siècles.

Tout en réfléchissant à ces futurs travaux, Marcus inspectait les lieux et cherchait quelle avait pu être la cause de l'incendie.

Boswell, qui l'accompagnait, devinant ses pensées, déclara :

— Mordieu ! Je donnerais cher, messire, pour savoir ce qui a déclenché le feu !

Les deux hommes se mirent à longer l'écurie et à en inspecter les ruines tout en conversant.

— Je me suis absenté quelques instants et c'est précisément à ce moment-là que le feu s'est déclaré. Il s'est propagé à une vitesse incroyable.

Palefreniers, valets d'écurie et autres serviteurs s'affairaient pour déblayer les débris des stalles consumées et des bottes de foin dont certaines rougeoyaient encore.

— Gordon ! lança Marcus en se tournant vers un valet. C'est toi qui as trouvé la damoiselle Keelin ?

— Oui, messire.

— Peux-tu me montrer où elle était ?

— Là-bas, messire, répondit le jeune homme en indiquant le fond de l'écurie. Prenez garde de ne pas vous blesser. Nous marchons sur des braises.

Il devança Marcus et Boswell et les conduisit à l'emplacement de la stalle qui était occupée par la mule de Keelin.

— La damoiselle était étendue ici, messire. Face contre terre.

Marcus scruta le sol et remarqua un morceau de poutre carbonisé qu'il ramassa. A son extrémité, il constata, à la lueur de la torche que Boswell était allé décrocher et dont il éclairait la scène, que le bois était un peu gluant.

Du sang y était collé ainsi que quelques longs cheveux bruns.

Marcus leva les yeux et vit que là aussi la charpente était restée en place ainsi que le mur du pignon nord. Le plancher du grenier, par contre, était effondré, et Marcus avait manifestement entre les mains un morceau de solive de ce plancher.

— C'est étonnant qu'il n'y ait pas eu de blessés plus grave, remarqua Boswell. Comment va damoiselle O'Shea ?

— Elle se remet, mais quand je vois cette solive, je me demande comment elle a échappé à la mort.

— Le ciel l'a prise en pitié.

— Comme tu dis.

— Voulez-vous continuer l'inspection, messire ?

— Non, j'en ai assez vu pour me forger une opinion claire de la situation. Dès le printemps nous reconstruirons les écuries, mais en pierre, cette fois. Je ne veux plus voir de colombages.

— Voilà une sage décision, mon maître. Le Seigneur nous a sauvé une fois du désastre, mais il ne faut pas tenter le sort.

Marcus retourna au donjon et demanda qu'on lui préparât un bain. Avant de gagner sa chambre, il passa voir Adam qu'il trouva endormi. Tiarnan, somnolent, le veillait.

Marcus posa la main sur le front du jeune garçon qu'il trouva nettement moins chaud qu'auparavant. Le traitement avait enfin agi. Si la fièvre ne revenait pas, Adam serait sauvé.

— Vous êtes de retour ? dit Tiarnan qui venait d'ouvrir un œil. Avez-vous appris quelque chose de nouveau ?

— Pas vraiment… Il semble que le feu se soit déclaré dans une charrette de foin arrêtée contre l'écurie. Sans doute quelqu'un a-t-il commis une imprudence avec une torche et n'ose-t-il pas venir nous trouver pour nous l'avouer.

Tiarnan garda le silence pour permettre à Marcus d'examiner en toute quiétude Adam et de se rassurer ainsi sur son état. Après quelques instants, il reprit la parole :

— Je suis allé voir Keelin et elle m'a dit que vous aviez pris un très grand soin d'elle. Je vous en remercie du fond du cœur.

— J'aurais surtout voulu lui éviter ce qui lui est arrivé. Or, j'ai échoué.

— Oh ! mais retenir Keelin quand elle a quelque chose en tête est quasiment impossible !

Marcus acquiesça d'un signe de tête en se demandant si le vieil homme avait conscience de l'intention de sa nièce de le laisser à Wrexton pendant qu'elle retournerait en Irlande ?

A la pensée du départ de la jeune fille, il éprouvait une douleur équivalente à celle qu'il avait ressentie à la mort de son père. Il ne savait comment définir exactement ses sentiments pour elle, mais il était sûr de n'avoir jamais rien éprouvé de tel pour aucune des femmes qu'il avait rencontrées.

Aussi était-il atterré à la pensée que, s'il la laissait partir, il ne la reverrait sans doute jamais.

— A-t-elle été blessée sérieusement ? demanda Tiarnan. Elle n'a pas voulu me dire ce qu'elle ressentait exactement. Si elle était mal, je crois malheureusement qu'elle me le cacherait. Elle toussait d'ailleurs horriblement, et sa voix était très enrouée. J'ai l'impression qu'elle a respiré beaucoup de fumée.

— Oui, hélas ! répondit Marcus qui avait été très impressionné par le ton rauque de la voix de Keelin. Je crains qu'elle ne tousse pendant plusieurs jours.

— Et sa blessure à la tête ? demanda Tiarnan. Elle ne m'a pas laissé l'examiner.

— Elle était profonde mais comme elle s'était arrêtée toute seule de saigner, Keelin n'a pas voulu que je la recouse.

Marcus s'en était félicité. Il n'était pas très adroit avec une aiguille et il répugnait à ajouter encore à la souffrance de Keelin.

— Elle est robuste, dit Tiarnan. Elle va s'en remettre.

Marcus l'espérait aussi, mais il ne se pardonnait pas de l'avoir abandonnée au moment de l'incendie. Il aurait dû la raccompagner d'abord au donjon et la prier de gagner sa chambre avant de rejoindre ceux qui luttaient déjà contre le feu.

Et pourquoi ne s'était-il pas enquis lui-même de la mule de Keelin ? Si elle avait été au nombre des chevaux parqués à l'extérieur de l'écurie en feu, elle ne s'y serait pas précipitée.

Après réflexion, il n'arrivait pas à comprendre comment elle avait été assommée par la solive. Le plancher avait dû s'effondrer bien après qu'elle fût venue à la rescousse de la mule car sinon l'animal aurait péri sous les décombres. Un soupçon hideux se présenta à lui, mais il le repoussa aussitôt. Yseult ne se serait jamais aventurée dans des bâtiments en feu…

— Que pensez-vous de l'état d'Adam ? demanda-t-il soudain avec le désir d'interrompre le fil de ses pensées par trop pessimistes.

— Il va mieux, cette nuit. La fièvre est tombée et la plaie ne suppure plus. J'ai demandé à Catherine de lui préparer une infusion de valériane et il l'a bue. Il va dormir un bon moment.

— Je lui trouve meilleure mine.

— Ce n'est sans doute pas votre cas. Je ne vous vois que dans un brouillard, messire, mais vous me semblez bien fatigué. Vous devriez aller vous reposer. Je vais veiller Adam avec Catherine, cette nuit. Si nous avons besoin de votre aide, nous vous ferons appeler.

Marcus mourait d'envie d'aller s'étendre sur son lit après son bain, mais il ne jugeait pas le vieillard dans une forme suffisamment bonne pour veiller une nuit entière.

Il n'était pas non plus convenable d'obliger Catherine à demeurer plus longtemps dans la chambre d'Adam alors qu'elle s'y tenait depuis de très longues heures. Il était temps qu'elle prenne du repos. Ne somnolait-elle pas sur sa chaise près de l'âtre ? A la façon dont elle dodelinait de la tête, il était facile d'en conclure qu'elle était épuisée.

— Catherine, dit-il, provoquant un sursaut de la servante. Va te coucher. Tu dors.

— Je… euh…

— Un valet prendra le relais pour la nuit.

— Oui, messire, répondit-elle d'une voix endormie en se levant.

— Je vais appeler pour que quelqu'un vienne vous aider à vous coucher, messire Tiarnan, dit Marcus au vieil homme tandis que la servante sortait de la chambre. Puisque Adam dort paisiblement grâce à la valériane, il n'est pas nécessaire que vous restiez auprès de lui. Un valet fera l'affaire. Si Adam se réveille et nous réclame, il sera facile d'aller nous chercher.

Le silence de Tiarnan avait valeur d'approbation pour Marcus qui lui souhaita une bonne nuit avant de sortir à son tour de la pièce.

Il n'avait pas fait trois pas qu'Yseult l'assaillait.

— Marcus ! Je vous cherchais.

— De quoi s'agit-il, Yseult ? demanda-t-il d'un ton las.

—Au lieu de partir demain matin comme il l'avait annoncé, l'évêque restera un jour de plus. J'ai réussi à le convaincre de prolonger son séjour pour assister au festin que vous allez donner en son honneur.

— Ça dépendra de la santé d'Adam... D'ailleurs, ma présence n'est pas obligatoire...

— Comment ? s'exclama Yseult avec indignation. L'évêque est très influent... Or, vous lui avez à peine parlé. Vous ne pouvez pas afficher un tel mépris à l'égard de son éminence. Elle se rend souvent à la cour où le roi lui prête une oreille attentive...

— S'il n'est pas capable de comprendre que le devoir m'appelle ailleurs, je lui donne toute liberté de rentrer à Chester sans avoir eu le plaisir de me voir plus longuement.

— Marcus !

Ce dernier resta un moment interloqué. Il était aussi étonné qu'Yseult du ton sur lequel il venait de s'exprimer à elle. Etait-ce la conséquence de la fatigue ou prenait-il soudain conscience de sa nouvelle position et du devoir dans lequel il se trouvait d'exercer son autorité quelles que fussent les circonstances ?

— Envoyez un valet dans la chambre d'Adam, ordonna-t-il. Demandez-lui de conduire messire Tiarnan dans sa chambre puis de revenir auprès d'Adam qu'il veillera toute la nuit. Si l'état de l'enfant s'aggrave soudain, je tiens à être immédiatement prévenu.

— Mais, Marcus...

— Peut-être préférez-vous veiller Adam vous-même ? demanda-t-il. En ce cas...

Yseult passa son chemin dans un mouvement d'humeur, éveillant la mauvaise conscience de Marcus qui lui avait fait cette dernière proposition sans tenir compte du malaise que créait en elle la présence de blessés ou de malades.

Il gagna sa chambre où il se dévêtit rapidement et entra dans le baquet rempli d'eau chaude qui l'attendait. Au lieu de se détendre comme il l'avait espéré, il fut harcelé par la pensée du départ prochain de Keelin. Il n'avait jamais fait l'expérience d'une séparation et ignorait ce que pouvait représenter l'absence d'une personne qui lui était chère.

Il allait l'apprendre à ses dépens. Il mesurait déjà, à chaque heure qui passait et qui l'éloignait un peu plus de son père, combien il était dur de ne plus voir un être aimé. Il saurait dans quelques jours combien il en coûtait de voir partir pour toujours une jeune fille qui avait pris en bien peu de temps une place immense dans son cœur.

Il plongea la tête dans l'eau comme pour chasser les pensées qui lui tournaient dans l'esprit, mais elles ne se laissèrent pas dissiper si facilement. Il ne servait à rien de lutter contre le destin. Plus il réfléchissait, plus il était forcé de convenir que Keelin n'avait pas d'autre choix que de retourner en Irlande. Elle y avait évidemment laissé tout ce qui avait du prix à ses yeux.

S'il avait eu le pouvoir de la dissuader de partir, cependant, il l'aurait exercé sans hésiter.

Le souvenir de la lance sacrée dont lui avait parlé Tiarnan lui revint soudain à l'esprit. Il n'y avait jusqu'alors jamais pensé, mais Keelin, bien sûr, l'avait emportée avec elle à Wrexton. Où l'avait-elle cachée, cependant ? Il ne la lui avait jamais vue entre les mains.

Cette lance avait assurément une importance capitale aux yeux du clan O'Shea. Les termes dans lesquels Tiarnan l'évoquait l'attestaient. En aucun cas Keelin n'avait pu la laisser à la chaumière.

Elle était nécessairement quelque part à Wrexton…

Keelin s'éveilla avant l'aube et sortit aussitôt de son lit. Elle s'habilla et jeta une cape sur ses épaules avant de descendre l'escalier et franchir la porte du donjon. Il faisait sombre à l'extérieur, à l'exception d'une très faible lueur qui commençait à se dessiner dans le ciel à l'orient.

Elle n'avait guère besoin de clarté pour se guider. Elle distinguait suffisamment dans la pénombre la remise où elle savait qu'était rangée la charrette avec laquelle elle était venue à Wrexton.

L'incendie était complètement circonscrit. Ceux qui avaient lutté contre lui, puis déblayé pendant une grande partie de la nuit tous les débris incandescents, étaient enfin allés prendre du repos. Rien ne bougeait : pas un bruit, pas même un souffle d'air. Le silence était total.

Keelin ouvrit la porte de la remise et pénétra dans le bâtiment où régnait une obscurité profonde. Elle ne pouvait compter, semblait-il, que sur la force d'attraction de *Ga Buidhe an Lamhaigh* pour la trouver.

Après quelques instants, toutefois, sa vue s'adapta à la nuit et elle réussit à discerner chariots et tombereaux ainsi que les divers équipements rassemblés ici au cours de l'incendie pour les soustraire aux flammes. Elle se fraya un passage au milieu de cet enchevêtrement d'objets et, au bout d'une recherche un peu angoissante, retrouva enfin la charrette.

C'était étrange, mais elle ne sentait pas plus la présence de la lance maintenant que lorsqu'elle était entrée dans la remise. Sa vue, heureusement, s'était adaptée à l'obscurité sinon elle n'aurait jamais réussi à mettre la main sur son bien.

Refusant de s'inquiéter, elle passa la main sur la planche qui correspondait au côté du compartiment dans lequel était enfermée la lance et chercha le loquet qui permettait de le fermer à son extrémité. Lorsqu'elle le sentit sous ses doigts, elle le fit jouer et ouvrit la cachette. Elle plongea aussitôt le bras à l'intérieur pour en ressortir la lance.

Elle tâtonna à droite, à gauche, au fond... *Ga Buidhe an Lamhaigh* n'était plus là !

C'était impossible ! Elle avait dû se tromper de charrette à cause de la pénombre et en inspecter une autre que la sienne.

Elle sortit de la remise, gagna le donjon et revint avec une chandelle allumée à la lueur de laquelle elle parcourut le bâtiment de long en large à la recherche du bon chariot. Ce fut en vain, malheureusement. Celui qu'elle avait déjà inspecté était le bon.

La lance avait été dérobée !

Comment ferait-elle pour la retrouver si elle n'exerçait plus aucune attraction sur elle ?

Où était-elle ? Qui l'avait dérobée et quel avantage en tirerait-il ?

Comment retourner à Carrauntoohil si elle ne rapportait pas la lance ? Qu'allait devenir le clan O'Shea après la mort de Cormac ?

C'était dramatique ! *Ga Buidhe an Lamhaigh* ne pouvait pas avoir disparu ! Peut-être quelqu'un l'avait-il prise puis, ne sachant qu'en faire, l'avait abandonnée ? Ne serait-elle pas quelque part dans cette remise ?

Elle se mit à aller et venir, balayant l'espace de la faible lueur de sa chandelle, scrutant charrues, charrettes et chariots, examinant le sol sous et entre les tombereaux puis, n'ayant rien trouvé, elle fit méthodiquement le tour du bâtiment pour vérifier si la lance n'avait pas été placée contre un mur.

En vain… La lance restait introuvable !

11.

Toute la matinée et au cours du repas qui suivit, Marcus tint à la perfection son rôle d'hôte auprès de l'évêque Delford. Ne voyant pas Keelin paraître, il s'enquit à son sujet et fut informé qu'elle était au chevet d'Adam, ce qui ne le surprit nullement.

Assise à la droite de Marcus, Yseult se comporta pendant tout le dîner comme la châtelaine de Wrexton. Son attitude irrita Marcus, mais il ne pouvait pas lui en vouloir de jouer à la comtesse de Wrexton puisque à aucun moment, sauf très récemment en ce qui le concernait, ni lui ni son père ne l'en avaient dissuadée.

Il avait la ferme intention, cependant, de lui parler dès aujourd'hui et de lui faire part de son projet de lui trouver un mari.

L'occasion ne lui en fut donnée qu'en fin d'après-midi, lorsque l'évêque s'écarta avec le chapelain pour s'entretenir avec lui de questions théologiques dans un latin que personne ne comprenait. Profitant de cette orientation de la conversation, Marcus se retira dans sa chambre où il fit appeler Yseult.

— Vous vouliez me voir, Marcus ? demanda-t-elle en entrant dans la vaste chambre au riche décor.

Marcus, qui faisait les cent pas, alla jusqu'à une fenêtre et regarda la rivière et le village en contrebas baignés de la lumière orangée du soleil couchant.

Il ne savait pas très bien comment commencer cet entretien qu'il voulait formel, mais c'était son rôle, maintenant qu'il était seigneur de Wrexton, de convoquer ses sujets et de leur faire savoir ses intentions, qu'elles leurs plaisent ou non.

— Asseyez-vous, Yseult, ordonna-t-il en se retournant.

Elle prit un siège près de la cheminée, et disposa sa robe autour d'elle de façon à en effacer les plis.

— Nous n'avons guère eu l'occasion d'évoquer ensemble votre vie avant votre arrivée à Wrexton, dit-il d'une voix tendue, mais je crois savoir que vous êtes née dans le Lancashire et que votre père, le baron Geoffroy Coule d'Elingham, tirait essentiellement ses revenus de l'élevage des moutons.

— C'est cela même, répondit Yseult interloquée par la façon dont débutait l'entretien. Puis-je me permettre de vous demander, Marcus, pourquoi vous évoquez ainsi mon passé ?

Il reprit ses allées et venues puis revint à la fenêtre, dirigeant son regard au loin sur les montagnes du pays de Galles.

— Je cherche à comprendre dans quelles circonstances vous avez passé vos années d'enfance.

— Au milieu des moutons et de gentilshommes un peu rudes. Le donjon d'Elingham, très austère, contribuait à forger le caractère. Les corneilles, qui se nichaient sous les hourds, formaient une nuée, à la tombée du jour, au-dessus de la tour de guet, et souvent un pendu se balançait au gré du vent sous le gibet qui précédait la porte d'entrée du château.

— Et puis, un jour, il a fallu partir…

— Oui, à la mort de mon père. Le domaine revenait à un cousin qui avait déjà huit enfants et ne souhaitait pas s'encombrer d'un neuvième. Un autre parent du côté de ma mère, Edmund Sandborn, que vous connaissez bien, d'ailleurs, m'a conduite ici, il y a plus de douze ans.

Elle devait avoir treize ou quatorze ans, pensa Marcus. Un bien jeune âge pour être privée de ses parents et condamnée à quitter la maison dans laquelle elle avait grandi, se dit-il, ému soudain par les circonstances de la vie de la jeune femme. Mais pourquoi le baron d'Elingham n'avait-il pas pris de dispositions pour marier sa fille ?

— N'y avait-il pas quelque noble chevalier ou baron de votre voisinage auquel votre père aurait pu vous promettre ?

Lorsqu'il vit l'expression affligée d'Yseult, Marcus regretta ses paroles, mais il était trop tard pour les reprendre. Maintenant qu'il avait commencé, ne valait-il pas mieux poursuivre et enfoncer le clou ?

— Non, répondit-elle en secouant la tête. Dès que mon père a quitté ce monde, je me suis retrouvée seule…

Sa voix s'étrangla, et Marcus fut gagné aussitôt par le remords. A aucun moment, il n'avait voulu la blesser ni lui faire prendre conscience de sa fragilité, encore moins de sa misère.

— Chaque jour, je remercie le ciel, reprit-elle après s'être éclairci la voix, qu'Edmund Sandborn m'ait conduite à Wrexton. Feu le comte de Wrexton a été très bon pour moi, puis votre père s'est comporté en tout point comme lui.

— Yseult… commença Marcus.

Il s'interrompit et, détournant le regard, se mit à aller et venir dans la chambre.

— Un jour ou l'autre, reprit-il, vous aurez peut-être le désir de vous marier… Et si vous faites ce choix, je pourvoirai à votre dot.

— Mais, Marcus… Je n'ai jamais voulu vivre ailleurs qu'à Wrexton…

— Je n'ai pas dit que vous deviez obligatoirement partir… Et, au cas où vous le feriez, il faut que vous sachiez qu'en cas de nécessité vous aurez toujours votre place ici… Mais si vous décidiez de…

— Vous me rassurez, Marcus, répondit-elle d'une voix tendue. Je vous remercie.

Sur ces mots, elle se leva et se dirigea vers la porte. Elle en soulevait le loquet quand elle ajouta :

— Mais je vous confirme que…

— Yseult ! l'interrompit le comte de Wrexton. Venez vous rasseoir ! Notre conversation n'est pas terminée.

Yseult hésita mais, comprenant à l'expression de Marcus et à la brusquerie avec laquelle il venait de se passer la main dans les cheveux qu'il ne plaisantait pas, elle revint d'un pas lourd prendre place sur la chaise qu'elle occupait un instant plus tôt.

En dépit d'une mauvaise conscience de plus en plus accablante, Marcus voulait en finir. S'il ne saisissait pas l'occasion qui se présentait à lui de faire connaître clairement ses intentions à Yseult, elle ne se renouvellerait peut-être jamais.

— Je crois que le moment est venu de vous trouver un mari, déclara-t-il abruptement.

Devant la pâleur d'Yseult, il détourna de nouveau les yeux et, avec le désir d'atténuer le mal qu'il venait de lui faire tout en sachant qu'il risquait de lui en causer un plus grand encore, il reprit :

— Vous avez très bien tenu votre rôle de châtelaine à Wrexton, mais le jour viendra où je choisirai une épouse et alors...

Il dut reprendre sa respiration avant de poursuivre :

— Il ne se conçoit pas d'avoir deux maîtresses de maison sous le même toit... Vous en conviendrez... Et c'est, bien sûr, mon épouse qui deviendra la dame de Wrexton...

Marcus se tut en voyant Yseult se lever de nouveau et traverser la chambre qu'elle quitta sans lui lancer un seul regard.

Qu'y pouvait-il ? La faute incombait à son père qui avait dû laisser de l'espoir à Yseult. Lui-même n'avait jamais rien dit ou fait qui pût l'induire ainsi en erreur, mais sans doute aurait-il pu dissiper toute illusion en lui faisant clairement comprendre qu'il ne l'épouserait jamais, contrairement à ce que son père avait laissé malheureusement entendre.

Pour Eldred de Granville, il était évident qu'il valait mieux que son fils épousât Yseult plutôt que de rester seul comme il semblait en avoir pris le chemin.

Le moment était venu de préciser sans ambiguïté à la jeune femme qu'elle ne serait jamais comtesse de Wrexton et qu'il était dans son intérêt d'envisager le mariage avec un autre homme. Il confierait, à ce sujet, plusieurs messages à l'évêque pour qu'il les transmette à tous les éventuels prétendants à Chester et dans les environs.

*
* *

Keelin avait fait infructueusement le tour de tous les bâtiments, même ceux dévorés par les flammes, mais elle ne pouvait se résoudre à retourner auprès de son oncle, qu'elle avait laissé au chevet d'Adam, pour lui avouer qu'elle s'était laissé dérober *Ga Buidhe an Lamhaigh* !

En tout cas, il était hors de question qu'elle considérât la lance perdue avant d'avoir fouillé le château de fond en comble.

A la tombée du jour, après une longue et minutieuse recherche, elle pénétra dans le bâtiment qui abritait les faucons. Elle avait un peu l'impression d'agir en voleur car, à Carrauntoohil, son père n'admettait aucun étranger auprès de ses rapaces.

Elle aimait ces beaux oiseaux, féroces et majestueux, mais, en raison de la susceptibilité de son père à leur égard, elle ne les approchait jamais sans être accompagnée de lui, ce qui arrivait trop rarement à son goût.

Elle avait été tant brimée à ce sujet qu'en avançant sous les voûtes plongées dans une demi-obscurité, elle était de plus en plus habitée par l'impression affligeante de commettre un sacrilège.

— Bonsoir, ma damoiselle, dit une voix masculine dans l'ombre.

Keelin plissa les paupières et reconnut Gerald, le fauconnier, qui venait vers elle.

— Je me suis permis d'entrer, dit-elle, penaude. J'espère que vous ne m'en voulez pas.

— Non, ma damoiselle... Vous vous intéressez aux faucons sans doute ?

— Oui, mon père en avait... J'en ai toujours vu à la maison. Mais j'ai l'impression qu'il y a beaucoup plus d'espèces ici. Est-il possible de les voir de plus près ?

— Oui, bien sûr.

Keelin dépassa l'établi sur lequel étaient disposés des gants, des capuchons et autres objets en cuir destinés au dressage des oiseaux ainsi que des clochettes. Pendus à des crochets, au-dessus de l'établi, s'alignaient jets et longes en cuir.

Quand elle fut tout près des oiseaux, elle s'arrêta, le cœur battant. Son émotion était si grande qu'elle en avait oublié pourquoi elle était ici !

— Ne craignez-vous pas que cela déplaise au comte de Wrexton, si je m'approche de ses faucons ?

Gerald fit non de la tête.

— Ils sont bien entraînés et habitués à la compagnie des hommes. Je ne pense pas que votre présence les contrarie.

Keelin gagna le fond de la fauconnerie et parla doucement à deux couples de gerfauts, côte à côte sur leurs perchoirs. Ils la regardèrent avec curiosité et intérêt même, car, visiblement, le ton chantant de sa voix leur plaisait.

Sur des perchoirs de hauteurs diverses s'alignaient pèlerins, faucons sacrés, autours et éperviers.

— Oh ! Comme ils sont mignons ! s'exclama à mi-voix Keelin devant deux jeunes oiseaux dans une corbeille garnie de laine.

Puis, s'agenouillant près d'eux :

— Vous êtes déjà très jolis, mais lorsque vous serez grands, vous serez magnifiques.

— Et féroces, j'espère, fit la voix de Marcus dans le dos de Keelin.

Elle se redressa en souriant.

— Ils le seront aussi, messire. Voyez la longueur de leur bec et de leurs serres.

Marcus ne regardait pas les oiseaux. Toute son attention était concentrée sur la jeune fille dont l'absence lui avait tant coûté au cours de la journée.

Ses longs cheveux noirs, qu'elle avait dû laver car aucune trace de sang séché n'était visible à leur surface, tombaient en vagues souples et soyeuses sur ses belles épaules et jusque dans le creux de ses reins, et Marcus brûlait de désir de glisser les doigts dans leur masse satinée.

— Je vais me retirer, avec votre permission, messire, dit le fauconnier en resserrant autour de sa taille la ceinture de son grand tablier de cuir. Nous chassons demain, n'est-ce pas ?

— Oui. Dès l'aube si le temps le permet.

— Il fera froid, mais il ne me semble pas qu'il neigera.

— Non, je ne le crois pas non plus.

Gerald s'inclina et se retira, laissant Marcus et Keelin seuls dans la fauconnerie où l'ombre grandissait.

— Vous ne souffrez plus de la tête ? demanda Marcus ému alors qu'il prenait conscience qu'il était seul avec elle dans ce lieu calme et à l'écart.

— Non, enfin, presque plus.

Elle lui sourit et ajouta :

— Vous m'avez bien soignée.

Il caressait du regard son corps svelte et élancé, et éprouvait une très vive envie de lui enlacer la taille qu'elle avait très fine.

— Vous avez si bien soigné Adam et mes compagnons que j'avais un peu peur de n'être pas à la hauteur.

— Vous ne pouviez pas montrer une plus grande compétence. La meilleure preuve de votre habileté, d'ailleurs, c'est mon état aujourd'hui. Vous constatez que je me promène dans Wrexton. Je viens même rendre visite à vos faucons… J'espère que vous n'en êtes pas fâché ?

— Pas du tout. Pourquoi le serais-je ?

— Parce que beaucoup de seigneurs sont très jaloux de leurs faucons. Mon père, par exemple, m'interdisait de les approcher en son absence. D'une façon générale, il n'aimait guère me voir dans la fauconnerie.

— Vous emmenait-il à la chasse ?

— Non, jamais, répondit-elle avec un rire amer. Il considérait que la fauconnerie n'était pas une chasse convenant aux femmes.

Marcus suivait des yeux le mouvement des lèvres de Keelin et il lui semblait qu'il y avait très longtemps qu'il n'avait pas goûté à leur douceur et leur fraîche saveur mentholée. Si elle retournait en Irlande, il n'aurait peut-être plus jamais l'occasion de les embrasser… Cette pensée était insupportable. Il fallait trouver le moyen de la retenir à Wrexton, ne serait-ce que pour quelques jours.

— Est-ce qu'il vous serait agréable de vous joindre à nous pour la chasse, demain matin ?

— Oh oui ! répondit-elle, le regard brillant de joie. Rien ne me ferait davantage plaisir.

— Alors, c'est entendu.

Marcus était soulagé. Si Keelin se passionnait pour la fauconnerie, il organiserait une chasse quotidienne soit de haut vol soit de bas vol, ou l'une et l'autre conjuguées, et, avec un peu de chance, les premiers flocons de neige tomberaient, bloquant la jeune fille dans Wrexton pour tout l'hiver.

— Est-ce que je me trompe, reprit-il en la regardant dans les yeux, mais il me semble que quelque chose vous préoccupe…

— C'est vrai, reconnut-elle en fronçant le joli arc de ses sourcils. J'oubliais de vous en parler et pourtant, c'est la raison pour laquelle je suis ici. J'ai égaré un objet très précieux qui appartient à mon clan…

— Ne serait-ce pas cette lance sacrée dont m'a parlé votre oncle ?

— Si, Marcus… Je ne savais pas que mon oncle vous avait livré ce secret…

— Elle était bien cachée…

Un sourire de soulagement se dessina sur les lèvres de Keelin.

— C'est vous qui l'avez trouvée ?

Marcus hocha la tête.

Elle se signa et remercia intérieurement sainte Brigitte et saint Patrick.

— Je m'étonnais de ne pas vous l'avoir vue à la main à votre arrivée à Wrexton. Aussi, ne pouvant imaginer que vous l'ayez laissée dans la chaumière, ai-je pensé que vous l'aviez laissée dans la charrette. Je suis donc allé l'inspecter et je l'ai trouvée. Je reconnais, cependant, qu'elle était très bien cachée.

— Si vous saviez comme j'ai eu peur qu'elle n'ait été volée ! dit Keelin, la main sur le cœur. Je ne sais pas comment j'aurais pu annoncer ça à mon oncle.

— Rassurez-vous. Elle est en sécurité dans ma chambre. Elle peut y rester, à moins que vous ne souhaitiez la reprendre.

— J'aimerais mieux, messire, si ça ne vous ennuie pas.

Marcus aurait préféré garder la lance, mais il comprenait que Keelin voulût la récupérer. N'avait-il pas abusé de son pouvoir en s'arrogeant le droit d'aller la prendre dans son chariot ? Il aurait bien aimé la garder et, ainsi, priver Keelin de son prétexte pour retourner en Irlande, mais ce n'était pas honnête et il ne voulait rien faire de tel.

La nuit tombait et Marcus, qui ne supportait pas de voir Keelin se fondre dans l'obscurité, alluma plusieurs chandelles.

— Vous n'allez pas tarder à dresser vos deux jeunes pensionnaires ? demanda-t-elle.

— Oui, Gerald doit commencer leur dressage d'ici à quelques jours, répondit Marcus en s'agenouillant près des oiseaux blottis l'un contre l'autre dans leur corbeille. Nous les avons acquis alors qu'ils venaient depuis peu de briser leur coquille, si bien qu'ils ont eu le temps de s'habituer à nous. Ils sont déjà bien apprivoisés.

Les deux émerillons relevèrent la tête et piaulèrent en voyant la main du comte de Wrexton approcher et prendre l'un d'eux.

— Ce sont des mâles ou des femelles ? demanda Keelin d'une voix étranglée par l'émotion car elle venait de se représenter la belle et longue main de Marcus sur son corps…

— Des femelles, répondit-il, surpris de la question. Chez les faucons, c'est la femelle qui chasse.

— Je l'ignorais.

— Elle est plus grande et beaucoup plus agressive que le mâle.

Keelin inclina la tête de côté d'un air dubitatif.

— Vous plaisantez?

Il fit non de la tête.

— Tenez, dit-il en lui tendant l'oiseau. Prenez-la. Je vous assure que c'est une petite femelle.

Elle ouvrit les mains et accueillit l'émerillon contre son sein.

— Comme elle est douce !

Marcus gardant le silence, elle leva les yeux vers lui. Il était si près qu'il la touchait presque et il y avait quelque chose dans son regard de profondément troublant. Keelin eut l'impression que ses jambes se dérobaient sous elle. Les flammes des chandelles vacillaient, étirant les ombres sur les murs et la voûte du plafond.

Pourquoi Marcus ne l'embrassait-il pas comme la veille, dans le jardin ? Elle sentait son souffle sur ses lèvres, la chaleur de son corps tout proche...

L'émerillon, dont les serres et le bec la chatouillaient, tremblait entre ses mains, mais elle était surtout consciente de son propre cœur qui battait follement dans sa poitrine et de la soif qui lui brûlait la gorge et les lèvres, une soif que seul Marcus avait le pouvoir d'étancher.

Elle savait, cependant, qu'il ne serait pas raisonnable de boire à la fontaine de ses lèvres, qu'elle ne devait surtout pas en prendre l'habitude car, bientôt, elle partirait pour l'Irlande et ne reviendrait sans doute jamais à Wrexton.

— Vous allez les mettre à la longe ensemble ? demanda-t-elle d'une voix enrouée qui lui sembla être celle d'une étrangère.

— Oui, répondit-il en se penchant sur elle.

— Et vous leur attacherez des clochettes ? murmura-t-elle en se rapprochant inconsciemment de lui.

— Oui, confirma-t-il, les lèvres si proches de celles de Keelin qu'elles se touchaient presque.

— Vous ne leur coudrez pas les paupières ? implora-t-elle dans un souffle en fermant les yeux.

— Non, si ce n'est pas nécessaire...

— Comment ? protesta Keelin en amorçant un mouvement de recul. Vous commettriez un acte aussi barbare pour les plier à votre volonté ?

Il avait parlé sans réfléchir. Il aurait pu se douter que Keelin, dont il avait pu mesurer la sensibilité lorsqu'elle était au chevet des blessés, ne serait pas indifférente à la souffrance des animaux, en particulier lorsqu'elle était provoquée gratuitement par les hommes.

— C'est Gerald qui prend ce genre de décision, répondit-il en posant la main sur son épaule pour la retenir. J'avoue que je ne m'en mêle pas, mais c'est rare.

— J'espère que ça n'arrivera pas à celle-ci, dit-elle en baissant les yeux sur l'émerillon. Je suis désolée de me mêler de ce qui ne me regarde pas, mais...

Cédant au désir, Marcus clôt les lèvres de Keelin d'un baiser. Elle ne chercha pas à se dérober, au contraire même. S'appuyant contre lui, tout en veillant à ne pas écraser le jeune faucon, elle répondit à son baiser avec passion.

La pointe de ses seins, au contact de Marcus, se tendit, et elle fut parcourue par un frisson qui éveilla en elle l'envie de glisser les doigts dans ses longs cheveux blonds, de suivre le contour de son visage, de sentir la chaleur de son corps contre le sien.

Mais elle savait que si elle reposait l'émerillon dans la corbeille pour avoir les mains libres, le charme serait rompu. Elle se concentra donc sur le plaisir que lui octroyaient les lèvres de Marcus, ses mains dont elle sentait la pression sur ses épaules, le parfum de sa peau qui l'envoûtait...

La sentant s'abandonner, Marcus lui prit le visage entre les mains et l'embrassa avec tendresse et passion. Pour mieux savourer ce baiser plus audacieux et si nouveau pour elle, Keelin ferma les yeux et ne voulut plus penser qu'à Marcus, à son corps sculptural, au bleu profond de son regard…

Il ouvrit les lèvres, invitant Keelin à en faire autant et, comme elle réagissait selon son souhait, il l'embrassa sans retenue, lui arrachant un soupir qui semblait l'aveu de sa soumission.

Elle se sentait comme sur un nuage. Jamais elle n'avait éprouvé aussi fortement l'impression d'être aimée. Elle comprenait soudain que c'était à cela qu'elle aspirait après tant d'années de solitude et d'impression d'abandon.

Mais n'était-ce pas ce qui l'attendait à son retour à Carrauntoohil où, entourée des siens, elle épouserait celui auquel elle était promise ?

Elle interrompit brutalement le baiser qu'elle échangeait avec Marcus. Elle ne pouvait pas lui faire ça, ni à elle-même d'ailleurs. Lorsqu'elle quitterait Wrexton — dans quelques jours, peut-être ? — elle ne voulait pas y laisser son cœur.

Elle garderait la cordelière en cuir avec laquelle Marcus attachait ses cheveux — et qu'elle portait, à présent, entre ses deux seins — en souvenir de ce qui aurait pu être si elle n'avait porté sur ses épaules l'héritage d'Eocaidh O'Shea.

Marcus, seul dans la fauconnerie, gardait les yeux sur le petit émerillon que Keelin avait déposé entre ses mains avant de s'enfuir. Jamais il ne s'était senti aussi vulnérable ni en proie à un tel sentiment d'abandon.

Etait-ce le pouvoir de la sorcellerie qui le livrait ainsi au bon vouloir de cette jeune Irlandaise ?

Il savait exactement ce qui se serait passé si Keelin ne l'avait pas fui ainsi. Il s'était cru au-dessus d'un comportement aussi vil, et pourtant rien ne l'aurait arrêté. Il aurait profité sans vergogne de la jeune fille. Qu'étaient devenus son sens de l'honneur, ses vertus chevaleresques ?

Etait-ce là l'effet d'un charme ?

Il ignorait que penser ni à qui s'adresser pour avoir une réponse à ses questions. La logique aurait été de consulter le chapelain de Wrexton, mais il était si formaliste et étriqué d'esprit qu'il redoutait que son jugement ne fût partial à l'égard de Keelin.

Marcus le savait, en outre, assez hostile aux étrangers. Il était à craindre qu'en apprenant le don de la jeune fille, il ne la considérât comme une sorcière. Le danger serait grand alors qu'elle fût traduite en justice et condamnée au bûcher.

Ecartant cette vision énergiquement, Marcus sortit à son tour de la fauconnerie et regagna à grands pas le donjon. En pénétrant dans la grande salle, il chercha immédiatement du regard Keelin, mais n'aperçut qu'Yseult qui conversait à mi-voix avec sa suivante.

Cette dernière fit signe à une servante d'approcher. La jeune fille obéit et fut aussitôt prise à parti par Yseult dont le ton de voix s'était brusquement élevé. Marcus fit la grimace en entendant les propos durs d'Yseult, mais il ne voulait pas se mêler de problèmes domestiques. D'autant moins qu'il ignorait tout de la faute reprochée à la servante…

Il espérait trouver le plus tôt possible un mari pour Yseult et la voir ainsi quitter Wrexton, de même que sa suivante. En montant l'escalier à vis, il fit le vœu que les domestiques du château tiennent bon jusque-là !

12.

Keelin, pour une fois, se félicita que la vue de son oncle fût mauvaise car elle savait que ses lèvres étaient gonflées et ses joues toutes rouges après les baisers échangés avec Marcus. Elle doutait, en effet, qu'il eût apprécié de voir sa nièce tomber amoureuse d'un Anglais alors que son destin était en Irlande.

Sa vie n'était pas là. Elle le savait parfaitement…

Mais alors même qu'elle se faisait cette réflexion, elle leva la main pour toucher la cordelette en cuir toute chaude entre ses seins et, pour la première fois, s'avoua qu'elle aurait aimé qu'il en fût autrement.

Bientôt, cependant, elle n'aurait plus que cette lanière pour se souvenir…

— C'est toi, Keelin ? dit Tiarnan en tournant le visage vers la silhouette qui venait dans sa direction.

— Oui, mon oncle, répondit-elle d'une voix étranglée par l'émotion.

— Qu'y a-t-il, ma petite ? Tu as pleuré ?

— Ce n'est rien…

Maintenant qu'elle savait que *Ga Buidhe an Lamhaigh* était entre les mains de Marcus, elle n'avait aucune raison d'être angoissée…

Elle ravala ses larmes alors qu'elle se tournait vers Adam, pâle et d'apparence si fragile, étendu dans son lit, qui la regardait.

— Comment vas-tu, Adam ?

— Mieux, ma damoiselle... Votre oncle m'a parlé du comté de Kerry et de Carrauntoohil. Est-ce aussi beau qu'il me l'a décrit ?

— Oui, mon garçon, répondit-elle en souriant bien qu'elle eût les yeux remplis de larmes.

Elle s'assit au bord du lit et prit la main de l'enfant.

— Je suis heureuse que tu ailles mieux.

— Est-ce que je pourrai aller vous voir à Carrauntoohil ?

— Bien sûr, mais c'est un long voyage qui n'est pas dénué de danger. Il ne s'accomplit pas sur un coup de tête.

— Quand y retournerez-vous ?

— Le plus tôt possible. Ma famille et, plus largement, les membres de mon clan m'y attendent. Ils ont besoin de moi.

— Pourquoi ? Il y a longtemps que vous ne vivez plus avec eux. Ils doivent pouvoir se débrouiller seuls.

Keelin était tentée de penser de même, mais elle n'en avait pas le droit. Après la mort de Cormac, le clan devait être particulièrement vulnérable, d'autant plus qu'il était privé de la lance. *Ga Buidhe an Lamhaigh* protégeait les O'Shea depuis la nuit des temps. Ils ne survivraient pas si elle ne leur revenait pas.

— Sois certain, en tout cas, Adam, répondit-elle en souriant pour essayer de le rassurer, que je ne partirai pas avant que tu ne sois complètement rétabli.

— C’est bien vrai ? demanda-t-il avec une pointe d’inquiétude et de tristesse car il aurait préféré l’entendre dire qu’elle allait rester pour toujours à Wrexton.

— Oui, Adam, confirma-t-elle. Je te promets de ne pas rentrer chez moi avant que tu ne sois debout et solide sur tes deux jambes.

Apparemment rassuré, le jeune garçon se détendit et, bientôt, glissa dans le sommeil sous le regard attendri de Keelin. Après la promesse qu’elle venait de lui faire, elle savait qu’elle était condamnée à vivre à Wrexton au moins encore une ou deux semaines. Trop de jours où elle devrait s’efforcer d’éviter Marcus, autrement dit, où elle serait obligée de refréner à chaque instant les élans de son cœur.

Assise près d’Adam dont elle entendait la respiration régulière, elle laissa ses pensées vagabonder et, bientôt, celles-ci dérivèrent vers la lance et ses vertus. Keelin s’étonnait de n’avoir pas ressenti sa proximité après que Marcus l’eut apportée à l’intérieur du donjon. Heureusement, cette force d’attraction qu’elle avait crue un moment disparue ou considérablement diminuée, s’était réveillée, et elle sentait fortement les ondes qui venaient de l’étage inférieur où se trouvait la chambre à coucher de Marcus.

En entendant frapper à la porte, Keelin se leva et alla ouvrir. Un huissier venait lui faire part de l’invitation du comte de Wrexton, pour elle et son oncle, au souper qu’il donnait en l’honneur de l’évêque de Chester et au cours duquel serait évoquée la mémoire de feu le comte Eldred.

Lorsqu’elle referma la porte, Keelin se tourna vers son oncle qui lui sourit :

— C'est très gentil de la part de notre hôte, dit-il, mais tu iras seule à cette soirée, ma chérie. Je ne suis pas en état de participer à un grand repas.

A la pensée de se retrouver déjà en présence de Marcus après ce qui s'était passé entre eux dans la fauconnerie, Keelin, elle aussi, doutait d'en être capable.

Comme c'était à prévoir, alors que le château était en deuil, la fête n'était animée que par deux musiciens qui jouaient l'un de la vielle, aux accents mélancoliques, l'autre de la harpe. Ils chantaient à tour de rôle, évoquant les faits d'armes d'Eldred de Granville, ses exploits à la guerre et les tournois où il s'était distingué.

Marcus était ému aux larmes en entendant les propos dithyrambiques tenus sur son père. Il lui manquait cruellement, surtout depuis son retour à Wrexton. Son absence lui était particulièrement pénible au cours des repas qu'il prenait presque toujours en sa compagnie et où il conversait longuement avec lui.

Lorsqu'il irait à la chasse, le lendemain matin, il serait très dur de ne pas chevaucher à son côté, de ne pas voir son regard bleu transparent suivre le vol du faucon, de ne pas entendre sa voix chaude crier aux chiens de rapporter la proie, mais il aurait près de lui une autre personne chère à son cœur…

Les convives, annoncés par le héraut, arrivaient les uns après les autres. Toute la fine fleur de la noblesse des environs était représentée ainsi que les officiers royaux, sénéchaux et baillis, en compagnie de leurs épouses.

Keelin, cependant, n'était pas encore là. Il espérait qu'elle n'avait pas été prévenue trop tard et, surtout, qu'elle ne se fût pas offusquée d'être conviée au dernier moment. De l'endroit où il se tenait, il voyait les premières marches de l'escalier par lequel elle arriverait si elle venait de sa chambre, ce qui était le plus probable.

Il avait une immense envie de l'avoir près de lui, ce soir, pour la première réception qu'il donnait au château en qualité de comte de Wrexton. Il sentait qu'elle serait pour lui un soutien incomparable en cette occasion.

Il était en compagnie de l'évêque et du chapelain qui s'entretenaient sur des questions ecclésiales auxquelles il n'entendait pas grand-chose et ne cherchait pas non plus à s'intéresser car il avait l'esprit ailleurs. Sa pensée n'était tournée que vers Keelin O'Shea qu'il souhaitait garder à Wrexton jusqu'à ce qu'il eût une idée précise des sentiments qu'il éprouvait pour elle.

Elle ne le laissait pas indifférent, c'était une certitude, et il avait l'assurance que de son côté elle n'était pas non plus insensible à sa personne. Elle avait soif de ses baisers et brûlait d'être entre ses bras tout autant qu'il avait l'ardent désir de la serrer contre lui et de lui dévorer les lèvres.

Si seulement elle ne se sentait pas obligée de retourner aussi vite en Irlande, il pourrait lui faire la cour comme tout chevalier à la noble pucelle de son choix... Il lui offrirait des cadeaux dignes d'elle et donnerait des fêtes en son honneur où ménestrels et troubadours chanteraient l'amour courtois.

Grâce à tous ses efforts, il conquerrait son cœur et réussirait à la retenir à Wrexton !

Il fut arraché à ses réflexions par l'approche d'Yseult qui rôdait depuis un moment autour de lui et de ses convives de marque. Alors qu'il tournait la tête vers elle,

elle passa devant lui en l'ignorant avec ostentation, mais il ne releva pas cette impolitesse.

Il la suivit toutefois du regard et constata qu'elle se montrait de plus en plus rude avec les domestiques. Elle les invectivait au passage, enchaînant les remontrances, critiquant tout, ou à peu près tout ce qu'ils faisaient. Elle réussit même à vexer si cruellement une servante qu'elle s'enfuit de la salle en pleurs.

Même si elle n'était pas destinée à rester à Wrexton, il ne pouvait tolérer qu'elle continuât un jour de plus à malmener ses domestiques. Le fait qu'elle lui en voulût ne l'autorisait pas à maltraiter ceux qui étaient en dessous d'elle.

Marcus pria l'évêque de l'excuser et se dirigea vers Yseult qui continuait de s'éloigner en survolant du regard les tables pour s'assurer que rien ne manquait. Mais il n'avait pas fait trois pas qu'il aperçut Keelin qui descendait les dernières marches de l'escalier.

Dans une robe en velours bleu nuit qui révélait la fluidité de son corps, elle s'avançait avec grâce et majesté. Ses cheveux étaient tirés en arrière et rassemblés dans une résille sur la nuque.

Un collier d'or ornait son décolleté pudique qui laissait voir la finesse de ses clavicules. Une chaîne d'or, dont les mailles étaient identiques à celles du collier bien que plus grosses, lui entourait les hanches dont elle soulignait le balancement envoûtant.

Le teint pâle dans la lumière dorée des chandelles, elle avait toutefois des pommettes colorées qui mettaient en relief la beauté de ses grands yeux verts. Ses lèvres pulpeuses, invitant au baiser, esquissaient un sourire, et

Marcus ne pensait qu'à leur douceur, à l'indicible bonheur qu'il éprouvait lorsqu'il s'en emparait...

Il l'emprisonna dans son regard et, par la seule force de la volonté, chercha à la faire venir à lui car il aurait voulu lui indiquer le protocole en présence d'un prélat. Toutefois Yseult intercepta la jeune fille et, glissant le bras sous le sien, la conduisit elle-même à l'évêque.

Elle fit les présentations puis recula d'un pas et attendit, une lueur cruelle dans le regard.

Marcus la vit se raidir et une expression mauvaise se dessiner sur son visage lorsque Keelin mit un genou à terre et baisa l'anneau de l'évêque. Ce dernier bénit la jeune fille qui, restant dans la même position, lui exprima sa reconnaissance pour la très belle cérémonie des obsèques d'Eldred de Granville.

— Les chants étaient magnifiques et portaient à la contemplation ; la prière fervente et vos paroles pleines d'espérance m'ont fortifiée dans la foi. Je vous en remercie, monseigneur.

— Relevez-vous, ma fille, dit ce dernier visiblement enchanté des propos qu'il venait d'entendre.

Keelin obéit et la conversation se poursuivit entre eux au grand dam d'Yseult qui aurait voulu marcher au côté de l'évêque jusqu'à la grande table seigneuriale, mais cet honneur fut réservé à Keelin. Marcus en effet ayant invité chacun à rejoindre sa place à table, l'évêque se dirigea vers l'estrade tout en continuant de parler à la jeune fille qui, évidemment, l'accompagnait.

Quand tous les convives furent à leur place, Marcus fit signe aux musiciens d'arrêter de jouer et l'évêque prononça la bénédiction. Après l'amen final, tout le monde s'assit et, alors que la musique reprenait, le service commença.

Yseult ne tarda pas à paraître, un plateau entre les mains sur lequel étaient disposées quatre coupes en vermeil qu'elle posa délicatement devant Marcus et ses convives.

Malgré lui, Marcus devait convenir qu'elle se déplaçait avec beaucoup de grâce. Elle avait tenu le rôle de châtelaine de Wrexton pendant de nombreuses années et le connaissait jusqu'au bout des ongles. A n'en point douter, les coupes avaient été remplies avec le meilleur vin conservé dans le cellier et, dans un instant, Yseult lui soufflerait à l'oreille de lever un toast en l'honneur de l'évêque.

Keelin, qui se sentait nerveuse, prit une profonde inspiration pour essayer de se calmer. Son oncle lui avait donné le conseil d'être aussi naturelle que possible et assuré que tout se passerait bien, mais la soirée n'avait pas vraiment bien commencé.

Un peu plus tôt, Yseult était venue la trouver dans sa chambre en prétextant qu'elle voulait vérifier que la servante qui lui avait été envoyée pour l'aider à se préparer remplissait bien sa mission. Puis elle lui avait donné certaines précisions sur les us et coutumes du royaume d'Angleterre, l'invitant, en particulier, à faire la révérence au prélat comme à n'importe quel prince et à ne pas lui adresser la parole, ni au comte de Wrexton d'ailleurs, à moins qu'ils ne lui eussent posé une question.

Posant enfin les yeux sur la robe de Keelin, elle lui avait demandé :

— N'avez-vous rien de plus élégant pour une fête à Wrexton ?

Keelin avait secoué la tête en signe de dénégation et Yseult avait déclaré qu'il faudrait bien se contenter de cette tenue si elle n'en avait pas d'autre, mais qu'il était hors de question qu'elle comparût nue tête. Avant de quitter la jeune fille, elle envoya la servante qui l'avait assistée chercher un chaperon chez Beatrice et pria Keelin de le mettre sur sa tête avant de descendre dans la grande salle.

Mais lorsque la domestique l'apporta, elle plissait le nez d'un air dégoûté car la coiffe sentait l'oignon.

Keelin avait été très affectée par la méchanceté d'Yseult. Elle n'avait rien fait pour mériter une telle inimitié et ne comprenait pas pourquoi la jeune femme la lui réservait. Déconcertée et triste, elle était allée trouver son oncle pour chercher du réconfort auprès de lui, ce qu'il n'avait pas manqué de lui donner.

Il était heureux qu'elle se fût confiée à lui et qu'il lui eût expliqué ce qu'on était en droit d'attendre d'une princesse irlandaise, car si elle avait suivi les conseils d'Yseult, elle se serait ridiculisée.

— Vous êtes bien certain, mon oncle, avait-elle demandé une nouvelle fois pour se rassurer, qu'il ne serait pas convenable de faire la révérence à monseigneur Delford ?

— Non, ma chérie, avait répondu Tiarnan. A moins que tu ne veuilles te faire remarquer à tes dépens ?

Sans attendre la réponse, il avait enchaîné :

— N'oublie pas que tu ne dois boire que quelques gorgées de vin. Il ne convient pas à une jeune pucelle de trop boire, particulièrement dans ton cas puisque tu ne supportes pas l'alcool. Tu ne voudrais pas passer pour une idiote ?

Certes non, mais Keelin avait bien conscience qu'Yseult avait déjà tout manigancé pour qu'elle se ridiculisât en public. Elle n'arrivait pas à discerner précisément ses motivations, et même si elle croyait en avoir une idée, elle avait trop peu d'expérience du monde et des subtilités des rapports humains pour comprendre vraiment pourquoi Yseult lui voulait du mal.

En sortant de sa chambre pour se rendre dans la grande salle, elle était déjà toute bouleversée. Il était douloureux de se sentir aussi peu aimée, surtout par une jeune femme du genre même de celles dont la compagnie lui aurait été précieuse pendant toutes ces années d'exil.

Lorsqu'elle posa le pied sur la première marche, elle fut assaillie par un mauvais pressentiment qui ne cessa de grandir à mesure qu'elle descendait.

Elle craignit d'abord qu'il s'agît d'Adam. Il n'était pas encore sorti d'affaire, loin s'en fallait. La fièvre persistait, même si elle était moins forte, et il restait très faible. Mais il avait semblé à Keelin que le malaise auquel elle était sujette trouvait sa source ailleurs...

Elle s'était sentie malheureusement incapable d'en déterminer l'origine...

Yseult s'était réservé une place à la gauche de Marcus et, bien qu'il eût semblé à Keelin que ce dernier avait marqué une hésitation au moment où elle s'était assise, il n'avait rien dit.

Sans chercher à connaître sa volonté, et de crainte de commettre encore une maladresse, Keelin avait pris place à la droite de l'évêque.

Les plats arrivaient, les musiciens jouaient de leurs instruments. Le moment était venu pour le comte de

Wrexton de lever sa coupe en l'honneur de l'ecclésiastique.

Après l'éloge prononcé par le maître de maison, tous se levèrent à sa suite et portèrent un toast à l'évêque. Keelin fit de même, mais au moment où elle leva sa coupe, elle lui échappa de la main et manqua d'un pouce de tomber sur le couvert de son vénérable voisin. La coupe résonna au contact de la table tandis que le vin rouge se répandait sur la nappe.

Le pied de la coupe était tout huileux. Elle en avait la certitude car, bien que le vin eût coulé sur sa main, elle restait toute graisseuse. Des serviteurs s'étaient précipités pour éponger la nappe tandis que Keelin présentait des excuses à l'évêque.

— Ne soyez pas confuse, mon enfant, répondit le vieil homme débonnaire. Quand bien même aurais-je été aspergé de vin, je ne suis pas en sucre.

Keelin, cependant, sentait tous les regards converger vers elle. Elle essaya de ne pas prêter attention aux sourires moqueurs ni aux commentaires acerbes qui se lisaient sur les lèvres et, arborant un air plein de dignité, elle essaya de montrer qu'elle n'avait pas usurpé la place d'honneur qu'elle occupait.

— Damoiselle Keelin et son oncle ont accepté de demeurer à Wrexton jusqu'au complet rétablissement d'Adam, expliqua Marcus pour combler le silence qui avait suivi l'incident. Nous n'avons pas dans tout le comté un seul guérisseur aussi talentueux que nos amis irlandais.

Marcus lança un regard plein de compassion à Keelin qui eut pour lui, en retour, un élan de reconnaissance qui montait du plus profond d'elle-même. Elle comprenait qu'il n'était pas seulement triste de ce qui lui était arrivé, mais qu'il lui tendait la main, qu'il venait à son secours. Or, elle avait besoin de ce soutien pour ne pas s'effondrer en public malgré son courage.

— Si j'ai bien compris, dit l'évêque, la blessure de votre cousin était si grave qu'elle vous a retenu à son chevet, vous privant ainsi de raccompagner la dépouille du comte à Wrexton. C'est un miracle qu'il soit encore en vie.

— Dans ces cas très graves, il faut s'en remettre à Dieu, remarqua Yseult.

— Certes, gente damoiselle, mais il n'est pas interdit aux hommes d'aider un peu le ciel.

En entendant la remarque d'Yseult, toujours prête à inoculer son poison, Keelin fut de nouveau toute retournée. Elle essuya ses mains, encore toutes huileuses, sur la serviette en lin qui avait été placée devant elle et se servit de viandes et de légumes dans le plat que lui présentait un serviteur.

Elle avait l'impression que tous ses gestes étaient maladroits, comme si elle était empesée des pieds à la tête. Il ne lui était guère aisé, certes, de se sentir détendue avec tous les pièges tendus par Yseult. Bien involontairement, elle en était réduite à se demander ce qui lui arriverait de fâcheux la prochaine fois.

A la fin du repas, lasse de la compagnie d'Yseult dont elle mesurait toute l'hypocrisie derrière les sourires suaves, elle prit congé de l'évêque auquel elle souhaita un bon voyage de retour.

Lorsqu'elle se tourna vers Marcus pour lui souhaiter une bonne nuit, elle avait perdu toute la grâce et l'aisance qu'il avait admirées en elle au début de la soirée. Elle avait même un air soumis et était devenue gauche tant dans son élocution que dans ses gestes.

Marcus ne comprenait pas pourquoi elle avait autant changé au cours du repas. Il ne pouvait croire que la seule raison de cette métamorphose fût l'incident qui avait eu lieu au moment du toast, mais n'y avait-il pas eu quelque autre événement dont il n'était pas informé ? Il se sentait à présent suspicieux à tous égards dès lors qu'Yseult était dans les parages.

A partir du moment où Keelin se retira, la soirée lui parut interminable. Les festivités restaient sobres en raison du deuil, et chacun semblait trouver de bon aloi de ne pas parler ni rire trop fort. Point de calembours, de plaisanteries, ni de grivoiseries qui ne manquaient pas, d'habitude, de jaillir de telle ou telle table à la fin d'un repas où le vin avait coulé généreusement.

Yseult, jusqu'à la fin de la soirée, ne s'éloigna pas d'un pouce de lui. Ne craignant pas qu'il lui répétât devant l'évêque ce qu'il lui avait dit seul à seul, elle profita de la situation pour briller et engagea avec l'ecclésiastique une conversation très vivante où elle déploya son charme. Une ombre, toutefois, subsistait au fond de son regard comme une menace latente.

Les convives qui venaient du village ou de proches maisons se retirèrent les premiers, puis se fut le tour des hôtes de Marcus. Dès que le champ fut libre, les serviteurs commencèrent à débarrasser les tables et à nettoyer le sol des débris qui le jonchaient puis ils démontèrent les tréteaux et disposèrent de nouveau le mobilier de la salle.

Marcus, qui avait envoyé Yseult se coucher à la première occasion, prit une chandelle et se dirigea vers l'escalier à vis, mais il fut arrêté en chemin par Guillaume, le chevalier.

— Excusez-moi, messire, dit ce dernier. Je voudrais vous parler seul à seul.

13.

— Qu'y a-t-il ? demanda Marcus, anxieux et fatigué.

— Vous savez, messire, que je n'ai pas l'habitude de parler du bout des lèvres et ce n'est pas avec vous que je commencerai.

— Non, parle avec ta franchise habituelle.

— Il ne s'agit que de gamineries, messire, mais ce sont des plaisanteries qui finiront par mal se terminer.

— Quel genre de plaisanteries ? demanda Marcus qui commençait à comprendre à quoi le chevalier faisait allusion.

Guillaume s'éclaircit la voix et l'écho que fit son toussotement dans la grande salle presque vide persuada Marcus qu'il valait mieux continuer la conversation dans un endroit plus discret puisqu'elle semblait avoir un caractère confidentiel.

— Allons dans ma chambre ! dit-il.

Marcus s'engagea dans l'escalier, la chandelle au poing, et Guillaume le suivit, gardant le silence jusqu'à ce qu'ils soient entrés dans la vaste chambre où un feu généreux ronflait dans la cheminée.

— Vous vous souvenez, messire, lorsque nous sommes entrés dans la grande salle, hier matin, avec Robert ?

Marcus acquiesça de la tête. Il se souvenait très bien de la scène car, dès qu'il avait aperçu Keelin, leurs regards s'étaient attachés l'un à l'autre et il avait eu l'impression qu'un lien invisible les unissait jusqu'à la chute de la jeune fille.

— Yseult avait tendu un piège à la damoiselle O'Shea.

— Tu en es bien certain ?

— Je n'ai pas l'habitude de raconter des sornettes, messire, répondit le chevalier avec fermeté. Le balai avait été placé intentionnellement sur le chemin que la damoiselle devait prendre de retour de la cuisine les mains encombrées d'un plateau qui l'empêchait de voir où elle marchait. Et ce soir encore, Yseult a enduit d'huile la coupe qu'elle lui a donnée pour qu'elle se ridiculise en la laissant échapper de sa main.

Marcus aurait dû se douter qu'Yseult verrait l'arrivée de Keelin à Wrexton comme une menace, mais il avait eu tant de préoccupations depuis son retour qu'il n'y avait même pas songé.

Ses pensées avaient été aussi très largement monopolisées par Keelin.

Cette attirance qu'il éprouvait pour la belle Irlandaise n'avait pu, bien sûr, échapper à l'attention d'Yseult, et il avait aggravé considérablement la situation en lui déclarant qu'elle n'était pas la maîtresse de Wrexton et qu'il avait l'intention de lui trouver un mari.

— Dans la mesure où il y a eu deux incidents aussi rapprochés, reprit Guillaume, je crains qu'il n'y en ait d'autres.

— Sans doute.

— Or, damoiselle Keelin n'a pas mérité cette ingratitude. Elle a tant fait pour Adam et pour soigner la jambe d'Edouard qui va remarcher grâce à elle !

— Tu as raison d'attirer mon attention sur tout le bien qu'elle nous a fait. Ces mesquineries à son encontre sont une honte. Compte sur moi pour sermonner Yseult. Je ne tolérerai pas un écart de plus de sa part.

Guillaume, qui paraissait satisfait, se tourna vers la porte.

— Prends la chandelle, dit Marcus en la lui donnant.

— Merci, messire, dit-il en sortant de la chambre. Bonne nuit.

— Bonne nuit à toi aussi, Guillaume, et sois remercié de ta vigilance.

Keelin eut une nuit très agitée. Le mauvais pressentiment qui l'avait accablée, la veille, n'était plus aussi fort, mais elle sentait tout de même que quelque chose n'allait pas…

Si elle avait pu prendre *Ga Buidhe an Lamhaigh* entre ses mains, elle aurait eu une impression plus limpide de la menace qui planait au-dessus d'elle, mais la lance était toujours auprès de Marcus. Elle n'avait eu d'autre choix que de se tourner et retourner inlassablement dans son lit en luttant contre les fantômes menaçants qui peuplaient tour à tour ses rêves.

Il faisait à peine jour lorsqu'on frappa doucement à sa porte. Arrachée à son mauvais sommeil, elle descendit du lit et, à la faible clarté des braises qui finissaient de se consumer dans l'âtre, elle alla d'un pas mal assuré jusqu'à la porte et l'ouvrit.

Marcus se tenait dans le passage sombre, éclairé seulement par la chandelle qu'il avait à la main, et gardait le silence comme s'il était troublé par la vision qui s'offrait à lui.

— Je ne voulais pas que vous manquiez la chasse, dit-il après s'être éclairci la voix.

Keelin sentait le regard insistant de Marcus sur son corps à peine vêtu. Elle savait que sa chemise en lin presque transparente était indécente, mais elle n'avait aucun désir de se cacher en présence de Marcus.

— Oh oui ! dit-elle en croisant les bras sur sa poitrine dans un sursaut de pudeur et alors que la mémoire lui revenait. Nous allons à la chasse au faucon, ce matin.

Incapable d'articuler une réponse, il hocha la tête puis, toujours sans un mot, se retourna, prit un objet appuyé au chambranle de la porte et entra dans la chambre.

Dans la lumière vacillante de la chandelle, Keelin reconnut *Ga Buidhe an Lamhaigh.*

— Oh ! Merci, Marcus, dit-elle en prenant la lance dans son fourreau de cuir.

Elle s'écarta et le seigneur de Wrexton entra dans la chambre.

— C'est ici que vous devriez la ranger, dit-il en s'approchant du lit.

L'empreinte du corps de Keelin était bien visible dans le matelas de laine, et le désordre des draps et couvertures attestait la nuit agitée qu'elle avait eue.

Marcus, sans rien laisser voir de l'émotion que créait en lui cette vision révélatrice de l'intimité de Keelin, souleva l'angle du matelas.

— Déposez-la contre le cadre en bois. Personne ne pourra la voir.

— Vous avez raison, répondit Keelin en plaçant la lance dans l'angle de l'armature en bois sur laquelle reposait le sommier. C'est sans doute la meilleure cachette. Je vous remercie, Marcus, d'avoir ainsi pris soin de la lance.

Marcus laissa retomber le matelas et recula d'un pas sans jamais quitter des yeux la jeune fille. Une lueur brillait dans son regard dont l'expression laissait clairement entendre à Keelin que ses préoccupations étaient très éloignées de la lance et de la chasse au faucon.

Elle se sentait presque nue, bien que sa chemise la couvrît des épaules aux pieds. Instinctivement, elle leva la main sur sa nuque où se trouvait le ruban de soie qui maintenait en place le vêtement léger en lin. Le nœud était desserré...

Elle n'avait qu'à tirer légèrement sur l'un des bouts et la chemise glisserait de ses épaules, s'arrêterait sur ses hanches... Une simple ondulation du corps la ferait tomber au sol...

Et elle découvrirait enfin pourquoi une force inconnue la poussait vers Marcus, pourquoi elle éprouvait à tout instant le désir de sentir ses grands bras autour d'elle.

Mais elle ne pouvait pas abandonner son clan et le priver de *Ga Buidhe an Lamhaigh* pour satisfaire sa propre curiosité et combler un besoin charnel...

Elle avait eu raison de garder ses distances vis-à-vis du comte de Wrexton car, dans une ou deux semaines, Adam serait rétabli et elle serait en chemin pour Carrauntoohil.

Avant de changer d'avis, elle s'empressa de poser les mains à plat sur la poitrine de Marcus et de le pousser dehors.

— Laissez-moi, maintenant, messire, dit-elle d'une voix tremblante. Je vais m'habiller et lorsque je serai prête, je vous retrouverai sur le perron.

Devant la porte de la chambre de Keelin, Marcus reprit sa respiration et attendit que les battements de son cœur se calment.

Il ferma les yeux et vit aussitôt le cou fragile de la jeune fille, le dessin délicat de ses clavicules, sa riche chevelure en désordre, emmêlée après une nuit de sommeil troublé, ses yeux bordés de cernes qui montraient qu'elle n'avait pas mieux dormi que lui-même.

Devant le lit ouvert où se dessinait la forme troublante de son corps, il avait été sur le point de faillir et de s'y étendre en l'entraînant avec lui. Enveloppé de son parfum, le visage noyé sous ses cheveux de soie, il aurait bu à la fontaine de ses lèvres, goûté à l'inestimable saveur de ses charmes…

Mais son sens aigu de l'honneur l'avait retenu de commettre ce geste qu'il aurait regretté. Il respectait Keelin, comme il se respectait d'ailleurs lui-même.

Il savait qu'il n'aurait pas dû entrer ainsi dans sa chambre alors qu'elle dormait encore un instant plus tôt, et qu'à peine vêtue, ensommeillée, elle était d'une grande vulnérabilité, mais il avait été incapable de résister à la tentation…

Il devait lui rapporter la lance, certes, et l'avertir du départ pour la chasse, mais il aurait pu se contenter de frapper à sa porte, l'entrouvrir et déposer la lance contre le mur.

Or, il n'avait pas pu s'empêcher d'entrer pour la voir, humer son parfum, respirer sa chaleur…

Aujourd'hui, il n'avait pas l'intention de la laisser lui échapper comme la veille où elle avait disparu toute la journée puis s'était éclipsée à la fin du repas donné en l'honneur de l'évêque.

Marcus descendit l'escalier et, en traversant la grande salle, vit les serviteurs s'affairer à dresser les tables du souper qui serait servi au retour de la chasse. Il gagna les cuisines où s'alignaient les paniers de vivres contenant le repas des chasseurs ainsi que celui de l'évêque et sa suite, qui allaient prendre la route de Chester.

Il informa son majordome que la damoiselle O'Shea suivrait la chasse et que si l'état d'Adam l'exigeait, il faudrait l'envoyer quérir.

Lorsqu'il eut donné toutes ses instructions, Marcus sortit du donjon et, bravant le froid, se rendit à la fauconnerie.

Gerald finissait de préparer les oiseaux.

— Est-ce que nous prenons également la meute, messire ?

Marcus fit oui de la tête. Il fallait faire provision de gibier pour l'hiver. Puisque le droit lui avait été octroyé par la Couronne de chasser dans la forêt royale, il allait essayer de capturer quelques cervidés et autant d'ours ainsi qu'une multitude de bêtes à plumes et de petits animaux à fourrure.

— Damoiselle O'Shea, que tu as vue hier soir, a accepté de se joindre à nous.

— Cette damoiselle a montré un grand intérêt pour les faucons de votre grâce.

— En effet… C'est une attitude rare chez une jeune fille. Les valets de chiens sont-ils prêts à partir ? Ont-ils levé des animaux ?

Marcus posait toutes ces questions en sortant d'une armoire des pelisses qu'il ferait bon porter au retour de la chasse ou pendant le repas si le froid se maintenait. Il ne voulait pas que Keelin tombât malade.

— Ils se sont levés bien avant l'aube, messire, et quatre d'entre eux sont partis en forêt pour relever les traces du gros gibier. Nous attendions seulement vos ordres avant de sortir la meute.

— Parfait.

Marcus quitta son fauconnier pour aller faire seller son étalon et le palefroi qu'il destinait à Keelin. Lorsqu'il revint dans la cour du château, les chasseurs étaient déjà tous assemblés dans l'attente du départ et, parmi eux, il chercha Keelin des yeux.

Il aperçut enfin une longue silhouette drapée dans une cape en laine d'un vert sombre au sommet des degrés conduisant au donjon. C'était elle !

Il pressa le pas dans sa direction et monta lestement les marches.

En approchant de Keelin, il vit que son regard brillait de joie et d'impatience, même si elle n'était pas descendue dans la cour pour rejoindre les autres chasseurs. L'incident de la veille l'avait peut-être rendue timide ? Elle redoutait sans doute le regard de ceux qui étaient présents au dîner et qui l'avaient vue renverser sa coupe.

— Vous avez été très rapide pour vous préparer, remarqua-t-il.

Elle sourit timidement.

— Vous êtes certain que je ne vous dérangerai pas ? demanda-t-elle.

Sans répondre, il la prit par la main et descendit avec elle les marches du perron alors que, bien au-dessus d'eux, un visage pâle aux traits contractés par l'émotion les observait par une meurtrière.

— Tendez le bras, Keelin, ordonna Marcus, et il reviendra se poser sur vous.

Keelin obéit, levant sa main droite protégée par un épais gant de cuir alors que Guenièvre, le splendide gerfaut, décrivait des cercles dans le ciel.

Marcus lança une série de petits cris familiers à l'oiseau qui descendit vers eux dans un vol parfaitement maîtrisé. Dès qu'il se posa sur le bras de Keelin, elle lui donna un morceau de viande en récompense.

Elle était émue de porter le bel et noble animal. Jamais elle n'avait rien vu de plus majestueux et gracieux que son envol ni de plus impressionnant que la façon dont il fondait sur une proie.

Elle observait également Marcus dont la patience l'émerveillait, et se demandait s'il montrerait les mêmes qualités avec ses fils lorsqu'il leur apprendrait le métier des armes et les emmènerait à la chasse.

Keelin croisa son regard à cet instant et y vit une flamme qui lui fit battre le cœur et détourner les yeux instantanément car elle ne doutait pas de sa signification.

Elle n'avait pas le droit de laisser les sentiments de Marcus grandir alors qu'elle était décidée à quitter Wrexton le plus tôt possible. A moins, certes, qu'elle ne fléchît au dernier moment ? C'était d'ailleurs aussi pour ne pas succomber à la force de son attirance pour Marcus qu'elle créait ces distances entre eux.

Elle eut soudain les yeux remplis de larmes et aurait voulu quitter la chasse et galoper jusqu'à Wrexton pour aller se cacher dans sa chambre ou alors se jeter dans les bras de Marcus et rester à jamais blottie contre lui, mais elle sentit un regard sur elle. Tournant la tête, elle comprit que Gerald se préoccupait du faucon en attente sur son poing.

— Vous le reprenez, maintenant, maître fauconnier ? demanda-t-elle d'une voix étranglée par l'émotion.

— Non, ma damoiselle. Cette fois, c'est vous qui allez le lancer sur la proie.

Marcus, qui craignait qu'elle ne fût fatiguée, vint derrière elle.

— Pouvez-vous encore le porter ou avez-vous trop mal au bras ?

— Non, non, ça va, dit-elle en martelant sa réponse.

Il était trop près et elle n'était que trop sensible à sa présence. Elle ne voulait pas voir le bleu intense de ses yeux, le dessin de ses lèvres ourlées, ses longs cheveux blonds et soyeux. Et, surtout, elle ne voulait pas lire dans son regard la vénération qu'il avait pour elle. Elle se refusait, particulièrement, à l'encourager.

Marcus fit un signe à Gerald et ce dernier se dirigea vers le lac où le gibier d'eau venait se nourrir. Les deux gerfauts, Guenièvre et Cleo, allaient chasser et rapporter des grues à leurs maîtres.

Keelin, qui n'osait plus parler tant elle craignait que le timbre de sa voix ne trahît son émotion, marchait à côté de Marcus à travers les bois. Depuis l'instant où elle l'avait imaginé père de famille, elle n'arrêtait plus de se représenter les jolis enfants qu'il aurait un jour… avec une autre.

— Nous allons trouver des grues dans le lac qui s'étend un peu plus bas, en lisière du bois, expliqua Marcus. Gerald y est allé en reconnaissance hier, et il a constaté que le gibier y était abondant.

— Nous sommes dans le domaine royal, n'est-ce pas ? demanda Keelin.

— Oui, mais je suis autorisé à y chasser car ce territoire est placé sous ma juridiction. La plupart des forêts appartiennent à la Couronne.

— Le roi est bien jeune, si ne me trompe ? C'est encore un enfant.

— Oui, mais il est entouré de conseillers qui veillent sur ses intérêts.

— Et les leurs aussi, je suppose ?

Marcus se mit à rire. C'était merveilleux pour Keelin d'entendre ce rire sonore et grave extrêmement séduisant. Elle dut s'armer de courage pour ne pas fondre en l'entendant.

— C'est une remarque très avertie pour une jeune personne qui n'est jamais allée à la cour. A moins que…

— Moi ? fit-elle en rougissant.

— Je plaisantais, Keelin, répondit Marcus, charmé de la voir réagir ainsi.

Il exultait de progresser à côté de Keelin à travers bois dans le froid piquant du matin. Grande et élancée, elle n'avait aucune peine à aller à son pas alors qu'elle portait le faucon sur son poing avec la même aisance que si elle l'avait fait toute sa vie.

Elle semblait parfaitement heureuse, aussi, et pourtant Marcus la sentait différente, ce matin. Même si elle était très spontanée et naturelle, elle parlait peu. Il la sentait sur la réserve, circonspecte même !

C'était l'impression qu'elle lui avait donnée lorsqu'il l'avait retrouvée au pied du donjon, mais il avait cru qu'elle se détendrait ultérieurement lorsqu'elle se sentirait intégrée dans le groupe de chasseurs.

La matinée s'écoulait, cependant, sans qu'il remarquât aucun changement dans son attitude.

— N'êtes-vous pas fatiguée de porter Guenièvre ? demanda-t-il pour s'assurer que ce n'était pas là la cause de son mutisme.

— Non, Marcus, pas du tout, répondit-elle avec un enthousiasme qui démentait les impressions du comte de Wrexton. C'est un oiseau merveilleux que je serai très heureuse de porter aussi longtemps que vous me le permettrez.

— Le lac n'est plus loin. Dès que nous l'aurons atteint, je vous montrerai comment provoquer l'envol du gerfaut.

— Je suis impatiente de m'exercer, dit-elle avec tout son cœur.

Elle donnait l'impression d'être vraiment heureuse et, en même temps, il y avait, par moments, quelque chose de nostalgique dans son regard comme si elle avait conscience que ce bonheur ne durerait pas ou qu'il n'était pas pour elle.

On aurait pu penser, en l'observant, qu'elle cherchait à accumuler le maximum de souvenirs qu'elle rapporterait en Irlande avec elle et dans lesquels elle puiserait, plus tard, comme dans un précieux trésor.

Marcus n'avait qu'un espoir : qu'elle vécût auprès de lui tant de moments merveilleux que le jour où Adam serait de nouveau sur pied, elle n'eût plus aucun désir de retourner dans son île !

14.

Bien avant midi, les chasseurs firent une halte pour dîner. Gerald trouva des perchoirs pour ses oiseaux dont il encapuchonna la tête et lia les longes à des branches, et les valets conduisirent les chiens dans un vallon, en contrebas, où coulait un ruisseau, dans lequel ils étaient libres de boire, et nouèrent leurs laisses à un tronc d'arbre.

Paniers et sacs de vivres furent vidés de leur contenu pour le plus grand plaisir des chasseurs affamés. Pâtés en croûte, rôtis, volailles, pains, fromages, fruits séchés avaient été déballés sur des nappes tandis que la bière et le vin coulaient des outres en cuir.

— Il convient que vous commenciez, ma damoiselle, dit Gerald en présentant une assiette à Keelin.

— Merci, répondit-elle en souriant.

Un valet servit Marcus en même temps puis chacun des chasseurs, en commençant par les chevaliers et les écuyers, se découpa tel un morceau de rôti, tel une aile de poulet, une cuisse de pintade, une tranche de pâté en croûte, une côtelette de porc fumé…

Il faisait moins froid. Le ciel s'était chargé de nuages et d'autres encore arrivaient du nord-ouest.

— Je mettrais ma main au feu que nous aurons de la neige demain matin, remarqua un écuyer en levant les yeux vers la voûte céleste qui s'assombrissait d'instant en instant.

— Je te prends au mot, l'ami, dit Marcus sur le ton de la plaisanterie en aidant Keelin à s'asseoir sur une couverture en fourrure. Si tu perds ton pari, tu tisonneras le feu avec ta main nue, demain, au souper.

— Oh ! Messire ! Vous êtres plus mauvais encore que l'ogre qui hantait ma jeunesse !

Keelin éclata de rire avec les chasseurs. Elle appréciait cette ambiance détendue entre Marcus et son entourage, qu'il s'agît de ses pairs ou de ses serviteurs. Il les connaissait tous depuis toujours et avait tissé avec eux des liens presque fraternels.

Elle n'avait jamais vu son père plaisanter ainsi avec ses hommes et, bien sûr, ce n'était pas au cours des cinq dernières années qu'il lui avait été donné de rire de bon cœur en compagnie d'amis de son âge.

Marcus prit place près d'elle et, en croisant les jambes pour s'asseoir en tailleur, il lui effleura la cuisse du genou.

Un frisson courut dans le dos de Keelin, mais elle s'efforça de ne rien laisser voir de son émotion. Les yeux baissés, elle lutta pour contrôler le léger tremblement de ses mains et, pour s'y aider, s'obligea à penser aux événements de la matinée depuis le moment où elle avait porté Guenièvre sur son poing.

— Vous avez froid ? demanda Marcus.

— Non, messire, répondit-elle, confuse qu'il eût peut-être remarqué son trouble.

Il ne fallait pas qu'il se rendît compte de son pouvoir sur elle car, s'il en avait abusé, elle aurait été incapable de lui échapper. Le moment était peut-être venu de mettre un terme à cette merveilleuse récréation.

— Il est temps pour moi, je le crains, déclara-t-elle soudain, de rentrer à Wrexton pour m'assurer qu'Adam va bien…

— Nous serons prévenus s'il a besoin de vous.

Un jeune garçon du village, qui accompagnait les chasseurs, s'approcha à cet instant de Marcus.

— Messire, mon père dit que c'est vous le meilleur archer et que pour être bon chasseur, il faut savoir tirer à l'arc…

— Et tu voudrais être ce bon chasseur ? demanda Marcus, devinant la demande que l'enfant n'osait pas exprimer.

Le jeune garçon hocha la tête.

— Si vous vouliez bien m'apprendre à tirer…

— Ne dérange pas messire de Granville, intervint un piqueux.

— Il ne me dérange pas. Nous allons tirer à l'arc après le repas.

— Est-ce que vous m'apprendrez aussi, Marcus ? demanda Keelin.

Le comte de Wrexton se tourna vers elle en fronçant les sourcils. Il n'avait jamais vu ni entendu parler de femmes sachant manier l'arc.

Devant son expression dubitative, elle insista :

— Ça me sera d'une aide précieuse, le jour où je retournerai en Irlande.

Si elle avait su se servir d'un arc et fabriquer des flèches lorsqu'elle avait fui le Kerry avec son oncle, elle aurait pu chasser en chemin et éviter, parfois, d'entrer dans un bourg pour acheter des vivres.

Il était manifeste que l'argumentation qu'elle venait d'employer n'avait pas un effet très convaincant sur Marcus, mais il acquiesça, enfin, d'un signe de tête.

Quelques mèches de ses cheveux blonds retombèrent sur son front, soulignant le bleu profond de ses yeux, et Keelin éprouva l'envie de les relever. Mais elle se retint. Il ne fallait pas avoir de gestes familiers avec lui, si elle voulait décourager ses sentiments à son égard.

Lorsqu'ils eurent fini de dîner, Marcus demanda à l'un des chasseurs de lui prêter son arc.

— Il est de la bonne dimension pour la damoiselle, dit-il en recevant l'arme de son propriétaire, et il conviendra aussi pour Peter.

Il prit un sac de flèches et s'écarta du groupe des chasseurs avec Keelin et le jeune garçon.

— Va suspendre ce tissu à un arbre, dit-il à Peter. Attache-le entre deux branches. Il nous servira de cible.

L'enfant prit le morceau d'étoffe et courut vers un arbre qui présentait des branches basses auxquelles il fut aisé de l'accrocher.

— Avez-vous déjà eu un arc entre les mains ? demanda Marcus en s'adressant Keelin.

— Jamais.

Il lui montra comment tenir l'arme puis lui donna une flèche.

Elle plaça la flèche contre la corde et banda l'arc, mais, jugeant sa position incorrecte, Marcus l'aida à la rectifier en plaçant sa propre main sur celle de Keelin qui tenait l'arc et l'autre sur celle qui tenait la flèche.

Il était tout contre elle et respirait le parfum frais de sa peau et de ses cheveux qui brillaient dans le pâle soleil d'hiver.

La sentant frémir, il se serra un peu plus contre elle.

— Est-ce que ça va comme ça ? demanda-t-elle d'une voix étranglée par l'émotion.

— C'est mieux.

— Est-ce que je dois viser plus haut ?

— Oui, un peu plus, lui souffla-t-il à l'oreille en lui faisant faire un demi-tour sur elle-même. Pour le premier tir, vous allez essayer d'atteindre le petit bouleau, là-bas, dont le tronc porte une encoche. Vous le voyez ?

— Oui.

— Visez juste au-dessous de l'encoche.

Elle redressa l'arc et Marcus la sentit se raidir.

— Détendez-vous. Vous êtes aussi raide que la corde de votre arc.

Elle fit oui de la tête, mais ne changea rien à sa posture.

— Pliez les genoux, ma chérie, et essayez d'assouplir les épaules.

La façon dont Marcus l'avait appelée ne laissa pas Keelin indifférente, mais elle n'en montra rien.

Elle suivit ses conseils comme une bonne élève et, en pliant les genoux, se frotta involontairement contre lui.

Ce fut son tour d'être parcouru par un frisson et il dut lutter de toutes ses forces pour ne pas céder à la tentation de prendre Keelin dans ses bras et de la dévorer de baisers.

— Visez bien le bouleau et veillez à ne pas endommager l'empennage de la flèche.

Elle déplaça les doigts de la main droite pour qu'ils ne fussent plus au contact des plumes puis redressa de nouveau l'arc.

— Tendez la corde, ordonna-t-il en déplaçant légèrement le bras gauche de la jeune fille pour mieux orienter la flèche vers la cible. Et maintenant : lâchez tout !

Keelin ouvrit les doigts et vit la flèche s'envoler. Un infime espace de temps s'écoula avant qu'elle ne vînt frapper l'arbre à l'emplacement même indiqué par Marcus.

Keelin se tourna vers lui. Elle avait les lèvres toutes proches des siennes. Ses longs cils noirs soulignaient le vert profond de son regard qui s'assombrissait, troublé par l'attente…

— Bravo, ma damoiselle ! s'écria Peter. En plein dans le mille !

— Je te remercie, Peter, répondit Keelin qui continuait de regarder Marcus dans les yeux.

Elle esquissa un sourire et, d'un ton de défi, lança au comte de Wrexton :

— A vous, maintenant !

Dès qu'ils eurent franchi le pont-levis, des palefreniers accoururent pour s'occuper de leurs montures et des valets emportèrent le gibier aux cuisines. Marcus et Keelin, ainsi que plusieurs valets, aidèrent Gerald à ramener les rapaces dans la fauconnerie.

Keelin avait passé une journée merveilleuse et, bien qu'elle fût épuisée, elle se refusait à la voir se terminer.

— Me permettez-vous d'aider le maître fauconnier à soigner les oiseaux ? demanda-t-elle à Marcus.

— Bien sûr. Gerald va s'assurer qu'aucun d'entre eux n'a été blessé pendant la chasse puis il va les porter à leurs perchoirs pour la nuit. Vous n'aurez pas grand-chose à faire.

— Ça importe peu. Il ne m'est pas donné tous les jours de m'occuper de gerfauts et de sacres.

Elle sentit le regard insistant de Marcus sur elle. Ses préoccupations, de toute évidence, étaient très éloignées des faucons, mais elle avait la ferme intention d'y rester sourde. Après avoir lutté toute la journée contre son propre désir, elle avait fait le serment de ne succomber à aucune forme de séduction à leur retour au château.

— Allez-vous encore les nourrir, maître fauconnier ? demanda-t-elle en s'écartant de Marcus pour se diriger vers Gerald dans l'angle le plus obscur de la volière.

— Non, ma damoiselle. Ils ont assez mangé pour la journée. Vous pouvez libérer Gwin si vous le voulez.

— Oh oui ! répondit gaiement Keelin qui avait besoin d'une occupation pour les mains et l'esprit.

Marcus prit une lanterne et l'approcha du pèlerin pour permettre à Keelin de voir correctement les petites boucles qui rattachaient l'oiseau à la longe. En éclairant la jeune fille, Marcus s'approcha si près d'elle qu'elle sentit sa chaleur de la même manière que lorsqu'il lui avait montré le maniement de l'arc.

Elle eut l'impression qu'il avait de nouveau ses grands bras autour d'elle et qu'il guidait ses gestes…

— Elle est toute petite ta boucle, Gwin, dit Keelin dans un souffle, mais j'ai réussi quand même à l'ouvrir.

Le faucon recula sur son perchoir, hérissa ses plumes puis s'immobilisa sous le regard attendri de Keelin qui aurait aimé pouvoir trouver aussi aisément une position confortable…

A peine entrés dans la grande salle, Marcus et Keelin furent entourés de serviteurs venus prendre l'un leurs manteaux, l'autre leur apporter du vin chaud tandis qu'Yseult les invitait à s'approcher de la cheminée où le feu ronflait.

Marcus aurait aimé jouir de la chaleur de l'âtre en la seule compagnie de Keelin, mais Yseult ne semblait pas disposée à leur octroyer ce moment d'intimité. Bien qu'elle fût visiblement mal à l'aise en présence de celle qu'elle considérait comme une rivale, elle ne montrait aucune intention de se retirer.

Marcus avait encore, comme maintenant, quelques difficultés à comprendre les femmes mais, grâce à Keelin, il avait accompli des progrès considérables. Il avait acquis une assurance qui lui manquait autrefois et…

Il fut arraché à sa réflexion par des voix masculines. Se retournant, il vit approcher Guillaume et deux autres chevaliers qui venaient de franchir la porte d'entrée de la grande salle.

Marcus les avait envoyés en reconnaissance sur les confins du domaine de Wrexton et ils venaient lui faire leur rapport.

Après s'être inclinés devant le comte, ils saluèrent respectueusement les deux damoiselles.

— Alors, Guillaume ? dit Marcus. As-tu quelque chose à me signaler ?

— Non, messire. Nous n'avons rien remarqué d'anormal. Il n'y a aucune trace de troupe étrangère sur vos terres.

Nous n'avons guère croisé qu'un ou deux colporteurs, rien d'autre.

Marcus aurait aimé se confronter le plus vite possible avec ceux qui avaient tué son père, mais il ne pouvait nier qu'il appréciait ce sursis qui allait lui permettre d'être fin prêt pour accueillir la troupe barbare le jour où elle aurait l'arrogance de le défier de nouveau.

— Voilà une bonne nouvelle ! remarqua Yseult, attirant l'attention sur elle.

Elle avait le regard un peu trop brillant. Sans doute avait-elle abusé du vin chaud.

Elle frotta nerveusement les mains sur sa robe puis, se tournant vers Keelin, lui sourit avec grâce :

— Vous n'envisagez pas de souper dans cet affreux surcot ? demanda-t-elle. Il n'est pas habituel ici, à Wrexton, de porter ce genre de déguisement.

Keelin baissa les yeux en pâlissant. Effarés par les propos d'Yseult, tous se turent. Marcus et ses chevaliers étaient stupéfaits devant une telle impolitesse à l'égard de leur hôte qui avait tant fait pour sauver Adam !

Keelin reposa son gobelet sans un mot. Elle ne savait manifestement pas comment réagir à ces paroles venimeuses prononcées sur un ton de fausse douceur.

Alors que les chevaliers observaient en biais la jeune fille qui s'efforçait de ne pas céder à la colère, Marcus, qui craignait de la voir quitter brusquement la salle, vint se placer près d'elle.

Croisant le regard insolent d'Yseult, il ne put résister à l'envie de la remettre à sa place.

— Dans la mesure où vous veillerez Adam pendant le souper, Yseult, je ne vois pas en quoi le surcot de damoiselle O'Shea vous dérangera. Il ne me déplaît en aucune façon et je ne crois pas que quiconque soupera à ma table, ce soir, se permettra une remarque à son sujet.

— Messire, vous…

Marcus leva la main pour intimer à Yseult l'ordre de se taire.

— A l'avenir, vous tiendrez votre langue en présence de mes hôtes ! ajouta-t-il en mettant le bras autour de la taille de Keelin dans un geste protecteur. Aussi longtemps que vous résiderez à Wrexton, je n'accepterai aucune discourtoisie de votre part.

Un silence pesant tomba sur la salle tandis que Marcus entraînait Keelin vers l'escalier. Il ne savait pas où il avait trouvé l'audace de parler ainsi à Yseult, mais il ne regrettait rien. Son insolence était intolérable. Et si elle pensait se venger contre Keelin du fait qu'il avait l'intention de lui trouver un mari, elle ferait bien de changer d'attitude.

Keelin gravissait devant lui les marches de l'escalier à vis avec un maintien et un port de reine. Elle resta muette jusqu'à ce qu'ils fussent parvenus devant la porte de la chambre d'Adam. Là, elle se retourna vers Marcus, le regard embué de larmes.

— J'aimerais qu'on m'apporte à dîner ici, dit-elle. J'ai promis à Adam de passer la soirée dans sa chambre et puis…

— Je vous veux à ma table, répondit Marcus avec douceur mais non sans fermeté.

Il lui caressa la joue et replaça une mèche de ses cheveux derrière son oreille. Bien qu'elle eût été profondément blessée par les propos d'Yseult, Keelin subissait l'humiliation avec dignité.

— Votre tenue importe peu, reprit-il. La seule chose qui compte, c'est votre présence à mon côté.

— Marcus ! dit-elle en reculant contre le mur. Je ne veux pas être la cause d'une dispute entre vous et Yseult. Je quitterai bientôt Wrexton, alors qu'Yseult...

Marcus ne la laissa pas terminer. Posant les mains à plat contre le mur, de chaque côté de son visage, il se pencha vers elle et s'empara de ses lèvres comme il en avait une terrible envie depuis le matin.

Au petit gémissement qu'elle poussa, il s'enhardit et l'embrassa avec fougue, pressant son corps musclé contre ses rondeurs souples et déliées.

Keelin répondit à son élan avec la même passion. Elle était tout autant que lui affamée de baisers et de caresses. Jamais il n'avait pensé rencontrer une telle ardeur chez une femme. Keelin O'Shea était unique, il en avait la certitude. Il ne retrouverait auprès d'aucune autre femme le merveilleux sentiment de félicité qu'il connaissait entre ses bras.

Soudain, elle interrompit leur étreinte et le repoussa en secouant la tête.

— Non, Marcus, dit-elle dans un souffle. Ce que je ressens... Ou, plutôt, ce que nous voulons...

Une larme trembla au bord de ses cils.

— Je vous en prie ! s'écria-t-elle en s'enfuyant vers sa chambre.

Marcus la regarda s'éloigner sans bouger. Il n'avait voulu que lui montrer la force de l'attirance qu'il éprouvait pour elle. Si une femme dans ce monde lui était destinée, c'était elle. Il n'en avait aucun doute.

Il plongea le visage entre ses mains. Ce n'était peut-être pas le meilleur moment pour tomber amoureux alors que son père venait à peine de mourir, mais il avait la certitude qu'Eldred de Granville ne lui en voulait pas. Il désespérait tant qu'il trouvât une femme à son goût et digne d'être aimée comme Rhianwen, sa propre mère…

A présent qu'il l'avait rencontrée, il n'allait pas la laisser partir sans se battre férocement pour tenter de la retenir…

15.

Keelin sécha ses larmes en regardant son surcot en grosse laine brune. Il était bien taillé et propre. Qu'est-ce qu'Yseult lui reprochait ?

Assurément, le vêtement n'était pas d'une grande élégance et elle n'avait eu aucune intention de le porter pour le souper, mais il était tout à fait convenable pour la chasse. Il aurait été ridicule de se parer de ses plus beaux effets pour battre la campagne en compagnie de chiens et de faucons.

Elle réprima un autre sanglot. Le surcot brun était le dernier de ses soucis. Elle avait d'autres préoccupations...

Ses sentiments pour Marcus, qui ne cessaient de grandir, n'auraient d'autre effet que de la faire souffrir car elle devait retourner dans le Kerry. A cause de la mort de Cormac, elle y était contrainte.

Il y avait un homme, d'ailleurs, qui l'attendait en Irlande. Elle ne doutait pas que son père avait choisi pour elle le meilleur entre les chefs de clan auxquels elle pouvait prétendre. Il était de son devoir de se présenter à lui dès qu'elle en aurait le moyen. Toute alliance serait précieuse à Ui Sheaghda pour contrecarrer les ambitions de Ruairc Mageean.

Les inclinations de son cœur ne comptaient pour rien face au destin de son clan. Aussi longtemps qu'elle serait contrainte de rester à Wrexton, elle se tiendrait à l'écart de son seigneur. Même si c'était horriblement difficile, elle prétendrait n'éprouver aucune attirance pour lui, elle ferait comme si elle était parfaitement indifférente à ses regards, ses baisers, ses caresses... En toute occasion, elle s'attacherait à décourager ses élans vers elle.

Quelques braises mouraient dans l'âtre. Keelin y jeta de la tourbe. De toute évidence, Yseult avait donné l'ordre aux domestiques de ne pas entrer dans sa chambre car, en cette fin de journée, elle n'y retrouvait aucune des marques de courtoisie auxquelles elle s'était habituée depuis son arrivée à Wrexton.

Si Yseult faisait tant d'efforts pour la discréditer, c'était qu'elle voyait en elle une menace pour la position que les circonstances de la vie lui avaient accordée. Elle ne lui en voulait pas. Il était normal qu'elle redoutât que Marcus prît une femme.

Keelin essuya du revers de la manche les larmes qui roulaient le long de ses joues. Yseult n'avait aucune raison de craindre sa concurrence. Elle ne serait jamais comtesse de Wrexton.

— Connaissant Keelin comme je la connais, elle a dû passer une journée magnifique, dit Tiarnan auquel Marcus venait de faire part des exploits de sa nièce.

Le vieil homme essayait de contenir sa joie et le ton de sa voix pour ne pas réveiller Adam.

— Et vous me dites qu'en plus, elle a appris à tirer à l'arc ?

Marcus sourit.

— Oui, et elle s'y est montrée très douée. Avec un peu d'entraînement, elle deviendra un excellent archer.

— Elle est de grande taille. C'est pour ça qu'elle arrive à se servir d'un arc.

Elle était d'une taille parfaite, en effet, songea Marcus. Et ses yeux étaient de la plus belle teinte, ses cheveux d'un soyeux admirable, son sourire d'une douceur angélique, ses mains douces et féminines…

— Mais ce qui a dû l'enchanter plus que tout, ce sont les faucons, remarqua Tiarnan. Son père ne la laissait pas les approcher alors qu'elle avait déjà une passion pour eux lorsqu'elle n'était qu'une enfant. Elle se glissait dans la volière à la moindre opportunité et, surtout, lorsqu'elle ne courait pas le risque d'être repérée.

— Je comprends pourquoi elle était aussi à l'aise avec les oiseaux. On aurait dit qu'elle avait été fauconnier toute sa vie.

— Elle a un don avec eux. C'est incontestable. Quel dommage que mon frère n'ait pas vu quel trésor il y avait dans cette enfant !

Marcus parut interloqué.

— Keelin ne s'entendait pas avec son père ? demanda-t-il dans l'espoir d'apprendre quelque chose de nouveau à son sujet.

Tiarnan secoua la tête.

— Ce n'est pas aussi simple. Eocaidh était un chef dans l'âme. Il faisait tout passer après l'intérêt du clan. Il avait d'abord et avant tout le sens du devoir.

Marcus avait la réponse à ses interrogations. Il ne fallait pas chercher d'où venait l'obstination de Keelin ailleurs que dans l'héritage paternel.

— Le bonheur de sa fille, son unique enfant, reprit Tiarnan, était très secondaire par rapport à la sauvegarde d'Ui Sheaghda.

L'expression du vieil homme devint pensive. Dans quelle direction, cependant, son esprit vagabondait-il ?

— Un jour, vous avez parlé du frère de Keelin, remarqua Marcus.

— Brian ? Tous les espoirs d'Eocaidh reposaient sur lui. Le jour où il s'est noyé, on aurait dit que son père avait tout perdu.

— Il lui restait pourtant Keelin.

— Oui… mais il lui a fallu au moins un an avant de prendre conscience que l'avenir du clan reposait désormais sur elle. A partir de ce moment, il s'est mis en quête d'un mari pour elle.

Il y eut un long silence avant que Marcus fût capable d'articuler sa question :

— Est-ce qu'il lui en a trouvé un ?

— Oui, mais jusqu'à ce jour, le promis attend le retour de sa promise.

La santé de Tiarnan s'était nettement améliorée depuis son arrivée à Wrexton. Les cheminées monumentales, où l'on brûlait sans cesse du bois de chêne, de hêtre ou de charme — la tourbe servant pour les plus petits foyers

— entretenaient une chaleur agréable dans les chambres du château et dans la grande salle à condition que l'on se tînt près de l'âtre en raison des dimensions de la pièce. Ce confort avait contribué au rétablissement de la santé de l'oncle de Keelin, de même que l'absence de soucis et la bonne alimentation.

Il ne toussait presque plus et lorsqu'une quinte, de temps à autre, se déclarait, elle était beaucoup moins forte. Aussi commençait-il à croire à un sursis. Il était bien dommage que sa vue eût baissé, car la vie était fort agréable à Wrexton et aurait pu l'être davantage encore s'il avait été tout à fait bien portant.

Marcus n'avait quitté la chambre d'Adam que lorsqu'il avait eu l'assurance que le jeune garçon allait mieux et après avoir requis l'assistance d'un valet pour aider Tiarnan à regagner sa chambre et se mettre au lit.

Le vieil homme, en le voyant se retirer, avait compris que le comte de Wrexton ressentait le besoin de gagner ses appartements où, dans la quiétude, il allait sans doute réfléchir à ce qu'il avait appris de sa bouche.

Lui-même en savait un peu plus long sur Marcus de Granville. Il était clair, en tout cas, qu'il ne supportait pas l'idée qu'un homme attendît Keelin dans le Kerry. Peut-être fallait-il voir dans sa réaction un signe d'espoir ?

Depuis leur arrivée dans la chaumière où il vivait reclus avec sa nièce, Tiarnan avait beaucoup appris sur Marcus de Granville et ses chevaliers et il ne doutait pas que Keelin pût vivre heureuse à Wrexton. Sans être médium comme elle, il savait que douleur et déception l'attendaient à Carrauntoohil. Si Fen McClancy était encore en vie, elle serait contrainte de l'épouser et de lui donner un héritier qui réunirait sur sa seule tête le destin des clans O'Shea et McClancy.

S'il était mort, le conseil des anciens d'Ui Sheaghda, après délibération et sans demander son avis à Keelin, lui choisirait un autre mari. Tiarnan, en pensant à cette éventualité, se signa pour en préserver sa nièce. A Carrauntoohil, elle n'aurait jamais ce qu'elle désirait et méritait.

Quelle que fût la situation du clan à son retour dans le Kerry, elle se retrouverait plongée dans la tourmente des conflits entre tribus, sur une terre ravagée par la guerre. Et, comme avant, on l'utiliserait pour remonter le moral du clan. Personne ne consentirait à reconnaître qu'elle avait des aspirations et des rêves semblables à ceux de toutes les jeunes filles de son âge.

Tiarnan voulait certes que le clan survécût et, même, fût dans la prospérité, et il savait qu'il était de son devoir de ramener sa nièce et la lance sacrée à Carrauntoohil, mais il ne voulait pas le faire au détriment du bonheur de Keelin.

Comme il y était contraint, d'ailleurs, depuis cinq ans, le clan continuerait à survivre sans l'aide du don de voyance de la jeune fille. L'un de ses membres révèlerait peut-être un jour un don et, pourvu de *Ga Buidhe an Lamhaigh*, que Tiarnan s'arrangerait pour restituer à Ui Sheaghda, rendrait les oracles qui avaient jusqu'alors tant favorisé la survie de la tribu.

Sa décision prise, Tiarnan réveilla le valet requis par le comte et qui dormait au pied du lit d'Adam, et le pria de l'accompagner jusqu'à sa chambre. Il doutait de dormir beaucoup, cette nuit-là, mais il allait tout de même s'allonger et fermer les yeux…

*
* *

Au réveil, Keelin, qui venait d'ouvrir les volets de sa chambre, découvrit un paysage enchanté. Le château et le village de Wrexton étaient ensevelis sous un manteau de neige dans lequel les marcheurs qu'elle apercevait en contrebas s'enfonçaient jusqu'aux chevilles. Il ne serait pas aisé de voyager dans de telles conditions…

Le sinistre pressentiment était de retour, plus fort que précédemment. Comme elle l'éprouvait chaque fois qu'un danger était près de fondre sur elle, elle avait la sensation de deux crocs de fer qui lui enserraient la nuque. Mais de quoi s'agissait-il ?

Elle ne pouvait croire que des soudards sous les ordres de Ruairc Mageean oseraient prendre Wrexton d'assaut. Ils n'auraient ni l'audace ni la folie de relever un tel défi.

Qu'est-ce qui la mettait, cependant, dans un tel état ?

C'était le moment de prendre entre ses mains *Ga Buidhe an Lamhaigh* !

Mais alors, elle ne pourrait rien pour Adam, aujourd'hui, s'il venait à avoir besoin d'elle…

Ecartant cette éventualité, elle s'approcha du lit et souleva le matelas, non sans appréhension car elle redoutait, comme toujours, de s'emparer de la lance.

Elle resta un moment immobile, les yeux baissés sur le fourreau en cuir qui contenait l'arme sacrée, exactement à l'emplacement où l'avait déposé Marcus.

Quelques petits coups frappés à la porte la firent sursauter et remettre le matelas en place.

— Pardonnez-moi, ma damoiselle, dit la fille de cuisine qui venait d'ouvrir la porte. Je n'aurais jamais été assez effrontée pour vous déranger si…

La servante lança un regard derrière elle pour s'assurer que personne ne pouvait l'entendre.

— Tu ne me déranges pas, Lizzie. Qu'est-ce qu'il y a ?

— C'est le bébé de ma sœur… Il a de la fièvre et elle augmente de jour en jour. Nous avons peur qu'il ne…

— Tu veux que je le voie, ce bébé ?

— Oh oui ! s'il vous plaît, ma damoiselle.

— Eh bien… fit Keelin qui n'était pas mécontente, au fond, d'avoir un prétexte pour ne pas toucher la lance. Où est-il ?

— Dans l'arrière-cuisine.

— Mon Dieu ! J'espère qu'il n'y fait pas trop froid.

— Non. Il y a un feu dans la cheminée et son berceau n'en est pas trop éloigné. Sa mère veille sur lui. Voulez-vous venir avec moi ?

— Oui, je te suis.

L'arrière-cuisine servait de garde-manger. Il s'y alignait des cruches d'huile et d'épices, des sacs de farine de blé et d'orge, des tonneaux de bière.

Dès qu'elle entra dans la pièce voûtée, Keelin entendit la respiration sifflante du bébé.

— Oh ! Ma damoiselle, dit la maman d'une voix entrecoupée de sanglots. Je vous remercie d'être venue. Je ne sais pas ce qui arrive à ma petite Peggy.

Keelin posa la main sur le dos de l'enfant.

— Depuis quand sa respiration est-elle aussi bruyante ?

— Ça a commencé la nuit dernière. Elle a eu une très forte toux, il y a deux jours, puis la fièvre est venue. Elle n'a pas rouvert les yeux depuis minuit.

Des larmes roulèrent le long des joues de la jeune femme à l'expression égarée. Sa crainte était amplement justifiée, pensa Keelin. La petite fille avait le front brûlant et ses amygdales étaient enflées. Elle était visiblement très gênée pour respirer.

Keelin n'était pas certaine, malheureusement, de pouvoir lui venir en aide, mais elle allait tout tenter pour faire tomber sa fièvre.

— Ça ne vous dérange pas de me la confier un moment ? demanda-t-elle en caressant les cheveux blonds de l'enfant.

— Oh ! Merci... fit la maman en lui prenant les mains pour les embrasser.

Dès son réveil, ce matin-là, Marcus avait eu le souci d'accomplir sans plus tarder les devoirs de son état. Au cours des cinq années qu'il avait vécues à Wrexton, auprès de son père, il l'avait accompagné dans la plupart de ses déplacements et avait été témoin de l'exercice de son pouvoir. Aussi ne lui paraissait-il pas si difficile, à présent, de prendre sa suite même s'il avait quelque appréhension et savait qu'il lui faudrait s'affirmer en toute occasion pour asseoir son autorité.

Il avait dû se rendre sans délai au village chez le bailli pour régler certaines affaires qui n'auraient souffert aucun retard, et s'était fait accompagner de son intendant. Lorsqu'ils étaient retournés au château pour le dîner, le soleil était déjà haut dans le ciel et, sous ses rayons, les cristaux de neige scintillaient de mille feux.

La scène était magnifique et certainement pas en harmonie avec la deuxième tâche qu'il devait accomplir impérativement ce jour : sommer Yseult de se rendre dans la salle des manuscrits où elle serait priée de s'asseoir et d'entendre tout ce qu'il avait à lui dire.

Marcus se rendit directement aux cuisines où, à cette heure, il avait de grandes chances de la trouver en train de harceler le personnel.

Il était impatient de lui parler avant que de nouveaux incidents n'éclatent soit avec damoiselle Keelin soit avec des domestiques. Il était hors de question qu'elle poursuivît plus longtemps de sa haine la jeune Irlandaise et il allait mettre fin immédiatement à cette persécution, comme l'aurait fait son père, d'ailleurs.

Il apprenait à tenir son rôle. Chacun le testait. Il s'en était bien rendu compte en présence du bailli, de même que de son intendant. Ils devaient tous comprendre qu'il prenait ses responsabilités aussi sérieusement que son père et qu'il entendait exercer son autorité avec la même rigueur.

En entrant dans la cuisine par la porte donnant directement sur la cour, Marcus fut surpris par le calme qui y régnait alors qu'en cette fin de matinée tous les marmitons, tournebroches, gâte-sauces et mitrons auraient dû s'affairer à la préparation du dîner.

— Qu'y a-t-il ? demanda-t-il à la cuisinière avec le mauvais pressentiment qu'Yseult avait encore créé un incident.

— C'est le bébé d'Annie, messire. Il est tombé malade et…

— Annie ? dit Marcus. La femme de John ?

La cuisinière hocha la tête.

Marcus se souvenait du mariage de son valet avec la jeune fille qui avait eu lieu un an plus tôt. Son père, en effet, avait profité de l'occasion pour lui rappeler sans animosité qu'il n'était toujours pas marié.

Annie avait été enceinte très vite et, de ce jour, le comte de Wrexton avait insisté pour qu'elle cessât de faire des travaux durs, priant Yseult de lui confier des tâches faciles à exécuter qui la préservent de fatigues que son état ne lui permettait pas de supporter.

Marcus se souvenait également que son père, quelques semaines plus tôt, avait pris soin de faire porter un présent aux parents de l'enfant à l'occasion de son baptême.

— Oui, confirma la cuisinière. Elle a fait demander à damoiselle Keelin si elle voulait bien voir son bébé et, bien sûr, la damoiselle, qui est si bonne, a accepté tout de suite. Elle est en train de le soigner.

Marcus, qui avait remarqué que ses gens estimaient Keelin et qu'ils faisaient tout leur possible pour lui rendre la vie agréable, ne fut nullement surpris de ces propos. Il n'était pas étonnant qu'en de telles circonstances ils se tournent vers elle.

— Où est l'enfant ?

La cuisinière indiqua l'arrière-cuisine du menton.

— A côté, messire.

Lorsqu'il regarda par la porte de communication entre les deux salles, Marcus aperçut Keelin de dos, debout devant la cheminée.

Elle avait les cheveux tressés qui formaient une lourde natte descendant jusqu'au creux des reins et elle portait la jolie cotte en laine verte dans laquelle il l'avait vue la première fois, qui épousait parfaitement les formes de son corps svelte.

Une odeur de plantes bouillies flottait sous les voûtes, s'élevant d'une grande marmite dont la jeune fille remuait le contenu avec une cuillère en bois.

— Prends-la, Annie, et tiens-la au-dessus de la marmite, dit-elle en se retournant. Il faut lui faire respirer la vapeur du lamier et de l'herbe-aux-poumons.

Keelin prononça ces derniers mots en rougissant comme une pivoine car elle venait d'apercevoir Marcus.

Devant une telle réaction, il fut rempli d'espoir et se prit à imaginer qu'il était seul dans la salle avec elle et qu'il lui couvrait le visage de petits baisers avant de l'enlacer et de s'emparer de ses lèvres avec passion…

Ils ne s'étaient embrassés ainsi qu'une fois lorsqu'ils avaient été surpris par Beatrice dans le jardin. Sans cette arrivée inopinée, rien n'aurait su arrêter leur échange de baisers et de caresses, et l'enchaînement de leurs gestes les aurait conduits dans un endroit plus discret et plus confortable où Marcus aurait rompu le vœu de continence qu'il s'était imposé jusqu'au mariage.

Il croisa le regard profond de Keelin où il lut une expression pleine de confusion, d'inquiétude et de tendresse. Elle souffrait visiblement pour le pauvre enfant comme si ç'avait été le sien et s'évertuait à le soigner avec le même dévouement qu'elle avait montré pour Adam et Edouard.

Elle sembla hésiter puis vint au-devant de Marcus et, plaçant la main sur son bras :

— Est-ce que vous pourriez envoyer quelqu'un dans la chambre d'Adam ? J'ai besoin de toutes mes poches d'herbes…

Marcus, cette fois, en quittant Keelin, ne redoutait pas autant que précédemment la confrontation avec Yseult. Il sentait en effet, au fil des jours, que son titre de comte et les devoirs qui lui étaient attachés ne formaient plus qu'un avec lui. Certes, il n'avait pas encore fait l'expérience de cette nouvelle position à la guerre ou à la cour mais, sur ses terres, il avait conscience d'avoir endossé d'ores et déjà la charge paternelle.

Puisqu'elle n'était pas aux cuisines, il s'étonna de ne pas trouver Yseult à sa place habituelle dans la grande salle. Se refusant à la chercher dans tout le château, il pria une servante d'aller la trouver et de lui dire qu'il l'attendait dans son étude.

Il sortit de grande salle pour se rendre à la chapelle et, dans le passage qu'il empruntait, s'engagea dans un petit escalier en colimaçon creusé dans l'épaisseur du mur, qui donnait accès à la salle où étaient conservés, dans des coffres, les titres de propriété, divers manuscrits et de nombreux ouvrages : évangéliaires, livres d'heures, psautiers, bibles, romans courtois qui constituaient le fonds de bibliothèque du manoir de Northaven qu'Eldred de Granville avait réuni à ceux déjà présents à Wrexton.

D'assez vastes dimensions, l'étude était éclairée par des fenêtres à meneaux aménagées par l'avant dernier comte pour laisser entrer la lumière dans une chambre où il aimait à lire et régler certaines affaires avec plus de discrétion que dans la grande salle.

D'une solive pendait, au-dessus de la longue table de travail, un cercle massif en fer forgé portant plusieurs petites lampes à huile qui permettaient de lire et d'écrire à la tombée du jour.

Marcus aimait la lecture. C'était l'un de ses plus grands bonheurs de s'enfermer dans cette chambre et d'y lire et relire les superbes ouvrages ornés d'enluminures qui nourrissaient les sens et l'esprit.

En attendant Yseult, il ouvrit un traité de théologie rédigé en latin, qu'il avait la fierté de connaître, et qui avait été acquis récemment par son père.

Ce dernier en avait commencé la lecture quelques jours avant le voyage qui lui avait été fatal. Un marque-page indiquait l'endroit où il avait arrêté sa lecture…

Marcus l'ouvrit à cette même page et son attention fut aussitôt captée par une enluminure dont le sujet, pourtant, le révulsait. L'enlumineur avait représenté Satan sous les traits d'un satyre qui observait avec un plaisir sardonique le supplice d'une sorcière brûlée sur un bûcher.

Ecœuré par la cruauté de la scène, Marcus referma brutalement le livre. L'image de cette jeune femme aux cheveux bruns sacrifiée sur ce lit de flammes lui était odieuse. Il ne s'intéressait pas, d'ailleurs, aux récits de sorcières et de diables. Si l'ouvrage en question contenait d'autres enluminures du même type, il l'enfouirait au fond de son plus grand coffre et l'oublierait à jamais.

Troublé par ce qu'il venait de voir, il alla jusqu'à la fenêtre et baissa les yeux sur la cour du château. Le ciel s'était assombri et il neigeait de nouveau.

Où est Yseult ? se demanda-t-il avec impatience.

Il savait exactement ce qu'il voulait lui dire, aussi n'accordait-il plus aucune réflexion à ce sujet. Quel dommage qu'il n'eût aucune demande en mariage honorable à lui soumettre ! Il aurait aimé la voir installée chez un autre le plus tôt possible.

Sur un autre plan, il était curieux de savoir si Tiarnan O'Shea était favorable à la décision de Keelin de retourner en Irlande ? Le vieil homme était-il au courant, en particulier, de l'intention de sa nièce de le laisser seul à Wrexton entre les mains d'étrangers ?

Non que Marcus se sentît comme un étranger à l'égard de Tiarnan ou Keelin. Ils avaient passé trop de jours ensemble dans la promiscuité de la chaumière pour n'être pas devenus un peu familiers les uns pour les autres. Il éprouvait même une grande sympathie pour le vieil homme. Quant à sa nièce, il ne pouvait nier la force de l'attirance qu'il ressentait à son égard, mais ses sentiments restaient néanmoins confus.

Etait-il victime de sa niaiserie en écartant d'emblée la possibilité qu'elle fût une sorcière ?

Le comportement de Keelin, quelques jours plus tôt, lorsqu'elle avait eu la vision de l'accident dont Edouard venait d'être la victime était plus que troublant ! Et comment avait-elle pu ramener Adam à la vie alors que tous le croyaient perdu ?

Quelle force l'habitait, qui lui donnait le pouvoir d'agir ainsi sur les êtres et leur destin ?

Mû par un irrésistible besoin de savoir et de comprendre, il retourna à la table de travail et rouvrit à la même page l'ouvrage de théologie.

Il lut attentivement le texte en latin, qui traitait, dans ce chapitre, du satanisme et de la sorcellerie et, à mesure qu'il progressait dans sa lecture, un malaise le gagna car ce qu'il découvrait était ignoble et révoltant.

A la fin de sa lecture, il resta prostré, troublé, vaguement nauséeux, mais il avait au moins l'assurance que

Keelin ne ressemblait en rien aux femmes décrites dans le traité.

Jamais il ne l'avait vue profaner les lieux de culte, au contraire. Elle montrait une dévotion au Seigneur et à ses saints qui prouvait combien sa foi était vive et exempte de toute dérive.

Quant aux marques du diable visibles sur le corps des femmes représentées sur ces pages…

Il n'avait jamais eu le privilège de voir Keelin dans le plus simple appareil, mais il ne pouvait imaginer qu'elle eût un quelconque commerce avec le prince des ténèbres, elle qui n'était que lumière et transparence. C'était, bien au contraire, l'image de la vertu qu'elle offrait.

— Messire ? fit une voix masculine.

— Entre ! répondit le comte de Wrexton qui avait reconnu le timbre de son valet, Mathew.

Ce dernier entra pour informer son seigneur que la damoiselle Yseult restait introuvable.

— La tempête est de plus en plus forte, messire, ajouta-t-il. Le baron Alban Selby et sa famille ont trouvé refuge ici.

Marcus se souvenait d'avoir rencontré Selby quelques années plus tôt, mais il ne faisait pas partie de ses familiers. Il n'en serait, toutefois, pas moins bien accueilli. Les comtes de Wrexton étaient réputés pour leur hospitalité, et la mort d'Eldred n'allait pas mettre un terme à cette tradition.

— Installe-les dans mon ancienne chambre et donne-leur à manger.

— Oui, messire.

Mathew allait se retirer lorsqu'il se retourna :

— J'oubliais de vous dire, messire, qu'il y avait aussi quelques chevaliers et deux colporteurs…

— Ils dormiront dans la grande salle. Veille à ce que personne ne manque de rien.

Jugeant plus prudent d'aller voir lui-même à qui il avait affaire de façon à prévenir tout danger éventuel, Marcus, après avoir prononcé ces recommandations, se leva et emboîta le pas à son valet.

— Envoie chercher messire Roger, ordonna-t-il à Mathew. Demande qu'il vienne me rejoindre dans la grande salle.

Il ne voulait prendre aucun risque et demanderait à plusieurs de ses chevaliers, qui dormaient d'ailleurs habituellement dans la grande salle, d'avoir à l'œil ceux de leurs hôtes de passage qui leur étaient inconnus. Même si aucun d'eux n'avait de mauvaises intentions, l'espace clos, la promiscuité qui en résultait, et l'abus de la cervoise pouvaient engendrer des comportements discourtois.

Il ne renonçait pas à parler à Yseult, mais la mise au point qu'il voulait faire avec elle pouvait souffrir quelques heures de retard.

16.

A mesure que le jour s'écoulait, le temps empirait. Un vent féroce fouettait les tours et les remparts, sifflait dans les meurtrières, les chaînes du pont-levis. Les petites branches des arbres séculaires se brisaient sous les rafales impitoyables et jonchaient les fossés et la basse-cour où la neige, qui cinglait le visage de ceux que le devoir appelait à l'extérieur, formait une croûte glacée.

La rivière, qui coulait au pied des remparts, voyait son cours ralenti par l'accumulation de glace sur ses berges. On n'avait pas vu ce phénomène depuis des années à Wrexton, mais les aînés avaient annoncé que l'hiver serait précoce et rigoureux. Les signes avant-coureurs du grand froid s'étaient manifestés dès l'équinoxe d'automne, confirmant, une fois de plus, le bien-fondé des dictons.

En fin d'après-midi, d'autres voyageurs, épuisés et à demi gelés, étaient arrivés au château dont la porte s'était ouverte. Marcus savait que s'ils passaient la nuit dehors, ils ne survivraient pas.

Aucun serviteur ne maugréait à cause de ce surcroît de travail. Personne n'aurait aimé se voir refuser l'accès à un refuge par une tempête pareille, et puis l'activité occupait l'esprit des domestiques, leur évitant ainsi de se faire trop de souci pour le bébé d'Annie.

Keelin, elle aussi, appréciait d'être occupée bien qu'elle eût préféré l'être pour une autre raison. Elle avait invité Annie à aller se reposer, la jeune maman n'ayant guère dormi depuis deux jours et étant appelée, sans doute, à veiller son enfant encore plusieurs nuits.

La petite fille ne respirant qu'avec difficulté, Keelin la portait dans ses bras dans la position où elle était le moins gênée. Grâce aux inhalations et aux frictions sur la poitrine avec du beurre fraîchement baratté, ses voies respiratoires étaient un peu moins encombrées. Le danger, pour le moment, semblait écarté. Il ne restait plus qu'à attendre en espérant que son état continuerait à s'améliorer dans les prochaines heures.

— Comment va-t-elle ? demanda Marcus qui venait d'entrer dans l'arrière-cuisine où Keelin avait choisi de rester pour obtenir plus facilement et plus rapidement tout ce dont elle risquait d'avoir besoin.

— Un peu mieux.

— Vous devez être fatiguée, dit-il en approchant.

— Un peu... Ce n'est pas de tout repos de s'occuper d'un bébé malade. A force de l'entendre geindre, ça porte sur les nerfs, et on finit par se demander si on a fait tout ce qu'on pouvait... Le pire, alors, c'est de comprendre qu'il n'y a plus rien à tenter et que les soins qu'on a donnés ne seront peut-être pas suffisants...

— Quoi qu'il arrive, Keelin...

— Taisez-vous, Marcus ! Je ne veux rien entendre de tel.

Marcus passa la main sur la joue de la jeune fille avec tendresse.

— Vous en avez peut-être assez fait pour aujourd'hui, Keelin. Pourquoi ne me laisseriez-vous pas porter cet enfant à votre place ? Ça reposerait vos bras.

— Vous parlez sérieusement ? demanda-elle, incrédule.

— Bien sûr. Donnez-la-moi.

Le contraste entre le tout petit bébé et les grandes mains de Marcus surprit d'abord Keelin, mais lorsqu'elle vit ce dernier placer confortablement l'enfant contre son épaule, elle ne put s'empêcher de l'imaginer avec sa future progéniture, de jolies têtes blondes, évidemment, comme la petite Peggy.

Emue, Keelin se détourna et vida dans la pierre d'évier l'eau qu'elle avait utilisée pour se laver les mains. Jusqu'à présent, elle n'avait eu qu'un but : retourner dans le Kerry avec la lance sacrée. Jamais elle n'avait imaginé avec autant de précision et de vérité quelle serait la vie de Marcus à Wrexton. Or, il venait de se montrer à elle avec un bébé dans les bras qui était à l'image même des enfants qu'il aurait peut-être dans un très proche avenir.

Mon Dieu ! Comme il était douloureux de se le représenter avec les enfants qu'une autre femme lui donnerait ! Jamais le devoir n'avait tant coûté à Keelin ! Lorsqu'elle avait dû quitter le donjon de Carrauntoohil, sa maison, son clan, elle l'avait fait sans état d'âme et sans avoir l'impression qu'elle laissait son cœur derrière elle, mais cette fois, lorsqu'elle partirait de Wrexton, elle savait qu'elle laisserait jusqu'à son âme !

— Keelin ?

Elle essuya une larme et se tourna vers lui.

— Je voudrais seulement…

— Qu'y a-t-il ? Je vois bien que quelque chose vous préoccupe.

— Non, vous vous trompez, Marcus, répondit-elle d'un ton enjoué, la bassine entre les mains. Pouvez-vous m'ouvrir la porte, s'il vous plaît ?

— Pas avant que vous ne m'ayez répondu. Je veux savoir ce qui vous rend triste.

— C'est Peggy… Je suis inquiète…

— Reposez cette cuvette. Il n'y a pas d'urgence à la remplir. Je veux d'ailleurs vous voir vous reposer quelques instants avant que je ne vous quitte. La tempête a rabattu toutes sortes de voyageurs sur Wrexton et je vais devoir aller m'assurer que tout se passe bien dans la grande salle.

Keelin, dont la gorge était serrée, abandonna enfin la cuvette sur une étagère. Un flot d'images vagues troubla sa vision et elle les chassa bien vite avant qu'elles ne la plongent dans une angoisse plus profonde encore.

Elle n'avait aucun désir de voir l'avenir. Elle n'avait d'ailleurs jamais voulu de ce don dont elle était affublée et qui la terrifiait. Il était bien lourd de porter sur ses épaules depuis la mort de sa mère, alors qu'elle n'était qu'une enfant, les espoirs et les rêves de tout un clan.

Et qu'en était-il de ses propres aspirations, des désirs secrets qu'elle entretenait dans son cœur ? N'avaient-ils aucune chance de se réaliser ? Allait-elle prétendre que son attirance croissante pour Marcus de Granville n'existait pas et qu'elle méprisait l'amour et la sécurité qu'il était en mesure de lui prodiguer ?

— J'ai encore beaucoup à faire, Marcus, répondit-elle enfin. Je me reposerai plus tard. Je dois aller rendre visite à Adam qui ne m'a pas vue depuis hier. Il doit se demander pourquoi je l'abandonne.

Lorsque Yseult fit enfin son apparition dans la grande salle, les visiteurs venaient de terminer le souper qui leur avait été servi et se préparaient à passer la nuit sur place. Les Selby, le baron, la baronne et leurs deux filles, s'étaient retirés dans la tour sud où une chambre avait été préparée pour eux tandis que chevaliers et colporteurs jetaient des couvertures au sol pour s'y allonger.

En apercevant Yseult, Marcus fut sur le point de l'inviter à le suivre dans son étude, mais il se ravisa. Leur discussion pouvait bien attendre jusqu'au lendemain. Il préférait céder à la tentation et monter à la chambre d'Adam où il avait bon espoir de trouver Keelin.

Ayant cédé à son inclination, il se rendit à la chambre de l'enfant mais, à sa grande déception, au lieu de la jeune fille, il y trouva Tiarnan assis près du lit d'Adam qui venait de s'endormir.

— Votre cousin est en bonne voie de rétablissement, messire, dit le vieil homme à mi-voix, mais il ne pourra pas s'asseoir avant plusieurs jours.

Tiarnan disait la vérité. Adam avait bien meilleure mine et son sommeil n'était plus agité comme dans les jours passés. Il était incontestablement en voie de guérison.

Marcus s'assit de l'autre côté du lit et passa doucement la main sur les cheveux du jeune garçon.

— Le pauvre petit a beaucoup souffert, dit Tiarnan. Il est passé par une terrible épreuve.

— C'est vrai, reconnut Marcus qui revivait en pensée le moment bouleversant où il avait trouvé Adam une flèche plantée dans le dos. Mais il l'a surmontée grâce à vous et à Keelin. Vous avez tant fait pour lui !

— Nous n'avons fait que notre devoir de chrétiens, mais je suis bien content que tout ce soit passé ainsi.

— C'est-à-dire ?

— Eh bien... Que le petit s'en remette, évidemment, et que ma Keelin soit ici en sécurité. Les soudards qui vous ont assaillis ne peuvent rien contre elle tant qu'elle est sous votre protection.

Marcus l'espérait aussi. En tout cas, aussi longtemps que le froid et la neige séviraient, il n'y avait aucun danger qu'ils essaient de s'attaquer à Wrexton.

— Vous savez qu'elle envisage de retourner à Carrauntoohil ? remarqua-t-il, curieux de savoir si le vieil homme était au courant des projets de sa nièce.

Ce dernier eut une moue pensive.

— Je me doutais qu'elle avait pris cette décision après avoir eu la vision de la mort de son cousin Cormac. Elle a compris que le clan, dès lors, avait plus que jamais besoin d'elle et de la lance.

— De toute façon avec la neige, elle ne peut pas partir.

— Certes, mais elle finira par fondre.

C'était précisément ce que craignait Marcus. Il savait qu'il ne disposait que d'un temps limité pour conquérir Keelin et qu'il serait, en outre, très difficile de la faire renoncer à ce qu'elle considérait comme son devoir.

Plongé dans sa réflexion, Marcus ne remarqua pas que Tiarnan était aussi préoccupé que lui. Ils gardèrent longuement le silence jusqu'au moment où le vieil homme reprit la parole :

— J'espère qu'il n'arrivera rien de fâcheux à Keelin lorsqu'elle touchera la lance.

Marcus se tourna brusquement vers lui.

— Que voulez-vous dire ? Va-t-elle s'évanouir comme la dernière fois ?

— Je le crains, mon ami.

Comme il s'y était attendu, Tiarnan entendit Marcus se lever et se diriger vers la porte.

— Dès qu'elle touchera de la main *Ga Buidhe an Lamhaigh*, poursuivit-il, elle perdra rapidement la vue puis l'audition, et tombera inconsciente...

Tiarnan s'interrompit. Marcus était parti. Sans doute courait-il déjà vers la chambre de Keelin.

Le vieil homme se cala contre le dossier de son siège en espérant avoir bien agi en envoyant le jeune comte auprès de sa nièce.

Mais il fallait profiter du mauvais temps pour essayer de faire changer Keelin d'avis. Il ne fallait pas perdre une occasion. Tiarnan savait, d'ailleurs, qu'il rendait service à sa nièce en essayant de la réunir à Marcus de Granville car elle ne trouverait que peine et déception dans le Kerry.

Keelin était si fatiguée qu'elle avait renoncé à sortir la lance de sa cachette. Depuis le matin, elle ne s'était pas reposée un instant, mais elle avait au moins la satisfaction de savoir que la petite Peggy allait mieux.

En remontant dans sa chambre, après le souper, elle n'avait eu qu'un désir : prendre un bain. Or, son désir avait été anticipé par les domestiques. Ils étaient tous si admiratifs et reconnaissants de ce qu'elle avait accompli pour la petite fille d'Annie qu'ils se disputaient l'honneur de lui rendre service.

Une baignoire en bois de châtaignier avait été portée dans sa chambre et installée devant l'âtre puis les serviteurs avaient fait une chaîne et rempli rapidement le baquet d'une eau bien chaude dans laquelle ils avaient jeté des herbes et versé une huile parfumée.

En entrant dans la chambre, Keelin avait été enveloppée par la vapeur d'eau et la chaleur qui s'élevait du feu ardent. Une servante, qui l'attendait après avoir préparé le lit pour la nuit et disposé dessus du linge propre, l'aida à se dévêtir puis à entrer dans l'eau.

— Tu peux me laisser, maintenant, dit Keelin. Je préfère rester seule pour bien me reposer. Je n'ai pas besoin d'aide pour sortir de la baignoire ni pour passer ma chemise.

Posant la nuque contre le rebord de la baignoire sur lequel avait été disposée une serviette qui formait un bourrelet confortable, elle ferma les yeux et laissa échapper un long soupir de satisfaction.

Elle était presque endormie lorsqu'elle entendit la porte s'ouvrir. Se redressant, elle vit Marcus entrer précipitamment dans la chambre.

Il se figea, sembla hésiter puis, refermant la porte derrière lui, s'approcha de Keelin.

Elle se couvrit instinctivement la poitrine des deux mains. Marcus n'aurait pas dû se trouver dans sa chambre, particulièrement au moment où elle prenait un bain. Aucun homme ne l'avait jamais vue nue. Ce privilège n'aurait dû être réservé qu'à celui qui était appelé à être son mari.

— Marcus..., dit-elle sur le ton du reproche comme il se penchait sur elle.

Mais elle était incapable de le repousser ni même de renoncer à ce qu'elle désirait tant. Elle ouvrit les bras, dévoilant sa jolie poitrine ferme et ronde.

— Comme vous êtes belle ! dit-il dans un souffle en lui prenant la main pour l'aider à se lever.

Keelin n'avait jamais imaginé qu'elle connaîtrait un jour une telle sensation !

Une émotion merveilleuse venait de l'envahir... Un frémissement voluptueux qui courait le long de ses jambes, enveloppait sa taille, glissait sur ses seins, son ventre...

C'était une chaleur délicieuse, un feu qui la consumait doucement...

Lorsqu'elle enjamba le bord du baquet, elle aurait dû prendre le grand drap de bain que la servante avait laissé sur un siège à portée de sa main, mais elle ne pouvait se résoudre à cacher son corps à Marcus dont les yeux bleus, émerveillés, l'enveloppaient de caresses.

— Keelin... murmura-t-il en posant les mains sur ses épaules.

Il se pencha sur elle et lui effleura les lèvres d'un baiser.

Elle fut prise d'un vertige. La pointe durcie de ses seins frottait contre le pourpoint en drap brodé de Marcus. Elle se serra contre lui avec une ondulation voluptueuse des hanches.

Marcus retint son souffle. Une main dans le creux des reins de Keelin, il défit de l'autre les peignes qui relevaient ses cheveux. La masse brune et soyeuse tomba sur les épaules de Keelin tandis qu'il la caressait, s'émerveillant de la douceur de sa peau et des courbes harmonieuses de son corps.

Elle répondait à ses baisers avec tant d'ardeur et de sensualité qu'il ne voyait pas comment il pourrait freiner l'élan qui le portait vers elle. Il voulait la serrer dans ses bras, la tenir contre lui, la protéger à jamais...

Quels que fussent ses rêves, Keelin lut sans doute dans son âme car elle se mit à défaire de ses longs doigts fins les lacets de son pourpoint puis le ruban qui fermait sa chemise au col.

Ne résistant pas au désir de sentir sa peau contre la sienne, Marcus retira ses vêtements et baissa les yeux sur la poitrine ronde de Keelin contre son torse nu.

— Vous êtes beau, dit-elle dans un souffle en déposant un baiser sur son épaule. La première fois que je vous ai vu, au bord du ruisseau...

Elle parlait, le visage appuyé contre lui, et il sentait son souffle léger contre sa peau.

— ... Je me suis dit que je n'avais jamais rien contemplé d'aussi beau. Votre corps musclé était sculptural dans la lumière du soleil, avec vos cheveux d'un blond doré. J'imagine qu'Apollon sur son char ne m'aurait pas fait plus d'effet.

Lorsque ses lèvres effleurèrent de baisers le torse de Marcus, il crut qu'il allait perdre toute maîtrise de soi.

— Ce jour-là, j'ai eu envie de vous toucher, mais...

— Keelin... dit-il d'une voix étranglée. Vous ne pouvez pas vous représenter l'effet que vos paroles produisent sur moi. De même que vos mains sur mon corps, vos lèvres... Vous êtes si douce, si jolie...

Leurs lèvres s'unirent de nouveau et, alors qu'il l'embrassait avec passion, il passa les mains sur les seins de la jeune fille, insistant avec le pouce sur leurs pointes tendues. Devant la réaction de Keelin qui frémissait et laissait échapper de petits gémissements, il comprit qu'il ne pourrait pas rester maître de lui-même beaucoup plus longtemps.

Il n'était pas entré dans sa chambre avec l'intention d'abuser d'elle mais, au contraire, de la protéger. Or, vu le tour qu'avait pris leur relation, ce ne serait pas contre les effets de la lance sacrée qu'il aurait à le faire mais contre sa propre personne.

N'avait-il pas fait en France le vœu de rester chaste ? Il n'allait pas sur un simple coup de tête renverser un équilibre si durement atteint. Il était, surtout, un chevalier attaché au code moral des hommes de son rang. Il n'était pas question de fouler au pied des principes qui le faisaient vivre depuis le jour de son adoubement.

Il voulait pouvoir se regarder dans un miroir sans rougir. Il gagnerait la confiance de cette jeune fille pour en faire sa femme, et non pour la séduire et jouir d'elle comme n'importe quel manant lorsqu'il se trouve une proie.

Interrompant soudain leur baiser, il prit le drap de bain et en enveloppa avec soin Keelin dont il évita de croiser le regard déconcerté. La lumière de plusieurs chandelles ainsi que celle répandue par le feu de bois éclairait la scène, les domestiques, ce soir, ayant alimenté la cheminée en chêne au lieu de la tourbe habituelle.

Il régnait un profond silence rompu seulement, d'instant en instant, par le sifflement du vent entre les montants de la fenêtre et le châssis.

Marcus guida Keelin jusqu'à un siège où il la fit asseoir puis, s'agenouillant devant elle, il lui prit la main.

— Keelin, commença-t-il enfin en levant les yeux vers son visage de plus en plus perplexe. Vous comptez plus à mes yeux qu'aucune des jeunes filles que j'ai pu rencontrer au cours de ma vie. J'ai su les respecter toutes, alors combien plus encore ai-je le désir de ne point faillir à mes principes avec vous. Jamais je ne vous déshonorerai, et encore moins sous mon toit où l'honneur me commande de vous épargner toute injure.

Il se tut un instant, et plongea son regard bleu dans les yeux d'un vert profond qui le considéraient avec tendresse et tristesse.

— Mais puisque mon désir de vous serrer dans mes bras et de vous témoigner mon amour est si grand, permettez-moi de vous demander votre main. Acceptez de devenir ma femme, Keelin.

Décontenancée, sans voix, elle le regarda d'un air désolé. Après quelques instants, comme elle semblait incapable de parler, elle lui mit doucement la main contre la joue et leva sur lui des yeux suppliants qui semblaient implorer son pardon.

— Nous sommes bien accordés, Keelin, reprit-il en s'efforçant de ne pas céder à la tentation de descendre le drap qui recouvrait les épaules de la jeune fille et de reprendre leur jeu là où ils l'avaient laissé. Si vous le voulez bien, je vais parler à votre oncle…

Keelin laissa retomber la main et fit non de la tête.

— C'est impossible, Marcus, répondit-elle enfin sans avoir conscience des larmes qui ruisselaient sur ses joues. Vous savez que je dois retourner dans le Kerry.

— Keelin, nous…

— Je n'ai pas le choix, s'empressa-t-elle de répondre en essuyant ses larmes. Je ne peux pas abandonner mon clan maintenant alors qu'il a le plus grand besoin de *Ga Buidhe an Lamhaigh*.

— Etes-vous certaine qu'il n'y ait pas dans votre famille un chef capable de prendre la tête du clan ? Croyez-vous vraiment qu'il n'y ait pas de salut pour Ui Sheaghda sans la lance ?

— Non, j'en suis certaine.

— Vous êtes prête à sacrifier ce qui nous unit dans l'intérêt de votre clan ?

Elle se leva brusquement.

— Ne voyez-vous pas, Marcus, que je n'agis pas selon mon désir ? L'histoire du clan Ui Sheaghda est indissociable de celle de *Ga Buidhe an Lamhaigh* et des femmes qui, depuis la nuit des temps, se transmettent de génération en génération le don de rendre des oracles.

Marcus, qui était resté agenouillé, garda le silence. Il se sentait impuissant, pour le moment, devant l'entêtement de la jeune fille, mais il ne désespérait pas d'infléchir sa décision. Il avait quelques projets à ce sujet.

Il se releva et alla ramasser sa chemise et son pourpoint. Encore une fois, il hésita à revenir vers elle... mais il réussit à résister à son désir. Ce serait tout ou rien entre eux, mais il espérait vivement que la première option prévaudrait.

Plongé dans sa réflexion, il sortit de la chambre et longea le couloir sans remarquer la silhouette qui, cachée dans la pénombre, l'épiait.

Sa déception était immense et il lui pesait horriblement de regagner seul sa chambre mais, du moins, avait-il eu la satisfaction de constater que la jeune fille ne portait sur le corps aucune trace louche.

Lorsqu'elle entendit le loquet de la porte retomber, Keelin ne fit plus aucun effort pour contenir sa peine. Elle se laissa glisser à terre et céda aux larmes.

Elle pleura longtemps, en proie à des réflexions contradictoires. Elle brûlait du désir de dire oui à Marcus et pourtant, elle savait qu'elle n'en avait pas le droit.

Supporterait-elle cependant de renoncer à l'amour, à tout ce à quoi elle aspirait sans en avoir jamais eu vraiment conscience ? Car, en effet, c'était Marcus qui lui avait révélé l'amour. Avant de le rencontrer, elle n'avait été animée que par le sentiment du devoir.

Et c'était ce devoir, si profondément ancré en elle, qui lui avait fait rejeter la demande de Marcus, cette invitation au bonheur. Car il ne fallait pas se leurrer : elle ne connaîtrait certainement aucune joie auprès du mari que son père avait choisi pour elle.

Eocaidh n'avait sans doute pas hésité à choisir un chef brutal et cruel pourvu qu'il fût animé d'une haine sans bornes pour Ruairc Mageean et qu'il fût maître d'un beau domaine voisin de celui d'Ui Sheaghda.

Elle ne serait évidemment jamais heureuse auprès d'un tel homme alors qu'elle avait la certitude de l'être avec Marcus. Elle savait que si elle restait à Wrexton, il s'occuperait d'elle comme personne ne l'avait jamais fait, qu'elle partagerait ses rêves et ses espérances, qu'elle porterait ses enfants dans la joie, et qu'elle vieillirait auprès de lui dans une harmonie que le temps n'altérerait pas.

Elle serait son épouse et non son bien.

Elle secoua la tête avec une tristesse qui n'était pas éloignée du désespoir. Il était vain de se laisser aller à rêver ainsi. Elle savait qu'elle retournerait en Irlande.

Elle s'essuya les yeux et, s'étant relevée, alla jusqu'à son lit sur lequel était étendue une jolie chemise de nuit brodée. Elle la revêtit et, soulevant le drap et la courtepointe, entra dans le lit.

Couchée sur la couette de plumes moelleuse qui s'enfonçait sous elle, elle essaya de faire le vide dans son esprit et d'abord d'oublier le corps de Marcus, la suavité de ses baisers et de ses caresses...

C'était là le plus difficile combat qu'elle avait à mener...

17.

— Qui a pris la tête du clan, selon vous, mon oncle ? demanda Keelin en allant et venant devant la cheminée de la chambre de Tiarnan.

L'aube était à peine levée, mais déjà les domestiques s'affairaient et, dans la cour du château, on entendait le raclement des pelles des palefreniers qui dégageaient la neige durcie par le froid nocturne.

— Je ne sais pas, répondit Tiarnan, assis dans son lit. Peut-être Eirc ou Laoghaire.

— Mais, mon oncle, ce ne sont que des enfants !

— Ils l'étaient encore lorsque nous avons quitté Carrauntoohil, ma chérie, mais plus de quatre ans ont passé depuis. Aujourd'hui, ce sont des hommes.

Keelin resta silencieuse alors qu'elle essayait de se représenter ses deux jeunes cousins. Ils devaient en effet avoir seize et dix-sept ans, à présent. C'était encore bien jeune mais, dans l'adversité, on mûrissait très vite. Il était très vraisemblable qu'en trois ou quatre ans, ces jeunes garçons fussent devenus des combattants aguerris

— Pensez-vous que le clan ait réussi à survivre sans l'aide de *Ga Buidhe an Lamhaigh* ?

— Comment font les autres clans qui n'ont pas de lance sacrée ? Les nôtres auront été obligés d'utiliser leur intelligence, ce qui ne leur aura pas fait de mal.

Keelin, qui suivait du doigt le dessin de l'écu des Wrexton gravé dans le linteau de pierre de la cheminée, ne prêta pas attention au sourire rusé de son oncle.

— Combien de temps les croyez-vous capables de tenir ?

Tiarnan haussa les épaules.

— Aussi longtemps qu'il le faudra, je suppose.

— Et combien de temps pourront-ils se passer de moi ? demanda-t-elle en retournant s'asseoir au bord du lit du vieil homme.

En dépit de sa mauvaise vue, Tiarnan scrutait le visage de sa nièce comme s'il essayait de lire au fond de son cœur.

— Est-ce que tu appréhendes de quitter Wrexton et de retourner en Irlande ?

— Non ! s'écria-t-elle en se levant. Je veux dire... Oh ! Mon oncle... Je ne sais plus ce que je veux...

— Keelin...

— Tout semblait si simple, avant...

— Avant quoi ?

— Marcus... répondit-elle d'une voix à peine audible en baissant les yeux.

— Tu l'aimes, n'est-ce pas ?

— Oui, répondit Keelin en réprimant un sanglot, mais je sais qu'il est de mon devoir de retourner auprès des nôtres. Je ne peux pas rester à Wrexton.

— Il te l'a demandé ?

Keelin hocha la tête.

— Oui…

Tiarnan laissa échapper un soupir. Quatre ans plus tôt, il aurait insisté pour que sa nièce retournât le plus tôt possible à Carrauntoohil avec la lance, mais, au cours des dernières années, il avait vu tant de jolis bourgs, de charmants villages et de beaux paysages qu'il savait qu'on pouvait trouver le bonheur ailleurs que dans le Kerry.

Tout laissait à penser que Keelin pourrait être heureuse à Wrexton. Marcus de Granville avait incontestablement plus que de la tendresse pour elle, ce qui ne serait certainement pas le cas de Fen McClancy. En outre, ce dernier ne lui offrirait pas le confort de vie qu'elle était assurée d'avoir ici.

D'autre part, indépendamment des conditions de vie qu'elle aurait ici ou là, Tiarnan n'osait imaginer ce qui arriverait à sa nièce si, en se rendant dans le Kerry, elle tombait entre les mains de Ruairc Mageean !

De quel droit, cependant, pouvait-il décider à la place de Keelin ce qui était bien pour elle ? N'avait-elle pas un don de devineresse ? C'était son opinion qui devait prévaloir, et non les idées d'un pauvre vieillard.

Autant qu'il souhaitât le bonheur de sa nièce, il savait qu'elle plaçait le devoir au-dessus de tout et ne se sentait pas le droit de s'opposer à une aussi grande élévation morale !

— Keelin, reprit-il enfin. Tu sais, ma chérie, je voudrais avoir la réponse pour toi, mais je ne l'ai pas. C'est à toi de suivre les inclinations de ton cœur.

— Non, mon oncle, répondit-elle d'une voix tremblante. Je ne peux pas faire confiance à mon cœur.

Une porte refermée violemment les fit sursauter. Keelin courut aussitôt voir ce qui se passait. Un peu plus loin dans le passage, devant la porte de sa chambre, elle vit Annie avec son bébé dans les bras. Elle avait les yeux baissés et la petite pleurait tandis qu'Yseult se dressait devant elle d'un air menaçant.

— Ta place est en cuisine, n'est-ce pas ? dit-elle.

— Oui, ma damoiselle, mais...

— Il n'y a pas de mais !

— Damoiselle Yseult ! intervint Keelin en sortant de l'ombre.

Elle s'approcha des deux femmes et prit spontanément Peggy dans ses bras.

— Il ne me coûte pas du tout de m'occuper de cet enfant...

— Je n'accepte pas que les domestiques montent dans les étages pour accabler nos hôtes, rétorqua Yseult d'une voix sifflante.

— Oh ! Mais... marmonna Annie.

— Tais-toi !

— Je préfère être dérangée par les domestiques, dit calmement Keelin, que de recevoir de mauvais conseils au sujet du protocole qu'il convient d'observer en présence d'un évêque.

Yseult ouvrit la bouche pour répondre, mais elle la referma sans avoir prononcé le moindre mot et inclina la tête d'un air de soumission. Son regard alla de droite et de gauche avant de s'arrêter sur Marcus qui venait d'arriver, alerté sans doute par les éclats de voix, et qui se tenait derrière Keelin. Redoutant apparemment la confrontation avec lui, elle se retira sans demander son reste.

— Tu me cherchais, Annie ? demanda Keelin en se tournant vers la jeune maman et son enfant.

Elle n'avait toujours pas conscience de la présence de Marcus dans son dos.

— Oui, ma damoiselle, murmura Annie qui osait à peine parler après la façon dont elle avait été rabrouée par Yseult et l'arrivée inopinée du comte.

— Comment se porte notre petite chérie, ce matin ? demanda Keelin en berçant l'enfant qui s'était arrêtée de pleurer. Sa respiration me semble meilleure.

— Oh oui ! Elle va beaucoup mieux… Mais j'espérais que vous aviez peut-être encore de cette poudre d'ortie rouge que vous aviez jetée dans l'eau bouillante ?

— Il m'en reste, répondit Keelin d'un air désinvolte comme s'il n'y avait eu aucun incident.

Elle ouvrit la porte de sa chambre en faisant signe à la servante d'y entrer.

— J'en ai même beaucoup, ainsi que de la poudre de pulmonaire. Tu peux en avoir autant que tu veux.

— Vous êtes si bonne, ma damoiselle ! dit Annie qui n'osa entrer timidement dans la chambre qu'à la suite de Keelin. Je ne sais comment vous remercier. Si un jour il y a quelque chose qui…

— Ne te fais pas de souci, Annie. Contente-toi de bien veiller sur la santé de Peggy. Je ne te demande rien d'autre.

L'administration de son domaine occupa Marcus une grande partie de la journée. Il s'en félicitait, d'ailleurs, car ce délai lui laissait le temps de réfléchir à la façon dont il devait, à l'avenir, envisager sa relation avec Keelin.

Avant de donner une réponse à cette question, il importait de parler à Yseult. Il ignorait combien de temps il faudrait pour lui trouver un mari, organiser la cérémonie de mariage et la voir, enfin, installée dans sa nouvelle demeure, mais il devait mettre immédiatement un terme à sa façon de se comporter avec Keelin et les domestiques.

Au lieu d'envoyer chercher Yseult, il se dirigea vers sa chambre où elle se trouvait certainement puisqu'elle n'était pas dans la grande salle et que ce n'était pas le moment de la journée où elle donnait ses instructions en cuisine ou ailleurs.

Lorsqu'il fut devant la lourde porte en chêne, il entendit des éclats de voix féminines provenant de la chambre. Sa main hésita sur la poignée puis, rassemblant son courage, il l'abaissa.

Le silence tomba soudain lorsque la porte s'ouvrit et que Marcus entra dans la pièce.

Assise sur un siège aménagé dans l'embrasure de la fenêtre pour jouir de la lumière du jour, Yseult, qui avait un ouvrage de broderie sur les genoux, essuya fébrilement les larmes de son visage. Sa suivante, Beatrice, debout près d'elle, tournait le dos à Marcus.

Yseult se leva brusquement, faisant tomber au sol son ouvrage, une nappe destinée à l'autel de la chapelle.

— Marcus… dit-elle d'une voix mal assurée en essayant de paraître aussi naturelle que possible. Vous désirez quelque chose ?

Marcus alla jusqu'à elle et ramassa le cadre à broder qu'il lui rendit. Il ignorait de quoi parlaient les deux femmes avant son entrée mais, selon toute apparence, ces propos n'étaient pas pour lui.

Voyant Beatrice prendre la direction de la porte, il lui lança :

— Ce que j'ai à dire vous concerne aussi, Beatrice. Restez ici, je vous prie, et ouvrez vos oreilles.

La suivante inclina la tête et joignit les mains sous les manches amples de son surcot. Son visage impassible était absolument dénué d'expression.

Sa présence n'était pas nécessaire, se dit Marcus, mais peut-être contribuerait-elle à faire comprendre à Yseult qu'il ne plaisantait pas. En tout cas, elle ne le dissuaderait pas de dire ce qu'il avait à dire.

— Votre comportement à l'égard de damoiselle O'Shea est intolérable, Yseult. Les derniers propos que vous avez tenus devant témoins étaient insultants. Et vous ne savez pas quoi inventer pour l'humilier, la déconsidérer aux yeux de tous. Je ne tolérerai pas une seule parole blessante de plus dirigée contre elle ni le moindre artifice visant à la diminuer devant mes hôtes et les gens de ma maison.

— Messire, intervint Beatrice, damoiselle Yseult n'a pas voulu…

— Ne lui cherchez pas d'excuses car je ne lui en trouve aucune ! l'interrompit Marcus. Et laissez-moi parler ! Je veux que vous me compreniez bien, Yseult ! Si vous ne cessez pas immédiatement de discréditer damoiselle Keelin, je n'attendrai pas de vous avoir trouvé un mari pour vous chasser de Wrexton !

— Marcus, vous…

— Je n'ai aucun désir d'être cruel avec vous, reprit-il avec fermeté, mais vous ne me laissez guère le choix. Je ne vous permets pas d'offenser mes hôtes. Est-ce bien compris ?

— Je vous demande pardon, Marcus, répondit Yseult en baissant les yeux, mais je n'ai jamais voulu ni cherché à...

— Je vous en prie, Yseult. Faites-moi grâce de vos regrets et n'essayez pas de vous justifier. Vous aggraveriez votre cas. Il est un peu tard, en effet, pour chercher des excuses. Souvenez-vous seulement que je n'accepterai plus aucune méchanceté dirigée contre damoiselle Keelin ou son oncle, et qu'en outre je ne supporterai pas un jour de plus que vous tyrannisiez les domestiques comme vous vous êtes plue à le faire depuis la mort de mon père.

Il se tut un instant pour considérer la jeune femme avec gravité, mais elle évita son regard. Quant à Beatrice, elle avait retrouvé son expression impénétrable.

— Si vous m'en laissez le temps, reprit-il, je vous trouverai un mari qui vous conviendra. Et comme je vous l'ai déjà dit, je vous doterai généreusement. Alors ne craignez pas de faire un piteux mariage.

Les deux femmes restèrent muettes, immobiles, le regard dirigé vers le sol.

— Il se peut qu'il faille plusieurs semaines avant que nous ne vous trouvions un mari. Aussi vous demanderai-je, en attendant, de vous comporter avec plus de gentillesse et de respect d'autrui.

Il resta silencieux un instant, réfléchissant à ce qu'il aurait pu ajouter puis, jugeant qu'il avait tout dit, se retira.

Impatient comme il l'était de sortir de la chambre d'Yseult, il ne prêta pas attention à l'insolence qui parut sur le visage de Beatrice au moment où il referma la porte.

18.

— Vous n'avez pas trop froid ? demanda Marcus alors qu'ils se dirigeaient vers le fossé où avait lieu l'entraînement au tir à l'arc.

Marcus n'avait pas eu à beaucoup insister pour décider Keelin à l'accompagner à cet entraînement qui avait lieu tous les matins. La neige avait été dégagée par endroits de la basse-cour pour permettre la circulation d'un bout à l'autre du château. Keelin progressait donc aisément à côté de Marcus.

— Non, répondit-elle. C'est agréable, au contraire, de sortir après avoir été enfermée pendant deux jours, même si les distractions n'ont pas manqué.

Parmi les voyageurs qui étaient venus se réfugier à Wrexton se trouvait une troupe de mimes et de trouvères. Ils étaient en tournée dans le comté lorsqu'ils avaient été surpris par le mauvais temps et, à la suite d'une marche forcée, avaient réussi à atteindre le château avant les plus fortes chutes de neige.

La rigueur du temps les retenait à Wrexton et ils avaient

déjà animé deux soirées pour le plus grand bonheur de tous.

Au cours de ces soirées, pourtant propices aux rapprochements entre les amoureux, Marcus s'était ostensiblement tenu à distance de Keelin qui, de son côté, malgré sa résolution, mourait d'envie d'être dans ses bras.

Elle avait beau consacrer tout son temps à Adam et à la petite Peggy, elle ne pouvait empêcher son esprit de se tourner à tout instant vers le souvenir des moments d'intimité qu'elle avait connus avec Marcus, dans sa chambre, à la sortie du bain, instants merveilleux où elle avait été prête à se donner à lui.

Lorsqu'ils furent devant les cibles, Marcus lui en désigna une.

— Vous allez essayer d'atteindre le cercle rouge dans le milieu de la cible, dit-il en lui présentant un arc. Lorsque vous aurez réussi, vous tenterez un autre tir à une distance un peu plus grande.

Elle acquiesça, prit une flèche et lui fit une encoche comme le lui avait montré Marcus lors de sa précédente leçon.

— Vous êtes trop contractée, dit-il en venant derrière elle. Vous vous souvenez que je vous avais dit de vous détendre ?

Il posa les mains sur les épaules de Keelin qui eut un frisson. Elle s'efforçait de se concentrer sur ce qu'elle faisait, mais en fait elle ne pensait qu'à Marcus, à ses mains, à la pression de ses grands bras…

— C'est mieux, dit-il bien qu'elle ne sentît aucune amélioration dans son attitude.

Au contraire, même, elle avait l'impression d'être plus tendue que jamais.

— Relevez un peu l'arc…

Marcus, tout contre elle, lui redressa le coude. Sa joue, mal rasée, frotta contre la sienne. Fermant les yeux, elle respira le parfum de sa peau, savoura sa présence si proche… Le cœur lui battait et elle avait la certitude que Marcus s'en rendrait compte s'il se serrait encore un peu plus fort contre elle.

Lui aussi était troublé, mais il restait prudent. L'instinct lui dictait qu'il lui faudrait se tenir en retrait s'il voulait la conquérir. Chaque instant éloigné d'elle, cependant, était devenu récemment une torture.

Contraints depuis deux jours à rester à l'abri derrière les gros murs de Wrexton à cause du froid et de la neige, ils avaient passé un temps considérable en compagnie du baron Selby. Facétieux, doué d'une prodigieuse mémoire, Alban leur avait conté mille anecdotes croustillantes, mais Marcus aurait préféré passer toutes ces heures seul avec Keelin. Il n'avait qu'un désir : effeuiller un à un ses vêtements puis goûter à chaque parcelle de son corps…

Si c'était une torture d'être loin d'elle, l'avoir tout contre lui et ne pas céder à la tentation était bien pire encore. Il ne savait pas comment il pourrait rester fidèle à ses engagements alors qu'elle le troublait autant.

— Lâchez la corde ! lui chuchota-t-il à l'oreille.

La flèche partit et vint frapper la botte de paille tout près de la cible.

Il resta tout à côté de Keelin et n'avait pas l'intention de s'écarter d'elle tant qu'il n'aurait pas l'assurance de l'effet que produisait sur elle sa présence.

— Raté ! dit-elle en se tournant légèrement vers lui.

Elle avait les lèvres toutes proches des siennes... Lorsqu'il entendit son souffle s'accélérer, il s'écarta d'elle.

— Ce n'est pas mal pour une novice, dit-il après s'être éclairci la voix car il avait la gorge horriblement serrée. Tenez ! Vous avez droit à plusieurs essais.

Il lui tendit une flèche qu'elle prit sans un mot puis, constatant qu'elle n'arrivait pas à se concentrer sur le prochain tir, il se rapprocha d'elle et refit les mêmes gestes que précédemment.

Cette fois, cependant, il pressa son corps plus fortement contre elle et lui souffla toutes les instructions à l'oreille et, lorsqu'il la nomma, il choisit « ma chérie » plutôt que Keelin.

Elle rata la cible, plus nettement encore et, déçue, irritée, se tourna vers lui pour prendre une autre flèche. A son attitude déterminée, Marcus se demanda si, cette fois, elle n'allait pas le prendre pour cible et lui décocher la flèche. Elle se mit en position, cependant, et visa soigneusement...

Elle attendit d'être parfaitement immobile puis tira sous le regard attendri de Marcus.

— Hourra ! s'écria-t-elle quand la flèche atteignit son but.

Se tournant vers Marcus, elle jeta les bras autour de son cou.

— J'ai réussi !

— Oui, à la perfection, répondit-il en lui déposant un rapide baiser sur le nez.

Il se détacha d'elle, non sans effort.

— Voulez-vous confirmer votre tir ?

— Oui, je vais essayer.

Après quelques tirs plus ou moins réussis mais remarquablement précis pour une débutante, il se mit à neiger. La cible étant à peine visible derrière le rideau d'épais flocons, Marcus dut renoncer à poursuivre l'entraînement de son élève.

Il n'en était pas mécontent, car il lui devenait de plus en plus difficile de se contenir. Même s'il n'avait plus de raison de tenir l'arc en même temps qu'elle, il ne pouvait se soustraire à son charme ravageur. Il s'était prudemment interdit de rire chaque fois qu'elle marmonnait entre ses dents ou de se réjouir lorsqu'il voyait que sa tactique portait des fruits.

Satisfait au fond de lui-même, il rangea les flèches dans le carquois et prit l'arc. Il avait obtenu de Keelin exactement la réaction escomptée, mais il ne se leurrait pas. Il savait que ce n'était qu'une petite victoire et que la grande bataille restait à livrer.

Plaçant la main dans le creux des reins de Keelin, ce qui lui donnait un sentiment de possession exaltant, il prit avec elle la direction du donjon.

Le frémissement qui la parcourut au contact de sa main le remplit d'une joie ineffable.

Comme la victoire serait délectable ! songea-t-il.

En traversant le verger, Keelin s'approcha d'un pommier et en détacha une boule de gui.

— Nous voici tout proches de Noël, dit-elle. Il est temps de décorer le château. Ne suspendez-vous pas des boules de gui au-dessus des portes ? Ça porte bonheur.

— Si, bien sûr.

— Dans le Kerry, on en suspend au-dessus des berceaux pour que les fées n'emportent pas les nouveau-nés.

Marcus leva les yeux au ciel d'un air moqueur.

— Beaucoup de gens conservent une branche de gui sur eux pour les garder du danger...

Elle leva les yeux sur Marcus et, en voyant son expression, reprit :

— A votre place, je ne raillerais pas ainsi les croyances des autres. Vous n'avez pas conscience du nombre de voyageurs qui ont été sauvés grâce à leur branche de gui lorsque, perdus dans la forêt, la nuit, ils étaient cernés par des bandes de satyres ou entraînés, malgré eux, dans une ronde d'elfes.

Marcus secoua la tête en souriant.

— A Wrexton, c'est sous d'autres maléfices que l'on tombe.

Comme Keelin le regardait d'un air sceptique, il ajouta :

— C'est vrai.

Puis il lui prit la main et l'entraîna vers des genévriers.

— Voyez-vous le gui qui s'accroche à ces arbustes ?

— Oui.

Marcus posa à terre l'arc et le carquois puis, se dressant sur la pointe des pieds, arracha de l'arbuste une branche de gui.

— On peut en obtenir des décoctions très efficaces pour donner des hallucinations, remarqua Keelin.

Marcus leva au-dessus de leurs têtes la plante qu'il serrait dans son poing puis s'inclina vers elle en la regardant dans les yeux. Une flamme dansait dans ses yeux bleus qui trahissait son désir. Le cœur battant, la gorge nouée, la pointe des seins dressée sous sa pelisse, elle baissa les paupières, attendant le baiser imminent qu'il allait lui donner.

Elle sentit son souffle, frémit à la pensée de ses caresses, respira son odeur…

Soudain, elle eut, soudain, l'impression d'un vide. Rouvrant les yeux, elle vit Marcus s'écarter d'elle et se pencher pour ramasser l'arc et le carquois.

Il ne l'avait pas touchée, pas même effleurée…

Il se tourna vers elle, les traits tendus comme s'il livrait un combat intérieur.

— Lorsque le moment sera venu, dit-il d'une voix nouée par l'émotion, je vous montrerai comment agit la magie du gui.

Keelin avait la tête qui lui tournait. Si le gui pouvait avoir un effet plus grand encore, alors elle n'était pas certaine de survivre à l'expérience !

Marcus la prit par le bras et ils s'en furent vers le donjon.

— Il faudra que j'envoie bientôt mes bûcherons chercher un beau tronc de chêne pour servir de bûche de Noël, dit-il pour dissiper le malaise qui venait de s'installer entre eux. Mon père tenait à ce que tous les villageois fussent présents lorsque nous allumions la bûche de Noël.

Keelin fit un effort pour s'arracher à ses rêveries. Ce serait, en effet, pour Marcus le premier Noël sans son père. Sans doute, à cette occasion, chacun porterait-il dans son cœur le souvenir de feu le comte de Wrexton qui était manifestement très aimé de ses sujets…

L'arrivée brutale d'un valet d'écurie interrompit le cours de ses pensées.

— Messire ! Messire ! criait-il.

— Qu'y a-t-il, Peter ?
— Frieda ne va pas bien ! C'est maître Boswell qui m'envoie vous quérir !

Marcus donna au jeune homme son arc et son carquois.

— Raccompagne la damoiselle jusqu'au donjon.
— Oui, messire.

Marcus s'éloigna en courant vers les écuries de fortune qui avaient été édifiées après l'incendie.

— Frieda est une des poulinières de messire de Granville ?
— Oui, ma damoiselle. Elle est en train de mettre bas, mais ça se passe mal.

Keelin se souvenait d'avoir vu deux grandes juments pleines conduites hors du brasier par les palefreniers. L'une était alezane et l'autre grise.

— S'agit-il de l'alezane ?
— Oui, ma damoiselle. Une bien belle bête.
— Je me souviens d'elle. Elle était très belle, en effet, et si effrayée…

Elle avait envie de courir rejoindre Marcus, mais elle craignait de n'être pas la bienvenue dans les écuries à un moment aussi dramatique comme elle ne l'aurait pas été, d'ailleurs, dans les mêmes circonstances, à Carrauntoohil.

— Messire de Granville a l'habitude d'assister les juments lorsqu'elles poulinent ?
— Oui, il n'y en a pas deux comme lui pour diriger l'opération. Messire de Granville a la bonté de m'apprendre à soigner les chevaux.
— Vraiment ? dit Keelin un peu amère. Tu es en de bonnes mains.

Elle ajouta ces derniers mots avec une ironie que le valet ne perçut pas. Elle aurait dû être reconnaissante à Marcus de s'être éloigné ainsi, mais elle était si émue après les moments qu'ils venaient de passer ensemble qu'elle ne lui pardonnait pas de l'avoir quittée aussi brutalement.

Ils atteignaient le donjon lorsque Keelin prit conscience qu'elle allait certainement croiser Yseult dans la grande salle. Avec tous les voyageurs réfugiés dans le château, elle devait tenir son rôle de châtelaine avec hauteur et dignité. Craignant une nouvelle confrontation avec elle en public, Keelin demanda à Peter :

— N'y a-t-il pas un autre accès au logis que par le grand escalier ?

— Oui, ma damoiselle. Il faut monter sur les remparts et s'engager sur la courtine. On trouve ensuite un petit escalier extérieur, au nord du donjon.

— Peux-tu me conduire par ce chemin ?

— Il faudra être prudent... les marches seront gelées.

— J'ai le pied sûr.

Contre son gré, mais il n'osait pas repousser la requête de la damoiselle pour laquelle il avait une si grande admiration, il la conduisit sur les remparts et prit avec elle la direction de l'escalier. Un vent glacé soufflait le long de la paroi noircie par l'humidité et de petits flocons de neige tourbillonnaient, fouettant le visage.

En levant les yeux vers le sommet du donjon dont la hauteur et la masse impressionnante attestaient la puissance des comte de Wrexton, Keelin crut apercevoir une silhouette qui les observait par une archère.

Une impression désagréable s'empara d'elle. Elle se serra contre le mur pour ne pas voir la rivière qui formait une boucle à l'intérieur de laquelle avait été édifié le château.

— Vous sentez le froid qui monte de l'eau ? demanda Peter. Autrefois, messire de Granville a été enfermé par l'ancien comte dans la salle juste au-dessus de la rivière. Il m'a dit qu'il n'avait pas eu chaud.

— Eldred de Granville a enfermé son propre fils dans un lieu pareil ? s'exclama Keelin, effarée.

— Non, ma damoiselle. Le vieux comte. Celui qui n'avait pas d'héritier direct. C'est une vieille histoire que tout le monde connaît, ici. On me l'a racontée bien des fois. Je vais vous la dire, si vous le voulez.

— Non, pas maintenant, Peter, répondit Keelin qui sentait un danger imminent. Tu me la diras plus tard. Pour le moment, je suis impatiente d'être bien au chaud dans ma chambre.

Peter indiqua du doigt une petite porte à la base du rempart.

— Vous voyez la poterne ? C'est par là qu'on peut s'échapper, la nuit tombée, si le château est assiégé. A condition, bien sûr, de savoir nager ou de disposer d'une barque. Je crois qu'il est arrivé une fois que le château ayant été pris d'assaut, un seigneur de Wrexton a dû son salut à cette sortie. Il est revenu quelques mois plus tard avec l'armée royale et après un siège de quelques jours, il a repris possession de ses biens.

— Je n'aimerais pas être obligée de fuir par cette poterne par le temps qu'il fait, dit Keelin dont l'inquiétude ne cessait de grandir. Mais je ne vois toujours pas ton escalier.

— Il est juste après cet angle, répondit Peter.

Impatiente d'être à l'abri, elle passa devant le jeune homme et, lorsqu'elle aperçut les premières marches du petit escalier en pierre qui donnait accès à une porte à mi hauteur du donjon, elle pressa le pas pour s'y engager.

Elle avait à peine parcouru quelques mètres que Peter la saisit par le bras et la tira en arrière en s'écriant :

— Attention, ma damoiselle !

Un bloc de pierre et de mortier heurta l'épaule de Keelin et s'écrasa au sol. Peter tomba aussitôt à genoux à côté de la jeune fille que le choc avait fait basculer en arrière.

— Ma damoiselle ? dit-il en se penchant sur elle sans oser la toucher. Etes-vous blessée ?

Keelin réussit à s'asseoir sans aide et fit non de la tête.

— Que s'est-il passé ? Je...

Elle leva les yeux vers le donjon, dont la haute et sombre silhouette se dressait, lugubre, dans le ciel tourmenté, puis les baissa sur l'amas pierreux qui gisait sur le sol.

— D'où est-ce tombé ?

— Je n'en sais rien, répondit Peter stupéfait. Mais vous auriez pu être tuée.

— C'est toi qui m'as sauvé la vie. Si tu ne m'avais pas tirée en arrière, j'aurais eu la tête écrasée.

— Vous avez été touchée néanmoins ?

— Oui, à l'épaule, mais le bloc de pierre ne m'a qu'effleurée.

— Pouvez-vous vous lever ? demanda-t-il en tendant la main à Keelin.

Elle la prit et, avec son aide, se releva. Elle était complètement stupéfaite devant l'incident qui venait de se produire mais qui lui fournissait l'explication du triste pressentiment qui pesait sur elle depuis plusieurs jours. Elle venait de passer à côté de la mort. Sans la prompte réaction de Peter, elle serait étendue sous cet amas pierreux.

Cependant, elle n'avait pas la certitude que le danger fût complètement écarté. Ce qui venait de se produire n'était peut-être qu'un avant-goût de ce qui l'attendait...

— Je vais vous conduire à votre chambre et après je courrai prévenir messire Marcus.

— Non, Peter, ce n'est pas nécessaire de déranger le comte. Tu vois bien que je ne suis pas blessée.

Elle voulait seulement retrouver le sanctuaire de sa chambre ou celle de son oncle. Elle savait que là elle serait en sécurité.

Peter restait muet et visiblement perturbé. Assurément, il considérait comme nécessaire d'informer son maître d'un tel événement dont les conséquences auraient pu être dramatiques.

— Allez, Peter, dit Keelin en prenant le bras du jeune homme. Conduis-moi à ma chambre.

Après avoir revêtu son surcot vert sapin, alla frapper à la porte d'Adam où elle était à peu près certaine de trouver son oncle. N'ayant pas eu de nouvelle alerte et considérant que le danger était écarté pour le moment, elle n'avait pas l'intention de lui parler de l'incident. Elle ne voulait pas l'inquiéter, pas plus d'ailleurs qu'Adam. Ce qu'elle venait chercher auprès de lui et du jeune garçon, c'était essentiellement du réconfort.

Adam était en train de rire lorsqu'elle entra dans la chambre.

— Damoiselle Keelin ! s'écria-t-il gaiement. Messire Tiarnan vient de me raconter qu'un jour vous aviez liées ensemble les armures des chevaliers de votre père qui dormaient dans la grande salle du donjon et que…

— Mon oncle ! fit Keelin sur le ton du reproche. Ce n'est pas à vous de conter les méfaits de votre nièce à cet enfant ! D'ailleurs, ce n'est arrivé qu'une fois…

— Crois-tu ? Tu étais une véritable peste lorsque tu t'y mettais.

Adam et Tiarnan rirent à l'unisson alors que Keelin, oubliant soudain qu'elle avait failli mourir quelques instants plus tôt, sourit à son tour. Elle était heureuse de voir son oncle en aussi bonne forme. Il se sentait bien à Wrexton. La compagnie d'Adam, de Marcus et des chevaliers, dont ils avaient partagé le sort pendant quelques jours dans la chaumière, lui suffisait amplement.

A priori, tel qu'elle le voyait à présent, elle pourrait retourner dans le Kerry sans s'inquiéter de son oncle. Ses derniers jours seraient pleins de quiétude dans le confort du château.

Le départ de Keelin ne dépendait plus que de l'amélioration du temps car Adam allait manifestement beaucoup mieux. Il retrouvait chaque jour un peu plus de forces et ne tarderait pas à être capable de se lever de son lit sans aide. Il se nourrissait de mieux en mieux, ce qui accélérerait encore son rétablissement.

Alors qu'elle aurait dû se réjouir à la pensée de revoir Carrauntoohil, elle éprouvait au contraire une immense tristesse. Non qu'elle n'eût pas le désir de revoir les siens, mais elle n'avait aucune envie de quitter Wrexton ni de s'éloigner de Marcus.

Elle s'efforçait, néanmoins, de ne rien laisser paraître de son désarroi.

— Je tiens à ce que vous sachiez, seigneur Adam, dit-elle en feignant l'indignation, que je suis la fille du noble Eocaidh O'Shea qui régnait sur tout le comté de Kerry. Il ne convient pas de se moquer du rejeton d'un si grand seigneur. M'as-tu bien comprise ?

— Keelin !

Elle fit volte-face et vit Marcus, qui venait de franchir le seuil de la porte, avancer vers elle. Ses vêtements étaient dans un désordre indescriptible et couverts de boue et de sang.

Aux traits tirés de son visage, elle devina sans peine que Peter lui avait raconté l'incident qui venait de se produire. En le voyant aussi bouleversé, elle éprouva soudain l'envie de se jeter dans ses bras et de se laisser réconforter par lui, mais elle n'en fit rien.

Joignant les mains devant elle pour s'interdire d'ouvrir les bras à son approche, elle lui intima le silence du regard.

Elle ne voulait pas détruire la paix qui régnait dans le cœur de Tiarnan en lui apprenant ce qui s'était passé.

— Comment va Frieda ? s'empressa-t-elle de demander. A-t-elle mis bas ?

— Oui, répondit Marcus. Elle a eu un beau poulain mais ç'a été difficile. J'espère qu'elle va s'en remettre. Il se pourrait qu'elle ne puisse plus pouliner à l'avenir.

— Elle ne va pas mourir ? demanda Adam d'une voix qui trahissait son émotion.

Keelin s'assit au bord du lit de l'enfant, mais elle garda les yeux levés vers Marcus en espérant que son expression ne trahissait pas les sentiments qu'elle avait pour lui.

Elle savait qu'il était déchiré entre le besoin de rester auprès d'Adam pour le rassurer, et celui de l'entraîner dehors, elle, Keelin, pour l'interroger sur ce qui s'était passé.

Elle espérait seulement qu'il avait conscience que le jeune garçon avait encore plus besoin de lui qu'elle.

— Non, Adam, répondit enfin Marcus en s'agenouillant près de l'enfant. Je fais confiance à maître Boswell. Tu verras comme le poulain est beau ! Il ressemble à son père.

Adam sembla se détendre mais il reprit :

— Frieda va-t-elle vraiment s'en sortir ?

— J'en ai l'impression, même si je ne peux pas te l'assurer. Encore une fois, Boswell fait tout pour qu'elle se remette de l'épreuve.

— Est-ce que je pourrais aller la voir ?

— Non. Tu n'es pas encore guéri. Je t'interdis de quitter ta chambre où il fait bien chaud. Avec ce froid, tu en mourrais si tu sortais.

— Marcus, je…

— N'insiste pas, répondit Marcus en se levant. J'irai voir Frieda chaque jour et je te donnerai de ses nouvelles. Tu ne pourras aller la voir toi-même que lorsque tu seras solide sur tes deux jambes. Pas avant ce jour !

Se tournant vers Keelin, il ajouta :

— Je voudrais vous dire un mot.

Il la prit par la main et l'entraîna dehors sans prêter attention à l'expression de surprise d'Adam et à l'air perplexe de Tiarnan.

Il la conduisit à sa chambre dont il verrouilla la porte derrière eux.

Dès qu'elle fut seule avec lui, Keelin tomba dans ses bras, la tête appuyée à sa poitrine alors qu'il la serrait contre lui.

Ils furent un long moment ainsi sans parler.

C'était la première fois qu'elle lui semblait aussi fragile. Bien que grande et non dénuée de force, elle restait une femme qui ne pouvait vivre sans la protection d'un chevalier. Or, il avait failli déjà deux fois à son devoir de protection envers elle, d'abord lorsqu'elle avait été blessée lors de l'incendie et puis aujourd'hui.

Plus jamais cela ne se produirait ! se dit-il avec la même détermination que s'il avait prononcé un serment.

— Vous êtes blessée, n'est-ce pas ? Peter m'a dit que le bloc de pierre vous avait heurtée puisqu'il vous a précipitée à terre.

Elle se mit à trembler en pensant à ce qui aurait pu lui arriver, mais elle ne voulait pas gâcher cet instant. Elle était si bien dans les bras de Marcus ! Le contraste entre les deux situations était saisissant…

— Sans Peter, qui m'a tirée en arrière, j'aurais été écrasée, reconnut-elle enfin. Le bloc, grâce à lui, m'a seulement effleuré l'épaule.

— Il ne m'a pas dit que c'était grâce à lui que vous aviez échappé à la mort. Je saurai le récompenser.

Il la serra une nouvelle fois dans ses bras, mais pas trop fort de peur de lui faire mal, puis, s'écartant un peu d'elle, il se mit à défaire les lacets de son corselet. Elle ne l'arrêta pas. Que cela fût ou non correct, elle ne voulait pas l'empêcher de vérifier de ses propres yeux qu'elle n'était pas blessée.

Une fois les lacets défaits, Marcus fit descendre le corselet, découvrant la chemise en lin blanc de la jeune fille. Il eut envie de l'embrasser ; elle était si désirable dans cette tenue, mais il craignait de ne pas réussir à se contenir et de lui faire du mal.

— Laquelle de vos épaules a été touchée ?

— La gauche, répondit-elle en se tournant légèrement.

Il tira avec précaution sur la chemise alors que Keelin, incapable de cacher son émotion, sentait la pointe de ses seins se durcir et son souffle s'accélérer.

Bien qu'il eût pris la décision de rester chaste, en voyant le cou gracile, les clavicules délicates, les jolies épaules, les seins d'une rondeur et d'une blancheur parfaites de Keelin, Marcus ne put s'empêcher de suivre avec le doigt le dessin de ces merveilleux appâs.

Une éraflure était bien visible sur l'épaule qui portait des traces importantes de contusion. Le moindre mouvement la faisait certainement beaucoup souffrir même si elle ne se plaignait pas mais, apparemment, aucun os n'était cassé.

Marcus remarqua qu'elle avait la chair de poule et qu'elle baissait les paupières en rougissant. Elle donnait l'impression d'être tout aussi émue que lui...

Il suffisait de tirer sur un ruban et la chemise glisserait jusqu'aux hanches. C'était contraire à tous ses principes ; il s'en ferait le reproche, mais il ne put résister.

Il tira un petit coup sec et le vêtement léger s'évanouit autour du joli buste de Keelin...

19.

— Marcus ! dit-elle dans un souffle.

La façon dont elle venait de prononcer son nom sembla plus une prière qu'un rappel à l'ordre à Marcus.

— Comme vous êtes belle ! dit-il en lui prenant la main qu'il porta à ses lèvres.

Puis, libérant la main fine de Keelin, il se pencha sur son épaule blessée et l'effleura des lèvres avec une infinie douceur qui la fit frémir et retenir sa respiration.

Sa réaction embrasa son désir. Il lui prit la taille entre les mains puis remonta lentement pour venir cueillir sa poitrine dont il caressa les pointes. Keelin laissa échapper un petit gémissement qui fut pour Marcus comme un encouragement.

Inclinant la tête, il emprisonna tour à tour entre ses lèvres le bout des seins d'un rose sombre. Haletante, elle plongea les doigts dans ses longs cheveux…

A cet instant même, cependant, il se redressa et recula d'un pas.

— Marcus, dit-elle sur un ton suppliant. Je vous en prie…

Sans un mot, il remit la chemise de Keelin en place. Il ne pouvait pas la voir dévêtue un instant de plus sans succomber au désir, et il sentait bien qu'elle éprouvait la même soif de tendresse que lui.

— Il faut que je parte, répondit-il, avant que je ne commette un acte que je regretterai.

— Non, s'il vous plaît...

— Si, dit-il avec fermeté en nouant le ruban de la chemise de Keelin. Je vous laisse, maintenant, pour aller prendre un bain, moi aussi. Mais nous souperons ensemble dans le hall.

— Marcus...

Il l'interrompit avec un rapide baiser sur les lèvres.

— A plus tard, Keelin.

Il avait été horriblement difficile de s'arracher à elle surtout lorsqu'elle était aussi fragile et passionnée, mais Marcus ne regrettait pas d'avoir eu le courage de le faire. Le code d'honneur de la chevalerie l'exigeait, et il ne voulait pas y déroger.

De retour dans sa chambre où l'attendait un bain fumant, il retira bien vite ses vêtements et s'y plongea avec délectation. Après s'être détendu quelques instants, il se leva et savonna son corps sur lequel il laissa, ensuite, ruisseler l'eau dont il avait imbibé une grosse éponge.

En suivant le dessin sinueux de son ventre musclé, l'eau agissait comme les doigts fins et légers de Keelin, stimulant contre son gré l'excitation sexuelle, souvent douloureuse, à laquelle il était sujet chaque fois qu'il prenait la jeune fille dans ses bras.

En baissant les yeux sur sa force mâle, Marcus se demanda combien de temps encore il pourrait supporter l'abstinence qu'il s'imposait. Il lui avait toujours été difficile de la vivre mais aujourd'hui, alors qu'il désirait Keelin plus qu'aucune autre femme, il ne savait pas comment il réussirait à rester fidèle à ses principes. Ne venait-il pas, d'ailleurs, de franchir les limites qu'il s'était fixées ?

Il avait été si heureux de constater qu'elle n'était qu'à peine blessée qu'il n'avait pas résisté à l'envie de la toucher. Il voulait voir son corps, le sentir contre le sien, humer le parfum de sa peau, se délecter de sa douceur… et, pour la première fois peut-être, il avait constaté qu'elle avait autant besoin de lui que lui d'elle.

Ecartant résolument ces pensées qui le torturaient puisqu'il était condamné pour le moment à l'abstinence, il acheva de se rincer puis sortit de l'eau.

Tout en s'essuyant énergiquement, il réfléchit aux vérifications qu'il souhaitait faire avant le souper. Si quelques traces restaient visibles dans la neige, il fallait les relever au plus vite avant qu'elles ne soient effacées par le vent ou par le passage de quelque autre personne.

Il s'habilla et revêtit une pelisse pour se protéger du froid car la nuit était tombée puis, prenant une lampe à huile, il gagna les remparts et trouva bientôt la pierre qui avait manqué de peu d'écraser Keelin. Levant les yeux, il chercha sur le sommet crénelé du donjon l'endroit d'où elle aurait pu provenir mais l'obscurité était trop grande pour qu'il puisse voir s'il y avait quelque vide dans le mur ou sur un merlot.

Il ne pourrait s'en rendre compte qu'en montant au sommet du donjon. Retournant sur ses pas, il s'engagea dans l'escalier à vis et monta jusqu'au dernier étage qui abritait une partie de la garnison et servait à entreposer des armes.

Il atteignit le toit du donjon qui était protégé par un parapet dont il observa la maçonnerie en promenant sa lampe à huile le long des pierres. Un vent glacé faisait vaciller la flamme et lui fouettait le visage. Il inspecta d'abord la partie qui surplombait l'endroit où se trouvait Keelin lorsqu'elle avait failli être écrasée.

Aucune pierre n'était descellée en cet endroit. Aussi poursuivit-il son investigation et repéra-t-il enfin le trou très visible laissé par la pierre qui avait été délogée. Elle l'avait été, en effet, par la main de l'homme. Cela paraissait évident et, ce qui était plus inquiétant encore, elle provenait de la face sud du donjon, le côté opposé à celui où était la jeune fille au moment du drame !

Keelin, encore toute frémissante de désir après ce qu'elle venait vivre, assistait au souper, assise à la table d'honneur à la droite de Marcus. Les serviteurs se succédaient devant eux en portant des plats magnifiquement dressés et leurs gestes gracieux s'accordaient à la musique dont les accents gais et enjoués jaillissaient de la tribune.

Elle était si émue qu'elle s'efforçait de ne pas regarder les belles mains de Marcus lorsqu'il découpait leurs viandes sur le tranchoir ou levait sa coupe en vermeil pour boire. Elle luttait aussi contre le sentiment de paix et de sécurité qui l'envahissait chaque fois qu'elle se trouvait près de lui.

Cependant, il n'était pas aisé de résister au bonheur qui la gagnait. Elle finit par oublier qu'elle avait pris l'engagement de quitter Wrexton et, buvant le délicieux vin qui lui avait été servi, le laissa dissiper la tristesse qu'elle éprouvait à la pensée de son départ.

Le baron Selby, qui soupait à la table de Marcus avec la baronne et leurs deux filles, montrait la même gaieté qu'à l'habitude. Il ne semblait nullement troublé par l'impossibilité dans laquelle il se trouvait de regagner son château après le séjour qu'il venait de faire chez les parents de la baronne.

— Je ne m'attendais pas à une tempête aussi rude quelques semaines avant la Noël, remarqua-t-il. Sinon, je n'aurais jamais quitté le manoir de Rentford où vivent les parents de ma femme.

La baronne roula les yeux au ciel.

— Grand-père vous avait prévenu, papa, intervint la plus jeune fille du baron.

— Tais-toi, Elga, répondit Selby. Tu ne devrais pas parler à table, surtout pour dire des bêtises. Ton grand-père ne s'attendait évidemment pas à ce que la neige succédât aussi rapidement à la pluie.

La querelle amicale entre père et fille se poursuivit pour la plus grande satisfaction de Keelin qui réussit ainsi à se détendre. Elle eut d'autant moins de mal à le faire qu'Yseult, contrairement à son habitude dans de telles circonstances, n'avait pas encore paru depuis le début du repas.

C'était très surprenant, pensa Keelin car Yseult ne manquait jamais une occasion de tenir son rôle de châtelaine. Elle se félicitait d'ailleurs de cette absence et trouvait fort agréable, en effet, de n'être pas exposée au regard critique de la jeune femme.

Les autres hôtes du comte étaient assis à deux grandes tables disposées en U par rapport à la table principale et l'on y festoyait presque aussi bien qu'à cette dernière.

Le repas touchant à sa fin, des acrobates et des jongleurs firent leur apparition dans leurs costumes bariolés et occupèrent le centre de la salle tandis que deux ménestrels allaient entre les tables en chantant des poèmes qui glorifiaient la bravoure chevaleresque sans oublier son pendant, l'amour.

— Vous sentez-vous habile avec un arc, à présent, ma damoiselle ? demanda messire Robert.

Keelin ne put retenir un rire dont l'éclat pur et cristallin charma Marcus.

— Nullement, messire, mais il me semble que je progresse.

— Le comte de Granville est un excellent instructeur, remarqua messire Guillaume. Quand il vise une cible, il ne la manque pas.

Keelin crut déceler une lueur égrillarde dans le regard du chevalier, mais elle n'en était pas certaine.

— Il m'en a donné toute l'apparence, reconnut-elle, mais est-il aussi bon lorsqu'il s'agit d'une cible en mouvement ?

— Je crois que vous êtes aussi imbattable dans les deux cas, messire ? fit Robert.

— Tu dis la vérité, mon ami, confirma Marcus.

Une silhouette féminine s'approcha furtivement de leur table.

— Damoiselle Keelin !

Keelin se retourna et vit Yseult qui se penchait vers elle, les mains jointes, l'expression empreinte d'une profonde tristesse.

— J'aurais aimé vous parler si vous le voulez bien…

La jeune fille hésita, mais Yseult semblait si désemparée qu'elle n'eut pas le cœur de lui refuser sa requête. D'autant moins qu'elle craignait que l'état de Peggy ne se fût brusquement aggravé.

Elle se leva et à cet instant seulement Marcus remarqua la présence d'Yseult.

— Où allez-vous ? demanda-t-il à Keelin.

Elle haussa les épaules d'un air évasif.

— Pas loin, je suppose. Ne vous faites pas de souci pour moi. Continuez votre repas. Je serai de retour dès que possible.

— Après ce qui s'est passé, il est hors de question que je vous laisse sans surveillance. Si vous n'y voyez pas d'inconvénient, je vais vous accompagner.

Comprenant à la détermination qu'elle lisait dans son regard qu'il ne servirait à rien de s'opposer à lui, elle sourit :

— Faites comme il vous plaît, Marcus, répondit-elle, rassurée, au fond d'elle-même, de savoir qu'il serait auprès d'elle.

Il suivit Keelin qui venait d'emboîter le pas à Yseult. Cette dernière gagna l'autre extrémité de la salle où elle s'arrêta puis se retourna :

— Je voulais seulement vous présenter mes excuses, ma damoiselle, commença-t-elle pour le plus grand étonnement de Keelin, et vous dire combien je regrette d'avoir été aussi peu courtoise avec vous depuis votre arrivée à Wrexton.

Même si elle articulait les mots avec une certaine difficulté, elle semblait sincère. Toutefois, ce changement d'attitude était si radical qu'il laissa Keelin sans voix.

— Les tracasseries que vous avez subies par ma faute étaient le fruit de la mesquinerie... C'était de l'enfantillage... Je ne sais pas pourquoi j'ai agi ainsi. Permettez-moi de vous souhaiter avec retard la bienvenue à Wrexton. Je ferai tout ce qui est en mon pouvoir pour rendre votre séjour agréable.

Yseult lança un regard à Marcus puis dirigea de nouveau son attention sur Keelin.

— Je vous remercie, dit cette dernière en tendant les mains dans un élan amical.

Yseult les prit dans les siennes et les serra brièvement avant de se retourner et de s'éloigner en hâte.

Keelin l'observa alors qu'elle disparaissait dans l'escalier puis, guidée par la main de Marcus, elle regagna la table d'honneur.

En approchant de sa place, elle sentit sur elle le regard de Robert qui avait été témoin de la scène et qui semblait particulièrement heureux de ce dénouement. Cependant, ce n'était visiblement pas le cas de Guillaume dont l'expression restait dubitative et méfiante.

— C'était très courageux de la part d'Yseult, dit-elle à Marcus en s'asseyant.

Elle avait fait cette réflexion en partie pour Guillaume car elle croyait sincèrement qu'Yseult était pleine de remords.

Marcus, quant à lui, ne savait que penser. Il partageait le scepticisme de Guillaume, mais ce sentiment était quelque peu tempéré par l'impression que lui avait donnée Yseult. Il n'avait décelé, en effet, aucune trace de tromperie dans son regard.

L'accident dont avait été victime Keelin restait certes une énigme, et la responsabilité d'Yseult ne pouvait être d'emblée écartée après toutes les tracasseries qu'elle avait fait subir à la jeune fille. Marcus avait appris, cependant, qu'au moment de l'événement elle se trouvait dans la grande salle. Ce n'était pas elle, de toute évidence, qui avait jeté la pierre sur Keelin.

Quelle autre personne, alors, pouvait avoir des raisons de redouter la présence de Keelin à Wrexton ? Les domestiques l'estimaient et la respectaient depuis son arrivée au château grâce aux soins qu'elle avait prodigués à Adam et Edouard et, depuis qu'elle avait sauvé le bébé d'Annie, leur estime s'était mue en vénération. Il ne se passait pas un jour sans que Marcus n'entendît chanter les louanges de la jeune fille.

La pierre était peut-être tombée par accident ? Il irait inspecter de nouveau les lieux dès que le jour se lèverait. Il se pouvait que, dans l'obscurité, il n'eût pas remarqué une dégradation de la partie supérieure du donjon qui ne lui aurait pas été signalée.

Keelin devinait sans peine que les réjouissances qui se succédaient dans la grande salle exaspéraient Marcus, même s'il ne le montrait pas. Après le décès de son père, il aurait préféré, évidemment, rester en paix et s'abandonner au chagrin quand bon lui semblait, mais il importait avant tout d'occuper les hôtes de passage pour éviter qu'ils ne commettent quelque acte répréhensible. Les bagarres, les violences, à l'égard des servantes en particulier, étaient toujours à craindre.

Aussi Marcus n'interdisait-il pas qu'on jouât de la musique et dansât toute la soirée, même s'ils n'y prenait pas part.

Parmi tous les hôtes contraints de demeurer à Wrexton, il s'en trouvait deux qui déplaisaient à Keelin. Il s'agissait de chevaliers, frères assurément tant leur ressemblance était grande, et dont l'âge était moins avancé qu'il n'y paraissait.

Bruns tous les deux, ils portaient les cheveux longs, leurs mentons allongés étaient anguleux, l'un d'eux arborait une profonde fossette en son milieu et avait un œil marron et l'autre vert, ce qui donnait à son regard une expression qui dérangeait Keelin.

Ils accomplissaient une mission pour leur seigneur, un vicomte du Lincolnshire, lorsque la tempête de neige les avait contraints à se réfugier à Wrexton. En apprenant qu'ils étaient au service d'un grand seigneur, Keelin n'avait pu s'empêcher de penser qu'il devait être fort démuni, car les chevaliers avaient des armures en triste état et des tuniques fort usées.

Elle avait remarqué que les jeunes filles du château se tenaient à bonne distance de ces deux frères, et avait l'intention d'en faire autant elle-même.

Le temps ne s'améliorait pas, au contraire. Il faisait de plus en plus froid et tous restaient enfermés, emmitouflés dans leurs pelisses et se disputant la meilleure place devant l'âtre.

L'ambiance devenait de plus en plus houleuse dans la grande salle, obligeant Marcus et ses chevaliers à faire constamment la police. Les domestiques commençaient à ployer sous la surcharge de travail, aussi Marcus imposa-t-il aux hôtes de maintenir la grande salle dans un état de propreté irréprochable.

Si Marcus souhaitait que le temps s'améliorât pour permettre à chacun de reprendre la route, il redoutait, simultanément, que Keelin n'en profitât pour mettre son projet à exécution. N'avait-elle pas mainte et mainte fois répété qu'elle ne resterait à Wrexton qu'aussi longtemps qu'Adam aurait besoin d'elle ? Or, il s'avérait que le jeune garçon allait de mieux en mieux. Dans un ou deux jours, il serait capable de quitter seul son lit.

Pour laisser à Keelin la possibilité de mesurer l'attachement qu'elle avait pour lui, il ne l'avait pas poursuivie de ses caresses et de ses baisers, mais il était douloureusement conscient de sa présence chaque fois qu'ils se trouvaient ensemble dans la même pièce.

Heureusement, il lisait dans son regard qu'elle souffrait autant que lui de cette distance qu'il s'était imposé d'observer entre eux.

Le moment était venu cependant, lui semblait-il, de franchir le fossé qui les séparait. Ses chevaliers étaient presque tous réunis dans la grande salle où ils assuraient une surveillance efficace. Rien ne lui interdisait de conduire Keelin à l'écart et là...

Sachant qu'elle ne refuserait jamais une occasion d'aller voir les faucons, il l'invita à l'accompagner à la volière. Il voulait lui montrer l'avancement dans le dressage des deux jeunes émerillons dont Gerald lui avait dit qu'ils étaient prêts à accepter la compagnie des humains.

— Messire ! dit Gerald en les voyant entrer dans la fauconnerie. Vous venez bien tard. J'allais justement regagner mes quartiers.

— Accorde-nous un peu de ton temps, répondit Marcus qui soupçonnait le maître fauconnier de ne se retirer que pour lui permettre d'être seul en compagnie de Keelin.

Nous voudrions que tu nous montres les progrès accomplis par tes jeunes pensionnaires.

— Ah ! Oui... avec plaisir, messire, fit le fauconnier avec un large sourire. C'est une paire fabuleuse. Ils apprennent très vite. Ils se sont déjà habitués au chaperon et aux clochettes, et ils ont volé de nuit.

— Alors ils sont prêts pour le leurre ?

— Oui, messire.

— Qu'est-ce que c'est ? demanda Keelin en s'adressant à Gerald.

Ce dernier se lança dans un exposé sur la fauconnerie de haut vol tandis qu'ils s'enfonçaient dans les salles voûtées qui abritaient les nombreux oiseaux. Connaissant la passion de Keelin pour les rapaces, Marcus espérait la convaincre de rester à Wrexton jusqu'au jour où ils apprendraient aux émerillons à chasser.

Les deux nouveaux pensionnaires étaient sur leur perchoir et portaient déjà à leurs pattes jets et clochettes.

— Ne parlez pas, ma damoiselle, s'il vous plaît, dit Gerald à voix basse. Ils ne sont habitués, pour le moment, qu'à mon timbre.

Il prit l'un des oiseaux sur sa main gantée et le caressa de son autre main en lui parlant doucement, le flattant avec de petits mots tendres que l'animal semblait apprécier car il restait calme, promenant son regard mobile autour de lui.

Marcus prit la main de Keelin et lui passa un gant. Gerald lui donna ensuite l'émerillon et le regard de la jeune fille se mit à briller.

— Parlez-lui doucement, suggéra Gerald qui continuait de caresser le rapace.

— Tu es belle, dit Keelin de sa voix suave.

Elle se souvenait que seules les femelles étaient dressées pour la chasse car plus grandes et plus agressives.

L'oiseau en entendant cette voix nouvelle hérissa ses plumes puis se calma rapidement alors que la jeune fille continuait de le cajoler.

Marcus éprouvait l'inverse de l'animal. L'intonation mélodieuse de Keelin excitait son désir et il brûlait de la serrer dans ses bras, de sentir son corps délié contre le sien.

Comme s'il avait deviné ses pensées, Gerald déclara :

— Je vais vous laisser, maintenant, messire. Les chaperons sont sur le banc…

Marcus acquiesça d'un signe de tête tandis que Keelin toute à son exercice de séduction ne remarqua pas le départ du fauconnier. Les mots tendres, qui sortaient de ses lèvres avec une inflexion chantante, agissaient comme une caresse sur l'émerillon et son propriétaire.

Lorsqu'il entendit la porte de la volière se refermer, ce dernier se pencha sur Keelin et posa doucement le menton sur son épaule. Elle tressaillit légèrement mais pas assez pour inquiéter l'oiseau.

Marcus resta immobile et muet, respirant l'odeur de la jeune fille et savourant la suave caresse de ses cheveux soyeux contre sa joue.

Une torche, près de la porte, jetait une clarté faible et vacillante dans la salle voûtée où s'étiraient les ombres des colonnes supportant les croisées d'ogives.

— Comme le tintement de tes petites clochettes est joli, mon bel oiseau, dit Keelin de sa voix séraphique. Marcus ? Pourquoi portent-ils des clochettes ?

— Pour que le fauconnier puisse savoir où ils sont. Grâce à leur résonance, il est plus facile de suivre l'oiseau en vol.

Marcus hésita avant de poursuivre :

— Viendrez-vous avec nous lorsque nous les entraînerons avec le leurre ?

Keelin baissa les yeux. Marcus prit l'oiseau et le reposa sur son perchoir avant de poursuivre en prenant le visage de la jeune fille entre ses mains pour l'obliger à le regarder :

— Lorsque le temps sera plus clair, nous les emmènerons au milieu des champs et nous observerons leurs capacités. Dites oui, Keelin.

Elle semblait hypnotisée par son regard bleu. Marcus vit danser dans ses yeux la flamme de la torche puis elle baissa les paupières en répondant dans un souffle :

— Je viendrai avec vous, Marcus.

Il lui inclina doucement la tête en arrière.

— Regardez au-dessus de vous, dit-il.

Elle leva les yeux et vit la boule de gui qu'ils avaient rapportée ensemble suspendue à un crochet fixé dans la maçonnerie.

— Oh ! s'exclama-t-elle. C'est le gui ?

Il hocha la tête.

— Nous en avons suspendu plusieurs boules, mais c'est celle-ci que nous avons rapportée ensemble. C'est étrange que nous nous soyons arrêtés juste en-dessous.

— Oui… Vous croyez ce que l'on dit à son sujet ?

Il lui prit une boucle de cheveux qu'il entortilla autour de son doigt.

— Oui, d'autant plus que nous sommes réunis maintenant en-dessous et que je vous aime.

— Vous m'aimez ? murmura Keelin en baissant de nouveau les yeux.

— Plus que tout…

Sans autre préambule, il se pencha sur elle et, lui prenant de nouveau le visage entre les mains, s'empara de ses lèvres.

Keelin avait à la fois redouté et désiré cet instant. Son cœur était déjà si fortement attaché à Marcus et elle se sentait si bien à Wrexton en dépit des tribulations dont elle y avait été victime, qu'elle ne pouvait qu'envisager avec une profonde tristesse le destin qui était le sien. Elle ne pouvait en effet trouver aucune raison de renoncer à remplir son devoir à l'égard de son clan.

Elle n'avait d'autre choix que de fuir Wrexton !

Elle fut envahie par un sentiment de désespoir si fort qu'un gémissement s'échappa de sa gorge. Si seulement le gui avait le pouvoir qu'on lui prêtait et qu'il fût en mesure de la retenir ici, auprès de Marcus !

Elle noua les bras autour de son cou et se serra contre lui en pensant à la sensation qu'elle éprouvait lorsqu'il lui touchait les cheveux, qu'elle sentait sa main sur les épaules, dans le creux des reins…

Elle ne résista pas lorsqu'il laissa descendre les mains sur ses hanches et qu'il rapprocha son ventre du sien. Elle ne voulait pas rompre cet instant d'intimité qui était peut-être le dernier qu'ils partageaient, car le temps allait s'améliorer et elle serait obligée de partir…

— Keelin… murmura Marcus en lui mordillant l'oreille.

Il l'embrassa dans le cou tandis qu'il ouvrait son surcot, dégageait ses épaules…

— Vous ne pouvez pas vous représenter à quel point je vous désire...

Une larme roula le long de la joue de Keelin qui avait envie de répondre qu'elle le savait et qu'elle ne le désirait pas moins que lui, mais elle n'osa rien dire.

En guise de réponse, elle passa les doigts à travers sa chevelure blonde qu'elle aimait tant et attira son visage vers le sien, s'enivrant de ses baisers qui lui faisaient perdre la tête. Elle était incapable de réfléchir lorsqu'il l'embrassait ainsi... et ne pouvait pas davantage réunir les forces nécessaires pour lui dire qu'il fallait arrêter.

— Marcus, chuchota-t-elle.

Il la serra contre lui plus fort encore alors qu'il lui mordillait le lobe de l'oreille.

— J'ai l'impression que le gui nous a jeté un sort, dit-elle, haletante.

Mais elle savait, au fond d'elle-même, que la plante, en dépit de ses vertus magiques, n'avait en rien renforcé son attachement à Marcus qui n'aurait su être plus solide.

Ces sentiments, cependant, n'étaient que source de souffrance car, quelle que fût leur intensité et même si ceux de Marcus étaient aussi forts, Keelin était contrainte de retourner à Carrauntoohil.

Convaincue de l'impossibilité de vivre leur amour, elle s'écarta brusquement de lui.

— Keelin ? dit-il, déconcerté, car il la croyait aussi ensorcelée que lui.

— C'est impossible, Marcus, répondit-elle d'une voix tremblante.

— Mais Keelin, je ne...

— Je vous en prie, Marcus ! l'interrompit-elle en lui tournant le dos. Ne me rendez pas la tâche plus difficile encore. Je dois retourner auprès de mon peuple.

— Non ! s'écria-t-il d'une voix déchirante.

— Je ne peux pas rester, insista Keelin avec calme tout en se dirigeant vers la porte, même si j'en ai le profond désir.

Elle s'enveloppa dans sa cape et se glissa hors de la volière, mais il lui fallut rassembler tout son courage et faire appel à chaque parcelle de sa volonté pour réussir à avancer d'un pas vers l'extérieur puis pour faire le suivant. Elle savait que si elle s'octroyait un instant de réflexion, le temps d'un seul battement de cœur pour considérer ses sentiments, elle ferait volte-face et courrait se jeter dans les bras de Marcus.

Retroussant ses jupes, elle s'élança vers le donjon comme si elle avait eu une meute de chiens hurlants sur les talons.

20.

— Tu ne peux pas partir par ce temps, ma chérie, dit Tiarnan qui regardait Keelin rassembler fiévreusement ses affaires.

— Le soleil brillera de nouveau dans quelques jours, mon oncle, répondit-elle en pliant un surcot qu'elle rangea dans une sacoche en cuir.

Elle laisserait le coffre et la charrette à son oncle et se contenterait du strict nécessaire pour le voyage. Marcus ne lui refuserait sans doute pas de partir sur la jument qu'il lui avait donnée pour aller à la chasse.

— Qui te protégera sur la route ? demanda Tiarnan. Ne crois-tu pas que *Ga Buidhe an Lamhaigh* sera très exposée ?

— Je trouverai un moyen, affirma Keelin qui était décidée à partir le plus tôt possible avant que son cœur ne fût irrémédiablement attaché à celui de Marcus. Peut-être me ferai-je accompagner de quelques chevaliers au service du comte de Wrexton que je rémunérerai ?

— En as-tu parlé à Marcus ? demanda Tiarnan sur un ton où perçait le mécontentement.

Il n'élevait jamais la voix, mais Keelin comprit qu'il était sur le point de se fâcher. Ne comprenait-il pas combien il était important de rapporter la lance à Carrauntoohil ?

— Non, dit-elle enfin.

Tiarnan se frappa la cuisse avec humeur.

— Si tout est décidé et clair dans ta tête, pourquoi pleures-tu ?

Keelin renifla en essuyant les larmes qui lui roulaient sur les joues.

— Je ne pleure pas, répondit-elle à son oncle après s'être éclairci la voix. C'est simplement que…

— Quoi, ma petite ?

Tiarnan n'avait pas de raison d'en vouloir à sa nièce pour sa loyauté envers le clan, mais il ne jugeait pas le moment opportun pour rapporter la lance alors que l'hiver avait commencé et que, visiblement, le grand et noble seigneur anglais qui les avait accueillis chez lui nourrissait des sentiments amoureux pour elle.

Il ne supportait pas l'idée, surtout, que Keelin pût être attaquée en chemin par des soudards du clan Mageean car il savait que ces brutes ne se contenteraient pas de lui dérober *Ga Buidhe an Lamhaigh*…

Peut-être fallait-il avoir atteint un âge aussi avancé que le sien pour comprendre à quel point il était absurde de conformer sa vie à un idéal ou, plutôt, de la soumettre à une règle intangible. Il avait lui-même tout sacrifié au clan et il se retrouvait vieux et seul. Si c'était à refaire, il se choisirait une femme et penserait d'abord à son propre bonheur.

Quel dommage que Marcus fût aussi respectueux des sentiments de Keelin et qu'il n'eût pas cherché à la posséder comme il en avait eu l'occasion ! Si Tiarnan l'avait envoyé dans la chambre de sa nièce au moment de son bain, ce n'était pas pour une autre raison !

Son stratagème avait échoué, du moins apparemment. Si la situation scabreuse qu'il avait provoquée sciemment avait eu des conséquences, elles n'avaient pas pris la forme d'une demande en mariage comme il était en droit de l'espérer.

Keelin avait eu le cœur brisé. C'était à peu près tout ce qui avait résulté des moments intimes qu'elle avait partagés avec le comte de Wrexton et, malheureusement, Tiarnan n'y pouvait rien.

— Il faut que je parte, mon oncle, dit-elle en soulevant le matelas de son lit pour prendre la lance qu'elle s'empressa de déposer au sol comme si elle redoutait de la toucher. J'ai eu une vision prémonitoire qui ne cesse d'aller et venir dans ma tête. Un événement grave va avoir lieu dans un proche avenir. Je dois rapporter *Ga Buidhe an Lamhaigh* au plus vite avant qu'Ui Sheaghda ne subisse un autre grave revers.

— Et Marcus ?

— Ce que j'éprouve pour lui, le fait que je n'aimerai jamais personne autant que lui ne compte pas en face de mon devoir ! s'écria Keelin en s'écartant de son oncle pour se mettre à marcher de long en large. Je n'ai pas le choix. Vous savez combien la lance est précieuse pour notre clan. Sa survie dépend d'elle. Et je suis la seule qui puisse interpréter les oracles de *Ga Buidhe an Lamhaigh*.

— Keelin, ma petite…

— Chut ! Mon oncle…

Elle courut auprès du vieil homme et s'agenouilla.

— Quelqu'un nous épie, reprit-elle à voix basse.

— Tu le crois vraiment ?

— Oui, j'en suis certaine. Quelqu'un a entendu ce que j'ai dit au sujet de la lance et d'Ui Sheaghda. C'est une personne qui nous veut du mal, surtout à moi.

— Yseult ?

Keelin ferma les yeux et essaya de voir au fond d'elle-même.

— Je ne sais pas…

La logique eût été de se saisir de *Ga Buidhe an Lamhaigh,* mais Keelin savait que la vision qu'elle aurait nécessairement l'épuiserait et que si l'ennemi était proche, elle avait besoin de toutes ses forces et de tous ses esprits pour lui faire face.

— Quelle est cette vision prémonitoire dont tu m'as parlé ? demanda Tiarnan à voix basse. N'a-t-elle pas trait à Wrexton ? Ton cœur, aujourd'hui, est autant attaché à ce château qu'à Carrauntoohil.

— Je ne sais pas, mon oncle, répondit-elle à mi-voix d'un air exaspéré. Je ne sais pas…

Keelin n'était pas descendue pour le souper et Marcus, en compagnie du baron Selby et de sa famille, éprouvait encore une fois cruellement son absence.

Les mimes interprétaient une scène où un puissant seigneur courtisait une jeune fille. Rapidement, Marcus, en dépit de l'âge certain du personnage, se reconnut dans ce malheureux qui poursuivait en vain l'objet de son désir.

Lorsqu'un chevalier, auquel la jeune fille était promise et que l'on croyait mort, entra en scène, Marcus ne supporta plus la pantomime et, après avoir vidé son pot de bière, quitta brusquement son siège.

Affligé et furieux à la fois, il traversa la grande salle. Il ne savait où aller car il ne voulait faire subir sa mauvaise humeur à personne et sentait qu'il ne serait pas capable d'observer sa civilité coutumière pendant toute la soirée. La courtoisie lui imposait de s'éloigner de ses semblables.

Il faisait trop froid pour errer à cheval au milieu de la forêt comme il lui arrivait de le faire pour lutter contre ses humeurs maussades. Il ne voyait d'autre moyen d'échapper à ses angoisses que d'aller tenir compagnie à ses faucons. Dans la volière, il trouverait toujours quelque réparation ou nettoyage à faire.

Il fallait qu'il ait l'esprit occupé pour ne pas penser incessamment à Keelin et à la façon dont elle avait, encore une fois, désavoué tout ce qu'ils éprouvaient l'un pour l'autre.

Une rafale de vent glacé ouvrit toute grande la porte de la fauconnerie au moment où il en souleva le loquet. Il entra dans le bâtiment puis referma le battant derrière lui.

Seul un rayon de lune pénétrait dans la salle par une étroite fenêtre, mais il n'eut aucune peine à trouver la lampe à huile pendue à un crochet près de la porte, et il l'alluma.

A peine la flamme se mit-elle à briller qu'il comprit qu'un grave événement avait eu lieu.

Un désordre indescriptible régnait dans la volière. La moitié des perchoirs des oiseaux étaient renversés, chaperons, jets et autres ustensiles gisaient au sol, un banc était retourné, des plumes jonchaient le sol en terre battue...

Les deux grands gerfauts avaient disparu ainsi que les sacres et deux pèlerins. Où étaient les émerillons ? Leur perchoir était vide…

Marcus se dirigea vers la deuxième salle, le bras tendu devant lui, la lampe au poing.

Alors qu'il constatait l'absence d'un autour, il heurta quelque chose du pied.

Baissant la lampe vers le sol, il reconnut une forme humaine…

— Gerald ! s'écria-t-il lorsque le faisceau de la lampe passa sur le visage du fauconnier.

Etendu sur le dos, il portait une marque sanglante au front. Marcus s'agenouilla près de lui et constata avec soulagement qu'il respirait.

— Gerald ! répéta-t-il en lui secouant l'épaule. Tu m'entends ?

Le fauconnier gémit mais n'ouvrit pas les yeux. Marcus répéta son geste et, après quelques instants, les paupières de Gerald se levèrent enfin, mais son regard était flou.

— Messire Marcus… dit-il dans un souffle.

— Dieu soit loué, tu es en vie ! Es-tu blessé ailleurs qu'à la tête ?

— Je ne crois pas, messire, répondit Gerald alors que Marcus l'aidait à s'asseoir. Juste quelques contusions.

— Qui t'a fait ça ?

— Ils étaient trois…

— Les connaissais-tu ?

Gerald fit non de la tête en passant la main sur son front.

— Ils n'étaient ni du village ni du château… Je pense qu'ils font partie de ces gens qui se sont réfugiés ici à cause de la neige et du froid. Je suis désolé de ne pas pouvoir vous en dire plus, mais je n'ai pas les idées très claires.

— Ne te tracasse pas. Et ne bouge pas. Je vais aller chercher de l'aide.

Marcus se rendit aux écuries et alerta les palefreniers qui accoururent aussitôt. Tous gagnèrent la volière où le maître d'écurie, Boswell, prit soin de Gerald tandis que les valets s'employaient à remettre de l'ordre.

— Ils ont volé plusieurs oiseaux ? demanda Boswell, consterné.

— Oui. Les plus beaux, répondit Marcus. Autant dire ceux qui ont la plus grande valeur.

— Allons-nous organiser une recherche ?

— Envoie d'abord quelqu'un à la porterie pour savoir si les gardes ont vu sortir des cavaliers puis, si personne n'a quitté le château, nous le fouillerons de fond en comble.

— Est-ce que vous parlez sérieusement lorsque vous dites que vous allez partir ? demanda Adam, l'air abattu.

— Oui, Adam, répondit Keelin dont l'expression n'était pas plus joyeuse. Dès que le temps le permettra, je m'en irai. Comme je te l'ai dit déjà mainte et mainte fois, mon peuple a besoin de moi.

— Mais moi aussi, j'ai besoin de vous !

Ce n'était pas l'habitude du jeune garçon de geindre, mais il avait tout essayé pour tenter de convaincre Keelin de rester à Wrexton et aucun de ses arguments n'avait encore réussi à la faire changer d'avis.

— Et Marcus ? demanda-t-il, invoquant un sujet qu'il n'osait aborder qu'avec précaution. Croyez-vous qu'il supportera votre absence ?

— J'en suis certaine, répondit Keelin qui luttait pour contenir son émotion. Un homme comme Marcus ne restera pas éternellement célibataire ; et puis il a Yseult pour…

— Ah ! Mais vous vous trompez, Keelin ! Marcus n'a jamais été avec Yseult comme il est avec vous ! Oncle Eldred l'a pressé plus d'une fois d'épouser Yseult, et il a toujours refusé.

Keelin baissa les yeux d'un air gêné. Il venait de lui traverser l'esprit qu'Adam avait peut-être été témoin des privautés qu'elle avait eues avec Marcus dans la chaumière.

— Je ne vous mens pas, insista l'enfant. Et puis moi, j'ai vu comment vous regardiez Marcus.

— Tu es encore bien jeune pour juger des inclinations du cœur des adultes, répondit Keelin avec gravité. Tu n'es pas capable d'apprécier le poids des responsabilités et du devoir mais, un jour, tu seras en mesure de le faire et alors tu comprendras…

Keelin perdit soudain le souffle comme si elle avait reçu un coup dans l'estomac. Alors qu'elle luttait pour respirer, elle se mit à trembler… Une scène commençait à prendre forme devant elle…

C'était une cour de ferme sous la neige. Les bâtiments disposés tout autour étaient délabrés. Des stalactites pendaient aux branches des arbres, aux gouttières et aux corniches. Des traces de sang maculaient la neige… Ga Buidhe an Lamhaigh, qui avait failli être perdue à jamais, n'était pas loin…

Un événement dramatique était sur le point de se produire, mais elle n'était pas en mesure de l'identifier précisément…

— Keelin ? dit Adam, inquiet. Que se passe-t-il ? Vous vous sentez mal ?

Elle fit non de la tête alors qu'elle recouvrait ses esprits.

— Non, mon petit, affirma-t-elle, les mains tremblantes. Je pensais seulement à quelque chose que je dois absolument faire, mais il est un peu tard. Il faut que tu dormes, Adam.

Elle se dirigea vers la porte.

— Bonne, nuit, dit-elle dans un souffle sous le regard perplexe du jeune garçon.

En dépit des vertiges qui continuaient de la troubler, elle pressa le pas en direction de sa chambre. Elle n'avait pas eu l'intention de toucher la lance avant d'être de retour dans le Kerry, mais il fallait absolument obtenir une vision plus précise du danger qui la menaçait.

Le bruit des festivités dans la grande salle parvenait jusqu'à elle. Marcus était là avec ses chevaliers. Cette certitude était d'un grand réconfort, d'autant plus qu'elle savait qu'il ne quitterait pas la salle avant de s'être assuré que le calme y était revenu et que chacun se préparait pour la nuit.

Elle passa devant la porte de son oncle et poursuivit son chemin. Elle ne jugeait pas nécessaire de le prévenir de son intention de recourir aux vertus de la lance sacrée. Il s'inquiéterait inutilement.

Keelin se rendit donc directement à sa chambre où elle alluma les trois chandelles avec lesquelles elle s'éclairait avant de soulever le matelas de son lit.

Ga Buidhe an Lamhaigh n'était pas à sa place !

Ni d'ailleurs sa bourse où elle conservait les dernières pièces d'or qu'il lui restait !

Elle prit l'une des chandelles et fit le tour de la pièce, cherchant dans chaque recoin, mais la lance comme la bourse restaient introuvables. Elle eut envie d'aller fouiller la chambre de son oncle, mais il n'y avait aucune raison pour que les objets y soient. En raison de sa mauvaise vue, Tiarnan ne les aurait pas trouvés dans la chambre de Keelin, et pourquoi les aurait-il pris sans l'en avertir ?

Elle ne pensait pas non plus que Marcus les lui eût subtilisés… Certes, c'eût été un moyen de la retenir à Wrexton, mais elle ne le croyait pas capable d'agir de cette manière. Il voulait qu'elle vînt à lui librement et sans aucune contrainte.

Sa vaine recherche lui apprit qu'en outre un collier en or qu'elle tenait de sa mère lui avait été dérobé ainsi qu'un poignard incrusté de pierreries qui avait appartenu à son père.

Un voleur avait dû s'introduire dans sa chambre… Elle avait vaguement l'intuition que la motivation de celui qui l'avait dépouillée n'était pas seulement le vol, mais elle ne parvenait pas à voir clairement de quoi il s'agissait.

Une seule chose importait : la disparition de *Ga Buidhe an Lamhaigh* !

Il fallait prévenir Marcus.

Keelin avait pris la décision de l'éviter autant que possible sachant qu'elle était malheureuse dès qu'elle était dans ses bras. Comment aurait-il pu en être autrement alors qu'ils étaient appelés à être séparés pour toujours ?

Sans doute Marcus était-il furieux contre elle pour l'avoir fui, songea-t-elle en se dirigeant vers la porte, et, surtout n'être pas descendue souper, mais maintenant, si elle voulait retrouver la lance, elle n'avait d'autre choix que de solliciter son aide.

A peine eut-elle franchi le seuil de sa chambre qu'elle rencontra Beatrice. Elle n'avait jamais eu de dispute avec elle, mais elle était bien consciente de son hostilité à son égard depuis le jour où elle l'avait surprise dans les bras de Marcus.

Keelin eut l'impression d'être en présence d'une araignée toute recroquevillée sur elle-même, prête à fondre sur sa proie. L'image, horrible, la fit frémir.

— Vous semblez soucieuse, ma damoiselle. Quelque chose ne va pas ?

Keelin vit aussitôt dans cette femme l'auteur du vol dont elle venait d'être victime, mais elle se raisonna bien vite. C'eût été bien imprudent de la part de la suivante d'Yseult de voler les hôtes de son seigneur. Et comment, d'ailleurs, aurait-elle eu connaissance des vertus de la lance ?

Elle se souvint alors de la conversation qu'elle avait eue dans l'après-midi avec son oncle au cours de laquelle elle s'était sentie épiée. L'indiscrétion n'aurait-elle pas été commise par Beatrice ?

— En effet, répondit-elle enfin en regardant la femme dans les yeux. Mais je suis sûre que vous avez la réponse aux questions que je me pose.

Beatrice détourna les yeux et Keelin pensa aux innombrables fois où elle avait senti un regard sur elle dont elle ignorait l'origine.

— J'ai vu l'un de nos hôtes sortir de l'étude de messire Marcus, dit soudain Béatrice. Il s'agissait de l'un des deux chevaliers qui se ressemblent, celui qui a un œil vert et l'autre brun. Il avait entre les mains deux ouvrages du comte ; il m'a bousculée et a poursuivi son chemin. J'ai frappé à la porte du cabinet, mais il n'y avait personne à l'intérieur. Il venait donc de prendre ces objets de son propre chef. J'ai couru derrière lui et l'ai vu entrer dans votre chambre.

— Avez-vous attendu qu'il en ressorte ?

— Oui. Je venais d'ailleurs vous le dire… Messire Marcus n'est pas dans la grande salle. C'est lui que j'aurais voulu prévenir en premier…

— Vous n'aviez qu'à le dire à messire Guillaume ou à messire Robert !

— Ils étaient très occupés, la dernière fois que je les ai vus… De toute façon, je tenais à prévenir messire Marcus en premier.

— Avez-vous vu ce que le chevalier emportait ?

— Une lance dans un fourreau en cuir, répondit Beatrice avec une lueur cruelle dans le regard.

Keelin la regarda dans les yeux en silence avant de déclarer :

— Vous me haïssez, n'est-ce pas ?

Une ombre sinistre tomba sur le visage de Béatrice lorsqu'elle répondit d'une voix sifflante :

— Tu voudrais que je te bénisse alors que tu es venue bouleverser notre vie ? Par ta faute, Yseult ne sera jamais comtesse de Wrexton, et le comte a même menacé de nous jeter à la porte !

Elle se tut avant d'ajouter, énigmatique :

— Mais tout pourrait changer…

Puis, tournant les talons, elle s'éloigna et disparut dans l'obscurité du passage.

Bouleversée, Keelin resta un moment immobile avant de respirer à fond. Lorsqu'elle se sentit de nouveau le courage d'affronter le monde, elle descendit dans la grande salle dans l'espoir que Marcus s'y trouverait.

Trouvères et ménestrels jouaient sur leurs instruments et chantaient les exploits de héros légendaires, mais le cœur n'y était pas. Quelques-uns des hôtes dansaient tandis que les autres commençaient à installer leurs paillasses près de la cheminée. Le baron Selby et sa famille s'étaient apparemment retirés dans leurs appartements.

Ni Marcus ni ses chevaliers n'étaient dans la salle.

Anxieusement, Keelin interrogea valets et huissiers au sujet de leur maître, mais aucun ne put lui dire où il se trouvait.

Exaspérée, elle courut vers les cuisines et croisa Peter qui l'informa qu'un vol avait été commis à la fauconnerie. Comprenant la raison pour laquelle Marcus restait introuvable, elle retourna dans sa chambre où elle se vêtit chaudement avant de redescendre l'escalier et sortir du donjon.

Elle courut à la volière où de nombreux valets continuaient de s'affairer.

— Gerald ! s'écria-t-elle en voyant le fauconnier dont le front venait d'être bandé. Que s'est-il passé ? Vous avez été blessé ?

— Oui, ma damoiselle. Je me suis laissé surprendre par des voleurs. Ils ont emporté les gerfauts et les émerillons, et d'autres encore…

— Oh non ! s'exclama Keelin en s'asseyant sur le banc où Gerald, visiblement mal en point, venait de prendre place.

Marcus était certainement désespéré d'avoir perdu ses oiseaux. Le voleur de *Ga Buidhe an Lamhaigh* comptait-il parmi ceux qui avaient dérobé les faucons ? C'était vraisemblable. Comment imaginer, en effet, que Wrexton eût ouvert ses portes à deux bandes rivales ?

— Savez-vous où est messire Marcus ? demanda-t-elle au fauconnier.

— Il s'est lancé sur les traces des voleurs avec ses meilleurs chevaliers.

Keelin secoua la tête d'un air dubitatif. La nuit était tombée. Ce n'était pas le meilleur moment pour entreprendre une recherche… Levant les yeux vers le donjon, elle constata toutefois que la lune était presque pleine. Si les nuages ne la masquaient pas, elle répandrait peut-être sur terre une lueur suffisante pour guider les cavaliers dans leur poursuite.

En tout cas, elle n'allait pas attendre ici leur retour. La lance sacrée de son clan avait été volée et il était de son devoir de tout faire pour la récupérer, en mettant même, au besoin, sa vie en péril !

21.

Personne ne l'interrogea lorsqu'elle franchit la porterie. Les gardes, en la voyant enveloppée dans un manteau et montée sur un cheval, crurent peut-être qu'elle était l'un des chevaliers de Wrexton qui allait rejoindre le comte. La pénombre à l'intérieur de l'édifice était trop grande pour qu'ils puissent distinguer ses traits et, le pont-levis étant descendu, elle le passa au galop, ce qui rendait son identification encore plus difficile.

Si les gardes l'avaient reconnue, en effet, ils se seraient certainement opposés à sa sortie sous le prétexte qu'il était trop dangereux pour une jeune fille de s'aventurer seule, la nuit, dans la campagne.

Elle traversa le village qui dormait et se lança sur les traces de Marcus en direction du sud.

La lune, à la verticale par rapport à la route, éclairait distinctement les traces profondes dans la neige. Si les conditions ne changeaient pas, Keelin n'aurait aucune peine à les suivre.

Elle n'avait qu'à tenir bon contre le vent glacial qui traversait ses vêtements et mordait la chair de son visage à tel point que les mâchoires lui faisaient mal. Elle supporterait mieux la rigueur de cette nuit hivernale lorsqu'elle aurait rejoint Marcus. Il importait d'être à son côté le plus tôt possible, car si le temps venait à changer et que les traces dans la neige devinssent moins visibles, il aurait besoin de son intuition pour tomber sur les voleurs.

Elle seule, en effet, serait guidée jusqu'à *Ga Buidhe an Lamhaigh* si ceux qui l'avaient emportée réussissaient à se cacher et à échapper à la poursuite des chevaliers.

Elle ne tarda pas à franchir un petit pont en bois qui enjambait un cours d'eau gelé. Le froid y était plus pénétrant encore. Keelin s'inclina sur le cou de sa monture pour offrir le moins de prise possible au vent mordant et capter un peu de la chaleur de l'animal.

Marcus était sans doute encore bien loin devant elle car lorsqu'elle arrêta sa jument à l'abri d'un bosquet, et qu'elle tendit l'oreille, elle n'entendit aucun bruit de cavalcade.

La lune, soudain, se voila. De gros nuages couraient dans le ciel et le vent se renforçait encore. Bientôt, Keelin eut le visage cinglé par de la grêle. Elle accéléra son allure. Il fallait absolument retrouver Marcus !

La neige tourbillonnait à présent et l'obscurité grandissait d'instant en instant. Si elle ne parvenait pas à rattraper rapidement les autres cavaliers, elle perdrait toute chance de les rejoindre car leurs traces ne tarderaient pas à s'effacer.

Elle sortait du bois lorsqu'elle éprouva pour la première fois le sentiment de la proximité de *Ga Buidhe an Lamhaigh* ! L'attraction qu'elle ressentait, cependant, ne provenait pas du sud, mais de l'ouest, du pays de Galles qui bordait les terres de Wrexton.

Keelin en avait la certitude : le voleur entre les mains duquel se trouvait la lance sacrée avait pris la direction des montagnes désolées dont elle devinait les ombres monstrueuses derrière le rideau de neige.

Les traces, pourtant, continuaient vers le sud… Lancé dans sa poursuite, certain de fondre bientôt sur le voleur de ses faucons, Marcus n'avait pas remarqué, sans doute, que les traces tournaient à droite.

Keelin n'avait pas le choix. Elle devait aller là où la lance de son clan l'attirait et prier pour que Marcus s'aperçût de son erreur et revînt en arrière jusqu'à la croisée des chemins où elle se trouvait en ce moment.

Sans accorder un instant de plus à sa réflexion, elle lança sa monture à droite, dans la neige fraîche.

Les voleurs avaient quitté Wrexton beaucoup plus tôt qu'il ne le pensait ou alors ils chevauchaient à une allure bien supérieure à la normale car il était incroyable qu'il ne les eût pas déjà rattrapés alors que lui et ses chevaliers donnaient des éperons sans relâche depuis qu'ils avaient franchi le pont-levis du château.

Marcus, entouré de ses fidèles lieutenants, Guillaume et Robert, poussait toujours plus avant son étalon en se laissant guider par des traces à peine visibles. Il était dans une fureur sans précédent. Comment ces gredins de chevaliers avaient-ils osé enfreindre les lois de l'hospitalité et voler celui qui les accueillait dans sa demeure ?

Lui auraient-ils dérobé des pièces d'or ou des fourrures qu'il leur en aurait moins voulu, mais ses faucons !

Il leur ferait payer leur affront en les privant de leurs chevaux et de leurs armes. Livrés sans défense à la morsure du froid, ils pourraient méditer à loisir sur leur ingratitude.

— Messire, Marcus ! lança Guillaume en se rapprochant de son seigneur. Les chevaux ne pourront pas continuer longtemps à ce rythme. Il faut les laisser reprendre leur souffle.

— Continuons encore un peu, répondit Marcus en relevant autour de son visage la cape en laine dans laquelle il s'était emmitouflé. Ils ne peuvent plus être loin.

Lorsqu'ils avaient quitté Wrexton, la nuit était claire et il avait été aisé de poursuivre les voleurs dont les traces étaient parfaitement visibles. Or, depuis qu'il neigeait, le doute s'installait petit à petit dans les esprits au sujet de la direction que les cavaliers avaient pu prendre.

Ils montaient de vieilles rosses qui ne pourraient pas soutenir bien longtemps encore l'allure qu'ils leur avaient imposée. Ils avaient réussi à prendre de l'avance car la neige n'avait commencé à tomber qu'après qu'ils eussent parcouru une bonne distance. Malgré la supériorité des chevaux de Marcus et de ses compagnons, elle avait retardé leur marche.

Le froid resserrait ses mâchoires d'acier autour du front et des doigts de Marcus qui plissait les yeux et pressait les lèvres l'une contre l'autre pour ne respirer que par le nez et retarder la rencontre entre l'air brûlant et ses bronches.

Il puisait du réconfort dans l'assurance que Keelin, à cette heure, était chaudement couchée dans son lit, enfouie dans sa couette de plumes, sous sa couverture de vair, et qu'elle écoutait siffler le vent sous les portes. Que n'aurait-il donné pour être couché près d'elle et sentir la chaleur de son corps contre le sien !

Imbécile ! se dit-il. Il lui semblait être ce prince présomptueux poursuivant la jeune fille de ses assiduités alors qu'elle ne songeait qu'à le fuir. Ne lui avait-elle pas dit qu'elle était promise à un autre ? Un homme qu'elle n'avait jamais vu, dont elle ne connaissait même pas le nom et dont elle porterait les enfants !

Enfer et damnation ! Non ! Il ne laisserait pas commettre un acte aussi monstrueux !

Il n'était pas ce prince haï de la scène jouée par les mimes. Il savait fort bien, au fond de lui-même, qu'il ressemblait en tout point au chevalier qui libérait la jeune fille. Il ne devait pas craindre les refus de Keelin. Elle était la femme que le destin avait mise sur son chemin et réciproquement. Il emploierait toutes ses forces à le lui faire comprendre.

— Messire ! Regardez !

Marcus s'arrêta au sommet de la colline à côté de Guillaume qui venait de tirer sur les rênes de son cheval. Le chevalier désignait de son doigt ganté deux cavaliers, en contrebas, dans la vallée, dont les silhouettes n'étaient visibles que grâce à une trouée dans les nuages laissant passer un rayon de lune.

Leurs voix, heurtées, s'élevaient dans le silence de la nuit.

— Ils se querellent, chuchota Marcus.

— Comme ça ils ne nous entendront pas approcher, dit Robert.

— Et quand ils remarqueront notre présence, il sera trop tard, plaisanta Guillaume.

— Allons-y ! ordonna Marcus.

Ils lancèrent leurs montures dans la pente et les deux voleurs ne s'aperçurent qu'ils étaient poursuivis que lorsque les chevaliers furent à portée de trait d'arbalète.

Ils essayèrent de remettre leurs chevaux au galop, mais l'une des bêtes perdit l'équilibre et le cavalier vida les étriers tandis que l'autre laissait tomber son butin.

— Que le diable t'emporte, Ned ! s'écria celui qui avait roulé dans la neige. Je croyais qu'il y aurait un endroit pour s'abriter et se cacher, sur cette route. C'est ce qu'avait dit ton frère.

— Nous y sommes presque, répondit Ned qui était descendu de cheval pour récupérer le sac qu'il avait laissé tomber. Nous allons fausser compagnie à ces trouble-fête.

Il se remit en selle et poussa son cheval sous les arbres qui bordaient la route.

Son compagnon, qui était remonté également sur sa rosse, l'imita.

A la faveur de la lune, ils réussirent à s'engager sur un sentier et à s'enfoncer dans la forêt, mais Marcus et ses chevaliers, qui les avaient vus faire, atteignirent rapidement l'endroit où ils avaient disparu et s'élancèrent à leur poursuite.

Le cavalier de tête déboucha sur une vaste clairière et, devinant le danger que représentait ce terrain découvert, il obliqua rapidement à droite pour rester à la lisière des arbres. Le suivant, qui n'avait pas vu sa manœuvre, continua tout droit et fut rattrapé en quelques instants par l'étalon de Marcus.

Ce dernier saisit les rênes du cheval du fuyard et l'arrêta net alors qu'il immobilisait simultanément sa propre monture.

L'homme essaya de le frapper de son épée qu'il venait de sortir de son fourreau, mais Marcus, qui avait anticipé l'action, le heurta violemment du poing au visage, le renversant à terre.

Robert sauta de sa monture et désarma le voleur tandis que Marcus descendait de son étalon.

Saisissant le chevalier félon par les cheveux, il lui appuya la pointe de sa dague sur la gorge.

— Je t'ai offert l'hospitalité et tu as volé mes faucons, dit-il en regardant l'homme dans les yeux. Je te préviens que s'il y en a un seul blessé, je te saigne comme un cochon !

— Ils sont dans le sac de Ned qui a pris la fuite, répondit le vaurien en tremblant. Moi je n'ai rien fait... Ce sont eux, les deux frères, qui ont tout organisé. L'autre a même volé la jolie jeune fille.

— Que dis-tu ? interrogea Marcus qui avait remis sa dague dans son fourreau et, des deux mains, serrait maintenant le cou du voleur.

— Il a emporté une lance sacrée et des pièces d'or... J'étouffe... Pitié, monseigneur...

— Où est-il ? Réponds-moi ! cria Marcus en secouant l'homme qui n'était plus qu'une loque.

— Il est parti vers le pays de Galles au premier croisement que nous avons rencontré.

— Tais-toi, vermine ! s'écria l'autre voleur qui avait été rattrapé par Guillaume et jeté à bas de son cheval.

— Ne le laissez pas s'approcher de moi ! supplia le premier. Il va me tuer.

Marcus lâcha son prisonnier et, s'adressant à Robert :

— Tu as emporté de la corde, n'est-ce pas ?

— Oui, messire.

Sans attendre l'ordre de son seigneur, le chevalier prit la corde pendue à sa selle et, aidé de Guillaume, attacha solidement les deux voleurs par les poignets.

Après avoir récupéré le sac dans lequel étaient enfermés les faucons et jeté chacun des voleurs sur la selle de sa monture respective, Marcus et ses deux compagnons reprirent le chemin de Wrexton.

22.

Keelin était gelée. Elle regrettait de n'avoir pas enfilé une épaisseur supplémentaire de vêtements car le froid la pénétrait jusqu'aux os. Elle ne sentait plus ses doigts ni ses oreilles, et il lui semblait que son nez s'était transformé en glaçon.

Elle frissonna mais, s'armant de courage, poursuivit sa route. Son inconfort ne comptait pour rien en face de l'importance de sa mission. Concentrant son effort pour ne pas tomber de cheval à cause de la fatigue et des nombreuses occasions où l'animal glissait ou trébuchait, elle poussait sa monture toujours plus avant sur les traces presque complètement recouvertes de neige du détenteur de la lance.

Malgré la neige qui tourbillonnait autour d'elle, Keelin réussissait à se guider car la lune, traversant la masse des flocons, répandait une lumière voilée et mystérieuse, mais il lui était tout de même de plus en plus difficile de marcher sur les pas du voleur. Elle n'était même plus sûre de suivre une trace. Ce qui la poussait vers l'avant, c'était la force d'attraction de *Ga Buidhe an Lamhaigh* !

La certitude d'aller vers la lance sacrée lui donnait le cœur de lutter contre la morsure du vent qui jetait par moments, contre son visage une averse de grêle. Son seul espoir reposait sur la constance avec laquelle *Ga Buidhe an Lamhaigh* la guiderait jusqu'à elle car si le lien ténu qui les rassemblait lâchait, elle serait complètement perdue au milieu de collines sauvages ensevelies sous la neige.

Elle se représenta la lance que ses ancêtres avaient reçue d'une divinité celte à Loch Gur, il y avait plus de mille ans, et sentit se renouveler en elle l'attachement sans faille qu'elle avait pour cet objet magique. Elle était prête à mettre sa vie en péril et à sacrifier son bonheur pour récupérer la lance et la transmettre à son clan.

Les dés étaient jetés. Elle ne reviendrait plus sur son choix. Les sentiments qu'elle éprouvait pour Marcus n'entreraient pas en ligne de compte. Le cours de sa vie était tracé.

Elle épouserait l'homme qui l'attendait en Irlande. Il importait peu qu'elle ne l'eût jamais vu. Le choix d'un mari ou d'une femme n'était pas fondé sur des émotions passagères et changeantes, mais sur des intérêts réciproques. C'était une alliance qui avait pour but de conforter la position stratégique du clan.

Keelin serra les rênes entre ses doigts gelés qu'elle ne sentait plus. Si elle n'était pas très prudente et attentive, elle serait jetée à un moment ou un autre au bas de sa selle car elle avait les membres inférieurs si gourds qu'elle contrôlait de moins en moins son assise.

Elle ignorait aussi combien de temps encore son cheval supporterait ces conditions polaires. De la glace se formait sur sa crinière et son chanfrein. Il aurait fallu trouver au plus vite un endroit où s'abriter pour elle et l'animal s'ils voulaient survivre à cette nuit humide et glaciale.

C'était en contradiction totale avec ses principes et elle s'en voulait d'envisager cette solution, mais peut-être eût-il été plus raisonnable de rebrousser chemin et de retourner à Wrexton où elle aurait attendu le retour de Marcus.

Epuisée et sujette soudain au doute, elle arrêta sa jument et resta un moment sans bouger pour essayer de voir s'il n'y avait pas quelque indication sur le chemin qui eût pu l'aider à déterminer l'endroit où elle se trouvait.

Il n'y avait rien, sinon les collines qui l'entouraient et dont elle distinguait à peine les formes arrondies. Elle se retourna et vit que ses traces s'effaçaient presque aussi vite qu'elle les avait creusées.

Si elle retournait sur ses pas et quittait la route sans s'en rendre compte à cause de l'épaisseur croissante de la neige, elle se perdrait.

Elle ne tirerait aucun avantage de ce renoncement. Mieux valait tenter de rattraper l'homme qui la précédait et de profiter de son sommeil, s'il s'arrêtait pour se reposer, pour lui reprendre la lance et, avec un peu de chance, les pièces d'or.

Elle n'aurait plus alors qu'à poursuivre son chemin à travers le pays de Galles et gagner au plus vite le rivage de la mer d'Irlande...

Alors que Marcus arrivait dans le village de Wrexton, il vit venir dans sa direction deux chevaliers de sa maison.

— Nous partions justement à votre recherche, messire, dit l'un d'eux. Avec des couvertures et des vivres.

— Je vous en remercie. C'est très généreux de votre part, mais la mission est accomplie. Vous pouvez vous en retourner…

— Nous venions à votre rencontre, messire, car la damoiselle Keelin a disparu !

Marcus eut l'impression que son cœur se décrochait dans sa poitrine. Sa plus grande crainte s'était réalisée ! Elle avait quitté le château pour se lancer à la poursuite de l'homme qui avait volé la lance sacrée de son clan ! Le maraud avait dit la vérité. Le frère du chevalier félon avait fui, en effet, avec le bien le plus précieux de Keelin.

— Robert ! Guillaume ! Ramenez ces scélérats au château et jetez-les au cachot, ordonna Marcus en désignant les prisonniers ligotés sur les selles des chevaux. Nous déciderons de leur sort à mon retour.

Puis, s'adressant aux chevaliers partis à sa recherche :

— Occupez-vous de mes faucons qui sont dans ce sac. Gerald a été blessé et doit dormir, à cette heure. Ne le réveillez pas. Assurez-vous vous-mêmes que les oiseaux rejoignent leurs perchoirs et nourrissez-les. S'ils ont besoin de soins, je compte sur vous. Et avant de vous en retourner, donnez-moi vos couvertures et vos vivres. Il est vraisemblable que j'en aurai grand besoin.

— Messire, intervint Guillaume. Vous n'envisagez pas de partir seul à la recherche de damoiselle Keelin ?

— C'est précisément ce que j'ai l'intention de faire. Je veux que tu restes au château, Guillaume, pour en assurer la surveillance avec Robert.

— Mais, vous…

— Fais ce que je te dis, ordonna Marcus en tirant sur les rênes de son étalon pour qu'il fasse demi-tour. Je serai bientôt de retour avec damoiselle Keelin.

Il lança son cheval sur la route, franchit le petit pont en bois et poursuivit à bride abattue, insensible au vent, au froid et à la grêle. Il n'avait qu'une pensée en tête : où était Keelin ? L'appelait-elle à l'aide ? S'était-elle perdue dans la tempête de neige ? Tournait-elle en rond sans jamais retrouver son chemin ?

Pis encore... Avait-elle rejoint le voleur ? Les deux frères qui se faisaient passer pour des chevaliers n'étaient rien d'autre que de la canaille. Ils fuyaient certainement une sentence qui n'avait pu être exécutée faute de condamnés et battaient la campagne, ponctuant leurs déplacements de vols et de rapines.

Keelin était en grand danger à cause de cette lance qui hantait sa vie depuis qu'elle s'était révélée devineresse. N'aurait-il pas dû la lui subtiliser ? Si elle ne l'avait plus eue en sa possession, elle aurait certainement accepté de l'épouser et renoncé à retourner en Irlande.

Fallait-il souhaiter que le voleur échappât à leur poursuite et privât à jamais Ui Sheaghda de sa lance sacrée ?

Pour sa part, Marcus n'y voyait aucun inconvénient, mais il savait que la disparition définitive de la lance bouleverserait Keelin et qu'elle ne pourrait plus trouver le bonheur. Elle s'accuserait en effet de cette perte jusqu'à sa mort.

Non ! Il ne permettrait pas qu'elle fût aussi profondément affectée. Il ferait tout ce qui était en son pouvoir pour lui restituer la lance et, si elle voulait toujours la rapporter dans le Kerry, il l'y accompagnerait dès que le temps le permettrait.

Et là-bas, en Irlande, il lutterait avec toute la force de son amour pour empêcher Keelin d'épouser un chef de clan qu'elle ne connaissait même pas !

Il reconnut à contrecœur que cet homme ne serait peut-être pas repoussant, qu'il pourrait s'agir d'un jeune chef valeureux et séduisant ou d'un prince sage et doux comme avait dû l'être Tiarnan dans sa jeunesse. Keelin serait-elle plus heureuse au milieu des siens, dans le pays qui l'avait vue grandir, plutôt qu'exilée en Angleterre ?

Alors qu'il la cherchait désespérément au milieu de ces collines enneigées, Marcus comprit qu'il ne renoncerait pas à elle sans s'être battu d'abord comme un lion pour la garder.

Eperonnant son étalon, il le relança sur la route. La première bataille qu'il livrerait pour Keelin se déroulait maintenant. Il fallait la rejoindre avant que le vaurien qui lui avait dérobé la lance ne pût menacer sa vie.

Keelin comprenait un peu tard qu'elle avait commis une folie en partant seule, la nuit tombée, par une tempête de neige !

Toutes ses prières à saint Patrick et sainte Brigitte ne la sauveraient pas. Elle allait mourir de froid à une lieue de Wrexton alors que par une nuit d'été, elle serait retournée à pied au château deux fois plus vite qu'elle n'était venue ici à cheval.

Elle avait envie de pleurer, mais elle savait que ses larmes seraient vaines. Revenir sur ses pas était trop incertain, elle n'avait d'autre choix que d'aller de l'avant aussi longtemps que sa pauvre jument résisterait. Avec un peu de chance, elle tiendrait jusqu'à l'aube et là, dans la lumière du jour naissant, elle réussirait peut-être, à trouver un abri.

En attendant, elle n'avait pas d'autre solution que de progresser...

Elle cligna des yeux. Etait-ce un rêve ou un bâtiment se dressait-il sur le côté de la route ? Elle forçait sur sa vue, mais ne réussissait pas à distinguer s'il s'agissait de la grange de sa vision prémonitoire.

Une impression de danger la gagnait, cependant ; la même qu'elle avait ressentie lors de sa dernière vision. A n'en point douter, elle était dans le lieu qui lui était apparu à l'occasion de ce rêve éveillé.

Elle en avait la certitude maintenant, car elle sentait de plus en plus fortement la présence de *Ga Buidhe an Lamhaigh*.

Celui qui l'avait dérobée était-il là aussi ? Elle n'avait pas l'impression qu'il fût dans les parages... mais, pourtant, ça n'avait pas de sens...

En approchant du corps de ferme, le cheval, qui sentait l'écurie, accéléra le pas alors que Keelin balayait du regard les alentours.

Les membres raidis par le froid, elle se sentait incapable de descendre de cheval. Avant de pouvoir quitter la selle, elle dut faire plusieurs mouvements lents avec les bras et remuer les jambes pour faire circuler le sang puis, prenant l'animal par la bride, elle s'approcha avec lui de l'unique porte.

A quelques pas de celle-ci elle s'arrêta et resta un moment immobile, tendant l'oreille, s'inquiétant de savoir si le voleur avait pu se réfugier dans cette grange ou cette maison plutôt car, de là où elle se trouvait, elle distinguait très nettement une souche de cheminée sortant du chaume qui couvrait le toit.

Aucune fumée ne s'en échappait. C'était bien là la preuve que l'endroit était déserté car par un froid pareil, si la chaumière avait été habitée, une belle flambée n'aurait pas manqué de danser dans la cheminée.

Plus elle observait les lieux, plus Keelin était convaincue que c'était exactement ceux qu'elle avait vus. Des stalactites pendaient aux branches des arbres et au chaume. Seul un élément manquait : le sang sur la neige.

Keelin espérait n'être plus là lorsqu'il serait répandu, mais elle savait que ce ne serait pas le sien…

S'estimant déjà heureuse d'avoir trouvé un refuge, elle s'accrocha au licol de sa jument et traversa avec difficulté la congère qui la séparait de la porte. Elle essaya de l'ouvrir, mais elle était bloquée par la glace.

Epuisée, gelée jusqu'à la moelle, Keelin était sans force. Elle avait beau pousser sur l'huis, il restait inébranlable. Elle redoubla d'efforts, en vain. Inconsciente qu'elle pleurait et que les larmes gelaient sur ses joues, s'accrochaient à ses cils où elles formaient de petits cristaux, elle se résolut, au risque de se briser l'épaule, à se jeter de tout son poids contre les planches en chêne. Elle savait, en effet que sa seule chance d'échapper à la mort était d'entrer dans cette chaumière.

Elle s'élança et heurta la porte. Faisant fi de la douleur, elle répéta son geste trois fois, jusqu'à ce qu'enfin le battant s'ouvrît dans un craquement, les mâchoires de glace ayant cédé d'un coup.

Keelin roula sur le sol de terre battue où elle resta étendue le temps de reprendre son souffle et ses esprits.

Lorsqu'elle se redressa enfin, elle eut un sursaut en entendant un bruit de pas derrière elle.

Le cœur battant, elle tourna la tête et vit sa jument qui venait de franchir le seuil de la porte. Souriant avec attendrissement, elle se releva et referma l'huis derrière l'animal.

Un peu de clarté, qui entrait dans la salle par deux fenêtre élevées, lui permit de rassembler des brindilles, de la paille, des morceaux de chaises cassées, des restes de fagots qu'elle porta dans l'âtre puis, s'aidant de deux pierres qu'elle frotta l'une contre l'autre, elle réussit à enflammer la paille.

Activant le feu avec un soufflet posé près de la cheminée à côté d'une pince et d'un tison, elle réussit à enflammer les morceaux de bois. Grâce à cette lumière, elle remarqua, dans un angle, un tas de bûches et plusieurs fagots tandis qu'à l'opposé étaient empilées quelques bottes de foin dont sa jument s'était approchée sans demander la permission.

Elle libéra l'herbe séchée de ses liens et répandit le contenu d'une botte devant l'animal, puis elle revint près de l'âtre dans l'espoir que le feu dégagerait une chaleur suffisante pour lui dégourdir les membres.

Assise sur les talons, elle tendit les mains vers les flammes. Ses vêtements humides fumaient. Il aurait fallu les enlever, mais elle n'envisageait pas de le faire avant que l'air ne se fût réchauffé dans la salle.

La cheminée, très haute, avait servi autrefois à fumer les jambons. Une petite porte en fer au fond de l'âtre, sur le côté, donnait accès au four à pain. Une famille avait vécu ici autrefois, mais les incursions fréquentes des Gallois, les expéditions punitives menées par les seigneurs des marches l'avaient contrainte à fuir.

Une enclume était renversée près de l'âtre et quelques outils rouillés gisaient au sol. En hiver, le paysan devait se transformer en maréchal-ferrant et compléter ainsi ses revenus.

La jument hennit et secoua sa crinière, projetant autour d'elle une pluie de cristaux de neige.

Arrachée à sa méditation, Keelin dirigea son attention vers l'animal.

— Je regrette de ne pas avoir un seau d'avoine à te donner, ma belle, dit-elle, provoquant une réaction de la jument qui s'ébroua. Je me doute que ce foin est bien sec et poussiéreux, mais je n'ai rien pour moi-même non plus, sais-tu ?

L'animal eut de nouveau un petit hennissement et secoua la crinière comme si la réponse de Keelin ne le satisfaisait pas.

Keelin jeta un regard autour d'elle à la recherche d'un récipient. A défaut de manger, elle pourrait étancher sa soif avec de la neige fondue. Elle aperçut une marmite avec son couvercle. Cela ferait l'affaire. La crémaillère était toujours pendue dans la cheminée. Il serait aisé de faire fondre de la neige…

Elle sentit un souffle de vent glacé : la porte venait de s'ouvrir. Elle crut, sur le moment, qu'elle ne l'avait pas correctement bloquée, mais soudain un homme surgit de l'ombre, un sac jeté sur l'épaule et un long objet à la main !

— Tiens, tiens ! Quelle surprise ! dit-il en refermant la porte derrière lui. J'ai bien fait de pousser jusqu'ici ; je vais me trouver en bonne compagnie, cette nuit !

Keelin, qui s'était levée d'un bond, avait reconnu tout de suite le chevalier dont un œil était vert et l'autre brun.

— Je me suis perdu, un peu plus tôt, reprit-il. Et lorsque je suis revenu sur le chemin, j'ai vu tes traces que je n'ai plus eu qu'à suivre.

Il était trop engourdi par le froid pour représenter un danger, maintenant, mais Keelin savait que la situation changerait bien vite. Elle chercha du regard un objet dont elle pourrait se saisir pour se défendre mais, devinant sans doute sa pensée, l'homme franchit en quelques enjambées l'espace qui les séparait et posa au sol le sac jeté sur son épaule.

Il avait à la main *Ga Buidhe an Lamhaigh*, rangée dans son fourreau.

Elle aurait pu s'emparer du tison ou des pinces, mais à quoi lui serviraient-ils s'il brandissait la lance contre elle ?

Elle était prisonnière !

— N'est-ce pas confortable, ici ? dit-il en souriant d'une manière déplaisante alors qu'il se rapprochait de la cheminée. C'est gentil d'avoir allumé un feu.

Il appuya la lance contre le mur et ouvrit les bras pour présenter la plus grande surface possible de son corps à la chaleur des flammes.

Keelin fut tentée de le pousser dans le feu puis de s'emparer de la lance et de s'enfuir, mais il régnait un tel froid à l'extérieur qu'elle ne résisterait pas longtemps. Et puis le voleur serait furieux. S'il n'était pas gravement brûlé, il risquait de se montrer d'une cruauté épouvantable avec elle…

Elle frémit à cette pensée et sentit ses membres se paralyser.

— La vieille avait raison, dit-il en sortant une écuelle en fer de son sac et en la déposant sur la pierre du foyer. L'endroit n'est pas si inconfortable.

— De qui parlez-vous ? demanda Keelin.

— La femme qui portait une guimpe en lin blanc, répondit-il en fouillant dans ses affaires.

— Beatrice ?

— Oui ; c'est son nom.

— C'est elle qui vous a indiqué cette route et ce refuge ?

L'homme eut un rire grinçant.

— Oui et pas seulement ça.

Keelin baissa les yeux sur le feu dont le voleur la privait de la chaleur en se tenant debout sur le bord de l'âtre.

— Quoi encore ?

En réponse, il sortit de sa poche une poignée de pièces d'or qu'il jeta sur la pierre du foyer puis, riant à gorge déployée, il compléta son trophée avec le collier et la dague qu'il avait dérobés à Keelin.

Cette dernière frissonna d'horreur devant la lueur de joie malsaine qui brillait dans le regard de l'homme.

— Ce sera plus difficile de vendre cette lance, mais la hampe en est joliment sculptée. Il y aura peut-être quelque amateur pour ce genre de vieil objet ?

— Vous pouvez garder le reste, dit Keelin, mais la lance… Elle a toujours été dans ma famille…

Il éclata d'un rire moqueur.

— Ma damoiselle est bien généreuse. Elle me donnera certainement un peu plus que ses pièces d'or ?

Keelin, qui devinait le sous-entendu de ces paroles, baissa les yeux pour ne plus croiser le regard insistant de l'homme.

— Si vous voulez échapper à la colère du comte de Wrexton, je vous conseille de me laisser la lance et de poursuivre votre chemin. Messire Marcus connaît mon attachement à cette arme qui s'est transmise de génération en génération au chef de ma famille…

— Sais-tu où se trouve le comte de Wrexton, en ce moment ?

— Je suis certaine qu'il est sur vos traces depuis longtemps.

— Tu veux dire sur celles de mon frère et de son acolyte. Ce sont les faucons qui intéressent le comte, pas tes babioles et encore moins ta petite personne. La vieille a bien calculé son coup, n'est-ce pas ?

— Que voulez-vous dire ?

— Je crois comprendre qu'elle voulait t'écarter du comte. En nous conseillant de dérober les faucons et de nous séparer ensuite, elle a envoyé messire Marcus sur une piste et toi sur l'autre, car elle savait que tu serais attirée par la lance comme par un aimant alors que lui flairerait ses oiseaux comme sa propre chair. Tu vois, le plan de la vieille a parfaitement fonctionné. Et, en prime, je vais m'offrir la petite damoiselle…

Il avança d'un pas vers Keelin, les yeux brillant de convoitise.

Elle recula, cherchant à se rapprocher de la jument pour se cacher derrière elle et s'en servir de bouclier.

— Vous devriez partir, dit-elle d'une voix tremblante. Messire de Granville sera là dans un instant et vous vous en repentirez.

— Je t'ai dit qu'il s'était lancé à la poursuite de mon frère et de ses chers faucons. Ne te fais aucune illusion, il ne pense pas à toi. D'ailleurs, il te croit certainement à Wrexton.

Keelin heurta du dos le flanc de la jument et, sans jamais quitter des yeux son tourmenteur, se déplaça vers la tête dc l'animal. Elle en fit le tour sous le regard ironique de l'homme puis disparut derrière la brave bête qui semblait heureuse de lui accorder cette protection.

Mais alors qu'elle se croyait à l'abri au moins pour quelques instants, le voleur, qui avait contourné la jument et se tenait à bonne distance, claqua dans ses mains et lança un « hue ! » tonitruant qui fit bondir la jument.

L'animal traversa la salle en ruant, abandonnant Keelin qui s'était réfugiée derrière un tonneau.

En un instant, l'homme se rua sur elle et la jeta à terre…

23.

La neige tombait un peu moins dru, permettant ainsi à Marcus d'accélérer son allure. Il se dirigeait vers un vallon désert qui s'étirait juste au-delà des terres de Wrexton, à la frontière du pays de Galles.

Il s'y trouvait une maison de laboureur abandonnée. Peut-être Keelin s'y était-elle réfugiée.

Hélas ! le voleur avait pu lui aussi s'abriter dans la vieille chaumière...

Marcus chevauchait depuis plusieurs heures sans prêter attention au froid qui le pénétrait jusqu'à la moelle. Il était si inquiet au sujet de Keelin qu'il en oubliait complètement son propre inconfort.

Impatient de la rejoindre, il ne cessait d'encourager son étalon qui galopait encore malgré la neige profonde et le vent de nord-ouest, et il priait comme il ne l'avait jamais fait pour que la jeune fille ne tombât pas aux mains du gredin.

La route était longue et la résistance de Marcus commençait à faiblir lorsqu'il atteignit enfin le sommet du col dominant le vallon où il espérait trouver Keelin.

Lançant son destrier au grand galop, il dévala la pente et ne tarda pas à arriver en vue de la ferme.

Dès qu'il aperçut le cheval sellé, collé au bâtiment pour s'abriter du vent, il comprit qu'il ne se pouvait agir de la monture de Keelin, car elle ne l'aurait jamais laissée à l'extérieur, exposée à la neige et au froid.

Le cœur étreint à la pensée que la jeune fille s'était sans doute égarée, il ralentit son étalon pour ne point signaler sa présence et, sortant son épée, s'approcha lentement du bâtiment. A n'en point douter, c'était le chevalier félon qui avait dérobé la lance de Keelin qui s'était réfugié ici...

A cet instant, un cri perçant déchira la nuit. C'était une voix de femme !

Poussant son cheval en avant, il sauta à terre devant la porte et s'élança contre le battant qu'il ouvrit d'un coup d'épaule.

A la clarté dansante des flammes, il vit Keelin à demi dévêtue et renversée sur le dos devant l'âtre, un homme couché sur elle.

Le scélérat qui tentait d'abuser d'elle se releva d'un bond et, saisissant Keelin par les cheveux, la força à se lever aussi pour s'en servir de bouclier.

— Marcus ! s'écria-t-elle en voyant approcher le comte de Wrexton, l'épée à la main.

Sa poitrine dénudée et striée de marques rouges se gonflait au rythme rapide de sa respiration. Son ventre s'offrait aussi à la contemplation de Marcus, ainsi qu'une de ses jambes jusqu'au sommet de la cuisse...

Le sang de Marcus ne fit qu'un tour. Comment ce gredin avait-il osé porter la main sur elle ?

Keelin, qu'il tenait solidement par les cheveux d'une main, avait la tête renversée en arrière et ne pouvait rien faire pour se libérer. D'autant moins que de son autre main, il lui serrait cruellement la nuque dans l'étau de ses doigts que Marcus se représentait calleux.

— Lâche-la ! s'écria-t-il, ou je te passe mon épée à travers le corps !

— Ne vous avisez pas de commettre un acte aussi imprudent, mon beau seigneur, répondit le vaurien, car la belle damoiselle aura le cou tordu avant que vous ne m'ayez frappé.

— Si tu lui fais le moindre mal, je te ferai écorcher vif, empaler et bouillir !

L'homme mesurait incontestablement la gravité de la situation. Il promenait son regard autour de lui dans l'espoir, sans doute, de trouver quelque objet accessible qui pourrait lui servir d'arme contre Marcus.

Il ne pouvait libérer Keelin sans s'exposer immédiatement à la lame du comte de Wrexton, mais il ne pouvait pas non plus se tirer d'affaire en continuant à la tenir ainsi.

Soudain, Keelin sentit qu'il lui lâchait les cheveux. Du coin de l'œil, elle le vit fondre sur la pierre du foyer, ramasser le poignard en argent d'Eocaid O'Shea qu'il avait jeté là quelques instants plus tôt et, l'ayant saisi par la pointe, le lancer vers Marcus.

Le couteau frappa la poitrine de ce dernier de telle manière qu'il rebondit et tomba à terre. Aussitôt, le voleur s'accroupit pour ramasser l'arme et se fendit, cherchant à frapper Marcus à mort.

Marcus para le coup mais, lorsque l'homme s'affala face contre terre, il saisit d'un bras la jambe de Marcus et tenta de le faire tomber sur lui alors qu'il se retournait sur le dos, pointant l'arme vers le ciel.

Marcus trébucha et faillit tomber sur le poignard, mais il retrouva son équilibre à temps et, bien qu'il n'eût pas encore usé de son épée contre le scélérat car il était contraire à ses principes de chevalerie de frapper un homme désarmé ou moins bien armé que lui, exaspéré par son acharnement, il lui passa le fil de sa lame à travers le corps.

Un silence solennel suivit son geste. Marcus resta un instant prostré car il n'aimait pas verser le sang mais, bientôt, il entendit des pleurs comme ceux d'un enfant. Levant les yeux, il vit Keelin recroquevillée dans un coin de la salle.

Il jeta son épée à terre et s'approcha d'elle, puis la prit dans ses bras en lui murmurant de petits mots tendres.

— Tout est fini, ma chérie. Plus personne ne vous fera de mal.

— Marcus... dit-elle d'une petite voix gémissante. Jamais je n'ai eu aussi peur de ma vie.

— Moi aussi, dit-il, lorsque j'ai entendu votre cri...

Il ferma les yeux comme s'il revoyait la scène.

— Mon Dieu ! C'était horrible... En entrant sous ce toit, j'ai cru vous y trouver morte. Je crois que je serais devenu fou.

Il pressa les lèvres contre le front de Keelin.

— Mais vous êtes bien vivante... Oh ! Seigneur, merci !

— Oui, merci, mon Dieu, dit-elle d'une voix tremblante. J'ai cru ne jamais vous revoir... J'étais si triste, au fond de mon âme.

Marcus ne répondit pas. Le danger passé, la tempête de neige calmée, tout redeviendrait comme avant. Keelin avait récupéré sa précieuse lance. Elle allait pouvoir accomplir son projet et retourner en Irlande à la première occasion.

Trop ému pour parler, il voulait prolonger la joie indicible qui remplissait son cœur en cet instant même où elle était dans ses bras et qu'il sentait la douceur de sa peau, respirait le parfum de ses cheveux…

N'y avait-il rien qu'il pût tenter pour la retenir, la garder auprès de lui ?

La jument, soudain, s'ébroua derrière eux. Marcus, qui n'avait pas encore remarqué sa présence, sursauta, déclenchant le rire mêlé de larmes de Keelin.

— Elle est entrée d'elle-même dans la maison, dit-elle, le visage caché contre l'épaule de Marcus, et, comme vous vous en doutez, je ne l'en ai pas chassée.

Sur ces mots, elle se remit à pleurer silencieusement. Chuchotant des paroles de réconfort à l'oreille de la jeune fille, Marcus lui passa la main dans le dos avec compassion tandis qu'il priait en son for intérieur pour qu'elle acceptât de rester avec lui.

Après un long moment, Keelin demanda d'une voix entrecoupée de sanglots :

— Me pardonnerez-vous d'avoir été aussi bête ?

Il lui prit le visage entre les mains et, plongeant le regard dans le sien :

— La seule chose qui importe, pour moi, c'est que vous soyez en vie. Mais cette brute ne vous a-t-elle pas blessée ?

— Non, mais c'est bien grâce à vous. Si vous n'étiez pas arrivé à cet instant précis, je ne sais pas ce qui se serait passé. Je ne crois pas que je l'aurais laissé faire… Il aurait fallu qu'il me tuât d'abord.

Marcus écoutait en silence, la gorge serrée à la pensée qu'il aurait pu arriver trop tard.

— Je n'aurais jamais dû partir seule ainsi, reprit Keelin, mais j'avais tellement peur de ne jamais retrouver *Ga Buidhe an Lamhaigh* ! Et puis, vous vous étiez déjà lancé à la poursuite des voleurs… Je pensais vous rejoindre à un moment ou à un autre.

Marcus se contenta de hocher la tête. Il était trop ému pour avoir une conversation fructueuse avec elle et ne se sentait pas le cœur à se pencher maintenant sur la question de la lance sacrée. Il commençait à éprouver de l'aversion pour cet objet qui menaçait de le séparer de Keelin.

— Il faut que je le sorte d'ici, dit-il en désignant le corps du voleur qui gisait dans son sang. Reposez-vous près du feu en attendant.

Il s'approcha du cadavre et, le saisissant par les poignets, le traîna dehors. Puis il se dirigea avec lui vers un petit grenier en ruine et le déposa parmi les débris. Ramassant les pierres éparses, il l'en recouvrit pour que son corps ne fût pas dévoré par les corbeaux.

Un bruit de pas dans son dos le fit se retourner et il vit Keelin qui guidait le cheval du mort et le sien vers la chaumière…

En baissant les yeux sur la traînée de sang dans la neige, Keelin fut parcourue d'un frisson d'horreur. Elle s'empressa de guider les deux chevaux jusqu'au bâtiment et referma la porte derrière eux. Elle donna du foin aux animaux qu'elle isola dans une moitié de la salle grâce à une corde tendue d'un mur à l'autre puis elle disposa plusieurs bûches dans le feu.

Elle rassembla ensuite les pièces d'or, le collier et le poignard, et les déposa dans la pierre d'évier qui traversait le mur de la chaumière. Elle porta ensuite *Ga Buidhe an Lamhaigh* dans un coin de la salle et l'appuya au mur.

Les animaux mâchaient calmement le foin et la chaleur de leurs grands corps se répandait autour d'eux, chassant petit à petit l'air glacé qui régnait sous les vieilles poutres supportant le plancher du grenier.

Keelin dessella les chevaux et les frotta avec de la paille pour sécher leur robe puis, revenant près de l'âtre, elle ouvrit le sac de vivres de Marcus qui contenait du pain, du fromage, de la poitrine et des côtelettes fumées, deux bouteilles de bière, des pommes et des abricots secs.

Avec les couvertures apportées par Marcus dont ils pouvaient se faire des couches confortables en les déployant sur des bottes de paille, ils pouvaient affronter sans problème le mauvais temps, même s'il devait durer plusieurs jours.

Aussi charmante cette éventualité lui parût-elle, elle craignait que son oncle ne s'inquiétât terriblement lorsqu'il apprendrait, dès le lendemain matin, qu'elle était partie seule à la recherche de la lance.

Seule avec Marcus quelques jours, ici, loin de tout... Elle ferma les yeux... Elle ne désirait rien d'autre que de vivre auprès de lui. Elle savait à présent qu'elle ne pourrait jamais le quitter.

Elle l'avait compris lorsqu'elle avait vu le chevalier félon s'emparer du poignard de son père et le lancer vers Marcus. Elle avait alors ressenti une terreur sans précédent et pris conscience que la vie sans Marcus n'aurait aucun sens.

Elle ferait le nécessaire pour restituer la lance sacrée à Ui Sheagdha mais, après, elle retournerait à Wrexton. Elle voulait passer le reste de sa vie avec Marcus.

A condition, bien sûr, qu'il voulût bien d'elle. Après la folie qu'elle venait de commettre, il n'aurait pas été étonnant qu'il la repoussât. Elle voyait bien qu'il était fâché contre elle. Il lui avait à peine parlé depuis qu'il l'avait rejointe ici et, lorsqu'elle s'était blottie contre lui, il était resté de marbre.

Elle ne pouvait pas lui en vouloir : elle s'était comportée comme une écervelée. C'était de la folie pure de partir seule ainsi, à la nuit tombée et par une tempête de neige !

A cet instant même, la porte s'ouvrit et Marcus parut sur le seuil. Il alla prendre le tonneau et le plaça contre la porte pour la caler et lui permettre de résister aux coups de boutoir du vent puis il vint près de Keelin.

Il retira en silence sa cape et sa tunique trempées et se tint devant le feu vêtu de son seul haubert et de ses chausses. Il commença à défaire les lacets de son haubert sous le regard caressant et admiratif de Keelin.

Jusqu'à présent, elle avait lutté contre son attirance pour Marcus. Elle s'était interdit de prêter attention à la largeur de ses épaules, à la finesse de sa taille, à ses hanches étroites et ses cuisses musclées mais, depuis l'instant où elle avait cru le perdre, toute réticence de sa part s'était évanouie.

— Marcus… dit-elle en se levant, mais elle s'interrompit aussitôt car lui aussi avait pris la parole.

— Keelin…

Ils se turent simultanément, chacun attendant que l'autre poursuivît.

— Je vous en prie, reprit Marcus avec douceur. Poursuivez !

Elle rougit alors qu'elle avançait d'un pas vers lui.

— Je me suis trompée, dit-elle en le fixant de ses grands yeux verts.

Marcus, qui la considérait avec perplexité, garda le silence.

Keelin s'approcha de lui et releva délicatement les cheveux qui lui barraient le front.

— Je ne retournerai pas à Carraunthoohil, dit-elle en laissant sa main sur les cheveux de Marcus. En tout cas, pas sans vous…

Il lui enlaça la taille en guise de réponse et, sans la laisser terminer sa phrase, lui scella les lèvres d'un baiser. Elle s'abandonna à son étreinte, humant son odeur masculine qui la troublait, l'enivrait, éprouvant un bonheur sans nom entre ses bras protecteurs…

Elle glissa les doigts dans l'épaisseur de ses cheveux et attira son visage vers le sien.

— Keelin… murmura Marcus en dévorant de baisers les épaules, la naissance de la gorge de la jeune fille.

— Marcus… répondit-elle dans un souffle en renversant la tête en arrière pour mieux s'offrir à ses baisers.

— Je brûlais de vous entendre prononcer mon prénom, dit-il en en faisant tomber un à un les vêtements en lambeaux de Keelin.

Lorsqu'elle fut dépouillée jusqu'à la taille, Marcus s'inclina sur elle et goûta à la saveur de sa peau, emprisonnant, tour à tour la pointe de ses seins entre ses lèvres.

Une onde voluptueuse parcourut Keelin. Elle tremblait alors qu'il poursuivait la délicieuse torture tout en lui caressant la taille, les hanches…

— Qu'est-ce que c'est ? demanda-t-il en prenant la cordelette en cuir qu'elle laissait pendre entre ses seins.

— C'est à vous... Vous vous en serviez pour attacher vos cheveux. Elle s'est détachée, un jour, alors que vous m'embrassiez et je l'ai gardée. Je voulais avoir un souvenir de vous, quelque chose d'intime que je puisse garder contre ma peau...

— Vous n'allez pas partir, n'est-ce pas ? Rassurez-moi !

— Oh ! Marcus, répondit-elle d'une voix altérée par les sanglots. J'aurais le cœur déchiré si je devais vous quitter... Je ne pourrais pas...

— Nous nous marierons dès que les bans auront été publiés, dit-il en la prenant dans ses bras avec tendresse.

— Oui, répondit-elle avec une petite voix étranglée par l'émotion.

— Mais je vous fais la promesse dès aujourd'hui de vous aimer de tout mon cœur et de tout mon être jusqu'à mon dernier souffle.

Il alla prendre les couvertures qu'il avait laissées près de la porte et les étendit sur de la paille devant l'âtre puis, soulevant Keelin dans ses bras, il la déposa sur ce lit de fortune qui n'en était pas moins chaud et douillet.

Il retira sa chemise et se pencha sur sa compagne.

— Je vous aime, Keelin, dit-il dans un souffle. Je ferais n'importe quoi pour vous.

— Alors donnez m'en la preuve maintenant, murmura-t-elle en effleurant d'un baiser l'oreille de Marcus. Je suis à vous. Faites de moi votre femme.

Elle l'enlaça et le serra fort contre elle.

— Je devrais avoir peur, et pourtant ce n'est pas le cas...

En remuant les hanches, elle sentit sa force mâle prisonnière de ses chausses. Il luttait contre son désir alors qu'elle brûlait de sentir sa peau contre la sienne !

Oubliant la réserve qui incombait à une jeune fille de haute naissance, elle commença à dénouer l'un des lacets de ses chausses.

— Je veux être à vous, Marcus, dit-elle sur le ton d'une prière en poursuivant son œuvre.

L'une des chausses se détacha de l'aine de Marcus et, guidée par les doigts légers de la jeune fille, glissa le long de sa jambe. Il eut un soupir qui se prolongea en un gémissement voluptueux lorsque Keelin lui caressa le ventre et qu'elle osa timidement palper sa force mâle.

— Keelin... dit-il dans un souffle en prenant possession de ses lèvres.

Les grands yeux verts, noyés de passion, le contemplaient avec une intensité bouleversante alors qu'il descendait lentement la main le long de son corps délié, découvrait avec quelle ferveur elle l'attendait...

— Marcus... Oh ! Marcus... dit-elle en sentant ses doigts sur elle... en elle...

Il la caressa doucement, tendrement sans jamais détacher son regard des yeux immenses et moirés de larmes de Keelin qui gémissait doucement en cambrant les reins...

Quand il sentit qu'elle était au bord de l'extase, il l'abandonna, mais seulement pour achever de se dévêtir ainsi que pour lui enlever les quelques lambeaux de vêtements qui la couvraient encore.

Il se joignit ensuite à elle avec douceur, retenant sa force, mesurant ses mouvements, laissant à Keelin le temps de découvrir des gestes et des sensations qui lui étaient inconnus mais qu'elle semblait comprendre et éprouver très naturellement.

Elle l'accompagna bientôt dans cette danse séculaire, leurs corps intimement réunis ondulant avec harmonie, se donnant l'un à l'autre dans un rythme tantôt lent tantôt rapide qui les portait vers une fusion toujours plus intense.

Le cœur battant, le souffle rapide, Keelin encercla la taille de Marcus de ses longues jambes et succomba à une vague voluptueuse qui lui arracha de petits cris.

Au comble de la joie, Marcus plongea le regard dans les yeux immenses de Keelin qui semblaient deux lacs aux eaux vertes et profondes dans lesquels il put lire l'expression de l'extase.

Rempli de la certitude de serrer dans ses bras celle dont il rêvait depuis toujours, enivré de bonheur, il s'abandonna au plaisir...

24.

Les braises rougeoyaient dans l'âtre et Keelin, le visage dans le creux de l'épaule de Marcus, dormait d'un paisible sommeil. Il n'osait bouger de peur de la réveiller et serrait dans sa main la cordelière en cuir, témoin de l'amour qu'elle lui portait.

Il aurait voulu que cette aube, qui n'en finissait pas de se lever, durât éternellement. Toute la nuit, il avait aimé Keelin et il savait que dès qu'elle ouvrirait les yeux, ils se donneraient de nouveau l'un à l'autre.

Le vent soufflait à l'extérieur mais, grâce au feu et à la chaleur des chevaux, il faisait bon dans la chaumière. Marcus n'avait aucune intention de rentrer à Wrexton. Il préférait passer encore toute cette journée et la nuit prochaine dans leur abri modeste mais où, dans le confort douillet de leurs couvertures en fourrure, ils se sentaient merveilleusement bien.

Il baissa le regard sur les paupières bordées de longs cils noirs de Keelin, qui soulignaient ses pommettes ciselées et son teint diaphane. Elle respirait régulièrement et ses jolies lèvres généreusement ourlées se paraient d'un ton vermillon qui témoignait des ardents baisers qu'ils avaient échangés.

Marcus se pencha sur elle et sentit sur son visage son souffle léger. Il éprouvait pour elle une tendresse immense et une envie sans bornes de la protéger, de la chérir, de lui épargner tout souci, toute souffrance... En un mot, il l'aimait et voulait consacrer sa vie à la rendre heureuse.

Alors qu'il méditait sur la façon dont il pourrait au mieux répondre à ses attentes, elle se mit à remuer les jambes comme si elle voulait courir et à pousser des gémissements.

Un sourire se dessina sur les lèvres de Marcus. Il pensait à toutes les années de bonheur qui les attendaient, à ces innombrables nuits qu'il passerait auprès d'elle et où il la regarderait dormir comme maintenant...

— Par pitié ! s'écria Keelin dans son sommeil.

— Du calme, mon amour, murmura Marcus en lui effleurant la tempe d'un baiser. Ce n'est qu'un rêve. Rendors-toi...

— Arrêtez-vous ! Vous allez tomber !

— Chut !..., fit Marcus en la prenant dans ses bras. Calme-toi.

— Non ! s'écria Keelin en se redressant, les yeux grands ouverts.

Elle se tourna vers Marcus :

— C'est Beatrice... Je l'ai vue en rêve...

— Et alors ?

— Elle marchait sur le parapet, au pied du donjon et puis soudain elle s'est jetée dans les rochers en contrebas... la rivière a emporté son corps...

Marcus regardait Keelin en hochant gravement la tête. Si son rêve était prémonitoire, la suivante d'Yseult s'était donné la mort. Après le mal qu'elle avait fait, ce n'était pas étonnant. Elle méritait ce châtiment.

Marcus avait eu l'intention de punir Beatrice, mais il ne lui aurait rien infligé d'aussi sévère. Sans doute avait-elle redouté son courroux ? A moins qu'elle n'eût désiré mettre fin à ses jours pour échapper à l'opprobre dont elle aurait été assurément l'objet ?

Elle avait eu raison de s'arracher à la vindicte des villageois de Wrexton qui n'auraient pas hésité à la précipiter eux-mêmes dans les eaux glacées de la rivière lorsqu'ils auraient appris l'ignoble stratagème qu'elle avait mis au point.

— Si la scène que vous venez de voir en rêve est le reflet de la réalité, sachez que Beatrice a mérité cette fin.

— Pourquoi ? demanda Keelin déconcertée.

— Parce qu'elle vous vouait une haine implacable.

— Je ne comprends pas... Elle n'avait aucune raison...

— Ô combien si ! En qualité de suivante d'Yseult, elle avait tout à perdre si vous deveniez la dame de Wrexton.

— Certes, mais... Ce n'était pas une raison pour me détester...

— Elle avait une véritable dévotion pour Yseult. Je suppose qu'elle a été encore plus blessée qu'elle de savoir qu'elle ne serait pas comtesse de Wrexton. Elle ne l'a pas supporté et a voulu vous punir pour avoir détruit son rêve.

— Vous ne pensez pas qu'Yseult ait pu lui inspirer cette perfidie ?

— Non, je ne la crois pas capable d'une telle méchanceté. Elle s'est contentée de vous jouer quelques mauvais tours, mais elle ne serait jamais allée au-delà. Il s'agissait ni plus ni moins de gamineries.

— Oui, vous avez raison.

— Elle sait que je lui cherche un mari et je ne crois pas qu'elle…

De violents coups frappés à la porte interrompirent Marcus. Il enveloppa les épaules de Keelin dans une couverture, s'arma de son épée et alla ouvrir.

— Guillaume ? demanda-t-il après avoir fait rouler le tonneau pour dégager le passage.

— Oui, messire, fit une voix manifestement soulagée.

Marcus ouvrit la porte et découvrit son plus fidèle chevalier, digne et résigné sous des trombes de pluie glacée alors que plusieurs autres chevaliers et sergents d'armes, qui l'accompagnaient, se tenaient en retrait sur leurs montures.

— Nous sommes venus en force ne sachant si… commença Guillaume qui se mit à bafouiller lorsqu'il aperçut Keelin qui cachait sa poitrine autant que possible sous la couverture. Euh…, reprit-il après s'être éclairci la voix. Je crains que nous ne vous dérangions…

— Nous ne sommes pas pressés de retourner à Wrexton, Guillaume, mais entre avec les autres pour te réchauffer auprès du feu. Lorsque vous serez bien secs et reposés, vous pourrez reprendre le chemin du château. Nous n'y rentrerons que dans deux jours. D'ici là, le temps se sera amélioré…

*
* *

Ces deux journées de tendresse et de passion dans ce lieu rustique, mais qu'ils avaient réussi à rendre confortable, furent pour eux comme deux jours au paradis et il ne leur fut pas aisé de le quitter lorsque neige et pluie cessèrent, laissant le champ libre pour leur retour à la vie sociale.

Marcus avait informé Guillaume de ses craintes au sujet de Beatrice et, si elle manquait à l'appel comme il fallait certainement s'y attendre, il lui avait enjoint d'inspecter les berges de la rivière en aval du château au cas où la dépouille de la suivante d'Yseult s'y serait échouée.

Lorsque Marcus et Keelin arrivèrent à Wrexton au terme d'une chevauchée glaciale mais magnifique car le temps était devenu sec, le paysage enneigé scintillait sous les rayons du soleil d'hiver qui s'élevait à peine au-dessus des montagnes à l'est.

La joie des sujets de Marcus fut immense lorsqu'ils le virent entrer dans la cour du château au côté de Keelin pour laquelle ils s'étaient beaucoup inquiétés.

Après de chaleureuses congratulations où chacun des chevaliers exprima son bonheur de voir le comte de Wrexton de retour en compagnie de celle qui avait conquis son cœur — car, depuis qu'il avait été surpris par ses compagnons dans la chaumière, l'attachement de Marcus à Keelin ne faisait plus aucun mystère et chacun s'attendait à la prochaine annonce de leur mariage — , les deux amoureux, qui allaient quitter la grande salle pour gagner leurs appartements privés, furent abordés par messire Robert auprès duquel se tenait Yseult.

— J'aimerais vous parler en privé, messire, dit-il.

Marcus remarqua qu'Yseult baissait les yeux et rougissait légèrement. La façon dont elle laissait tomber les épaules indiquait combien elle était affectée par la mort de sa suivante qui avait été confirmée le matin même, son corps ayant été retrouvé là où Marcus avait demandé qu'on le recherchât.

— Rends-toi directement à mon étude, dit-il à Robert. Je t'y retrouverai dès que j'aurai pris des nouvelles de Tiarnan et d'Adam.

Sur ces mots, Marcus entraîna Keelin vers le grand escalier et, en sentant sa main dans son dos, elle fut parcourue d'un frisson. Ce simple contact lui faisait anticiper les baisers et les caresses qu'elle espérait échanger avec lui à un moment ou un autre.

Elle ignorait, cependant, quand elle aurait le bonheur de partager quelques instants d'intimité avec Marcus. Il serait certainement occupé toute la journée par ses diverses obligations et, le soir venu, elle n'aurait malheureusement pas la joie de dormir dans son lit.

Après ces deux jours de tendresse et d'amour ininterrompus, il lui semblait impossible d'être séparée de Marcus, mais elle savait que tant que leur union n'aurait pas été bénie par un prêtre, il leur serait interdit de dormir ensemble, au vu et au su de tous. Or, comment trouver un moment de solitude, tous les deux, au milieu des nombreux habitants de Wrexton ?

Au regard circulaire que Marcus venait de lancer, Keelin comprit d'ailleurs qu'il trouvait qu'il y avait encore beaucoup de trop visiteurs dans le château. La plupart d'entre eux, cependant, s'apprêtaient à partir maintenant que le ciel était d'un bleu transparent. C'était le cas des mimes, trouvères et troubadours qui avaient rassemblé tous leurs bagages et les chargeaient sur leurs charrettes.

Quant au baron Selby et les siens, Marcus venait d'apprendre qu'ils étaient partis de très bonne heure, ce même jour, en exprimant leurs regrets de ne pouvoir saluer et remercier encore une fois le maître de céans, mais ils devaient regagner au plus vite leur domaine où, sans doute, on s'inquiétait beaucoup à leur sujet.

Marcus s'arrêta au pied de l'escalier et, se retournant, fit signe à un huissier de s'approcher.

— Va trouver le chapelain et dis-lui que je l'attends dans mon étude.

Ils trouvèrent Tiarnan dans la chambre d'Adam. Le jeune garçon était assis sur une chaise basse devant l'âtre et l'oncle de Keelin avait pris place près de lui. Leurs visages étaient tout près l'un de l'autre comme s'ils étaient en train d'échanger des confidences.

— Marcus ! Keelin ! s'écria l'enfant en voyant entrer le couple.

Keelin alla embrasser son oncle avant de se pencher sur Adam :

— Je vois que tu as continué à très bien te remettre sans moi, remarqua-t-elle d'un ton enjoué.

— C'est vrai que le petit se porte de mieux en mieux, intervint Tiarnan, mais c'est ta santé à toi qui nous préoccupe, Keelin. Tu as survécu à la tempête, ta présence l'atteste, mais qu'est-il advenu de toi après ?

— Je vous rassure tout de suite, s'empressa de répondre Marcus. Votre nièce n'a subi aucun dommage. On peut dire, même, qu'elle a traversé victorieusement l'épreuve à laquelle elle a été confrontée...

— Vous êtes arrivé à temps pour l'arracher aux mains du chevalier félon, n'est-ce pas, Marcus ? demanda Tiarnan.

— Oui, confirma Keelin en glissant le bras sous celui de son bien-aimé. Le comte de Wrexton m'a sauvée d'une mort infâmante.

Elle le sentit se raidir alors qu'il reprenait manifestement sa respiration.

— Votre nièce a accepté d'être ma femme, messire Tiarnan. Aussi vous demandé-je de m'accorder sa main si elle n'est pas déjà engagée formellement à un autre.

— Je vous rassure à ce sujet, messire, répondit Tiarnan avec un sourire radieux. Elle est parfaitement libre.

« Et avec un peu d'espoir, ajouta l'oncle de Keelin en son for intérieur, le vieux McFen est mort et enterré depuis longtemps. »

— Dans ce cas, nous n'attendrons pas le délai réglementaire après la publication des bans. Il faudra que vous parliez avec le chapelain pour le rassurer à ce sujet.

— Dites-lui de venir me voir. Je lui ferai le serment qu'il n'y a aucun obstacle à la célébration de ce mariage.

Adam, qui se déplaçait apparemment sans souffrir, se jeta dans les bras de Keelin et l'embrassa sur les deux joues en la félicitant, puis se fut le tour de Tiarnan de présenter ses vœux de bonheur au jeune couple.

Dès qu'ils furent sortis de la chambre d'Adam, Marcus prit Keelin dans ses bras et s'empara de ses lèvres.

— Je brûle de vous embrasser depuis que nous sommes arrivés à Wrexton, dit-il après un long et ardent baiser.

— Moi aussi, répondit-elle en frottant le bout de son nez contre l'épaule de Marcus.

Il la regarda dans les yeux avec une infinie tendresse et lui effleura la tempe de petits baisers légers.

— Je meurs d'envie de vous serrer dans mes bras, murmura-t-il. Ne soyez pas étonnée si cette nuit, à l'insu de tous, je me glisse dans votre chambre.

— Vous serez le bienvenu, messire, répondit-elle en lui prenant le visage entre les mains. J'allais vous supplier de venir me retrouver…

Leurs lèvres se réunirent de nouveau pour un baiser plein de fougue puis Marcus interrompit leur étreinte et prit la direction de son étude alors que Keelin gagnait sa chambre.

Avant d'en ouvrir la porte, elle se retourna et, voyant que Marcus s'était arrêté et la regardait avec regret, elle lui lança dans un souffle :

— Ne soyez pas trop long avec messire Robert et Yseult… Il me tarde déjà d'être dans vos bras…

Encore tout ému et vibrant de désir, Marcus franchit la porte de son étude et trouva Robert qui essuyait une larme sur la joue d'Yseult. Ce geste plein de tendresse révélait tout ce qui unissait la jeune fille et le chevalier, et Marcus s'étonna de n'avoir jamais remarqué l'attirance qu'ils avaient l'un pour l'autre et qui éclatait aujourd'hui au grand jour.

Il s'éclaircit la voix pour signaler son arrivée et les deux jeunes gens s'écartèrent l'un de l'autre d'un air coupable.

— Messire Marcus ! s'exclama Robert. Je… j'ai demandé à vous parler car… Voulez-vous, messire, m'accorder la main de damoiselle Yseult ?

L'expression d'un très vif étonnement se lut, malgré lui, sur le visage du comte de Wrexton.

— Je comprends que ma requête puisse vous surprendre, messire, reprit Robert alors qu'Yseult venait de glisser le bras sous le sien et se serrait contre lui en signe d'agrément et de soutien, mais discrètement, sans que quiconque puisse s'en rendre compte, j'admire et vénère damoiselle Yseult depuis fort longtemps.

Marcus s'étonnait de n'avoir rien vu de cette attirance, mais il ne doutait pas de la sincérité de Robert dont il s'était toujours loué des loyaux services. Le chevalier, de toute évidence, avait tu ses sentiments par respect pour son seigneur qui aurait pu choisir la damoiselle pour lui-même.

— Qu'en dites-vous, Yseult ? demanda Marcus. Vous restez silencieuse…

Yseult, qui gardait les yeux baissés, répondit d'une voix douce et mal assurée :

— J'ai toujours tenu messire Robert en très haute estime, enfin… jusqu'à ce que Beatrice s'en mêle…

Elle s'embrouilla et, relevant son regard embué de larmes, reprit :

— Je suis désolée, Marcus… et tellement triste aussi pour Beatrice…

Sa voix s'étrangla et de grosses larmes roulèrent le long de ses joues.

— C'est à cause de moi si elle a mis fin à ses jours… Nous nous sommes querellées… Je lui ai fait le reproche de tout le mal qu'elle faisait à damoiselle Keelin… et elle est allée se jeter dans la rivière…

Elle eut un long sanglot puis, relevant sur Marcus ses yeux rougis par les larmes :

— J'ai honte… Je ne me suis pas rendu compte qu'elle irait aussi loin…

— Yseult veut faire allusion à la pierre qui a failli écraser damoiselle Keelin, intervint Robert.

— C'est elle aussi, reprit Yseult, qui a déclenché l'incendie des écuries. Elle ne m'en a fait l'aveu que quelques instants avant de se donner la mort… J'ignorais que ce fût elle, Marcus. Croyez que si je l'avais su, je vous en aurais fait part.

— Je vous crois, Yseult, mais pour quelle raison a-t-elle commis une telle vilenie ?

— Pour vous éloigner de damoiselle Keelin et avoir une occasion de lui faire du mal, répondit Robert. Lorsqu'elle l'a vue entrer dans l'écurie en flammes, elle l'y a rejointe et l'a frappée sur la tête avec une solive incandescente.

— La scélérate ! dit Marcus entre ses dents.

— Nous ignorons si elle a voulu tuer damoiselle Keelin ou seulement lui faire peur, reprit le chevalier.

— Je crains qu'elle n'ait voulu attenter à sa vie, précisa Yseult. En tout cas, c'est ce qu'elle a cherché à faire lorsqu'elle a suscité le vol des faucons et de la lance sacrée. Elle espérait que damoiselle Keelin ne reviendrait jamais et que vous m'épouseriez.

Marcus secoua la tête avec une expression de profonde affliction. Pourquoi la suivante d'Yseult s'était-elle ingéniée de la sorte à éliminer la rivale de sa maîtresse alors qu'il avait fait clairement savoir à cette dernière qu'il ne l'épouserait jamais ? En voulant parvenir à ses fins, elle avait fait son propre malheur.

— Mon père prend de l'âge, remarqua Robert, changeant le cours de la conversation. Si vous voulez bien me relever de mon service, messire, je retournerai sur mes terres avec damoiselle Yseult.

— Est-ce là votre votre souhait, Yseult ? demanda Marcus.

— Oui, messire. J'aime messire Robert et suis prête à le suivre où il voudra.

Un sourire radieux illumina le visage de comte de Wrexton.

— Alors soyez heureux ensemble ! dit-il en leur prenant à chacun la main pour les réunir dans les siennes. Vous avez ma bénédiction.

On frappa à la porte à cet instant même.

— Entrez ! lança Marcus qui savait qu'il s'agissait du chapelain…

Keelin ignorait comment Marcus s'y était pris pour convaincre le prêtre attaché à la chapelle du château de passer outre le délai de trois semaines qui suivait normalement la publication des bans et d'accepter de leur donner le sacrement de mariage trois jours plus tard.

En raison du deuil qu'ils devaient observer pendant un an après la mort d'Eldred de Granville, il était convenu que le mariage serait célébré dans l'intimité et qu'ensuite Marcus enverrait des messagers d'un bout à l'autre du comté pour annoncer l'heureux événement.

On s'approchait de Noël et des branches de sapin et de houx décoraient la grande salle tandis que des boules de gui étaient suspendues au linteau des portes. Marcus saisissait chaque occasion où il se trouvait seul avec Keelin pour l'embrasser sous la plante vénérée par les celtes, assurant ainsi la fécondité de leur union.

— Ma damoiselle !

Keelin qui, assistée d'Yseult et d'une suivante, essayait la robe qu'elle porterait le jour de son mariage, se retourna en entendant la voix de la servante qui venait d'entrer dans sa chambre.

— Des chevaliers viennent d'arriver au château et ils vous réclament, dit la domestique essoufflée. Ils sont dans la grande salle. Ils se disent irlandais et demandent aussi à voir messire Tiarnan !

Une terrible appréhension aurait dû s'emparer de Keelin, mais elle n'avait eu aucun rêve prémonitoire concernant les soudards du clan Mageean. Au contraire, elle avait eu, récemment, une brève et rassurante vision de Carrauntoohil où les siens vivaient en paix et préparaient Noël dans la liesse.

— Va prévenir messire de Granville, dit-elle.

— Le comte de Wrexton est déjà avec eux… C'est lui qui m'a envoyée vous chercher.

Interloquée, Keelin retira la robe dont l'essayage, d'ailleurs, était fini et revêtit sa robe bleue. Puis, suivie par la domestique, elle descendit dans la grande salle.

Quatre membres de son clan se tenaient près de la cheminée en compagnie de Marcus et de deux chevaliers, anglais apparemment, qu'elle ne connaissait pas.

— Connor ! Doncha ! s'écria-t-elle en s'élançant vers les Irlandais.

— Bonjour, ma damoiselle, répondit Connor alors que son compagnon se contentait de sourire. Nous sommes venus avec Donal et Laoghaire.

Marcus prit Keelin par la taille, lui accordant le soutien dont elle n'avait pas pris encore conscience d'avoir besoin.

— A notre arrivée à Wrexton, expliqua-t-il à Keelin, j'ai envoyé immédiatement les deux cavaliers que voici dans le Kerry pour s'enquérir de la situation de votre clan.

— Le voyage à travers la mer d'Irlande n'a pas été très long, remarqua l'un des chevaliers. Au retour, par contre, nous avions des vents contraires et ça n'a pas été de tout repos.

Doncha prit chaleureusement les mains de Keelin dans les siennes.

— Comme je suis heureux de te revoir en vie et en bonne santé, Keelin ! dit-il. Nous avons fait le bon choix, autrefois, en t'envoyant en Angleterre avec ton oncle.

Au bord des larmes tant elle était émue de voir ces membres de son clan qu'elle chérissait depuis l'enfance, Keelin levait les yeux à tout instant sur Marcus pour s'assurer qu'elle ne rêvait pas.

— Oui, reconnut-elle d'une petite voix en pensant aux difficiles années qu'elle venait de traverser. Nous avons survécu à ce long exil.

— La lutte entre Ui Sheaghda et le clan Mageean est enfin terminée, déclara Connor.

— Dois-je comprendre que Ruairc… commença Keelin, atterrée.

— Attends avant de parler, ma petite, interrompit Doncha. Ce fut un moment terrible pour nous tous lorsque le cruel Ruairc tua Cormac, mais il n'eut pas le loisir de jouir longtemps de sa victoire. Eirc O'Shea, ton valeureux cousin, l'a fait passer de vie à trépas alors que le corps de Cormac n'était pas encore refroidi.

— Ruairc Mageean est mort ? dit Keelin qui n'en croyait pas ses oreilles.

— Oui, ma petite. Bel et bien mort.

— Et c'est Eirc, à présent, qui est le chef de notre clan, précisa Laoghaire. Il reconstruit Carrauntoohil qu'il a fait entourer d'une double enceinte qui inclut l'église et le bourg. Sous son règne la situation va beaucoup s'améliorer.

Keelin, remplie d'une indicible joie, écoutait religieusement les siens. La vision toute de bonheur et d'harmonie qu'elle avait eue de Carrauntoohil, quelques jours plus tôt, se confirmait.

— La sœur d'Eirc, Oonagh, a un don de double vue comme toi, dit Connor. Elle saura faire parler *Ga Buidhe an Lamhaigh*. Le conseil des anciens a décidé que tu avais assez donné de ta vie pour le clan et qu'il te relevait de ta mission.

— Puisque tu vas devenir comtesse de Wrexton, ajouta Doncha en regardant Marcus qui se dressait, grand et fier, au côté de Keelin, nous allons rapporter la lance sacrée dans le Kerry et la confier à ta cousine.

Keelin eut l'impression d'être soulagée d'un poids énorme qui pesait depuis toujours sur ses épaules tandis qu'une joie immense la soulevait.

Alors qu'elle ouvrait la bouche pour exprimer sa reconnaissance au conseil des anciens, Tiarnan, aidé par un huissier qui lui donnait le bras, fit une entrée remarquée dans la grande salle. Il avait le visage irradié d'une joie céleste.

Après avoir chaleureusement salué ses pairs, il se tourna vers sa nièce :

— Tu n'as pas de regret de rendre la lance ?

— Oh non ! mon oncle, au contraire. Je serai très heureuse de la confier à Connor et Doncha. *Ga Buidhe an Lamhaigh* appartient au clan, et non à moi.

*
**

— Adam est très heureux que votre oncle ait décidé de rester vivre ici, remarqua Marcus en allumant les chandelles disposées près du lit à baldaquin qu'il allait partager pour la première fois avec Keelin.

— Oui, je m'en doute, répondit-elle en observant avec émerveillement son mari dont les gestes étaient mesurés et élégants.

Il venait de retirer la somptueuse tunique brodée qu'il portait pour leur mariage et offrait à sa femme la vision de son buste nu, la clarté dorée des chandelles révélant le relief sinueux de son corps musclé.

Devant le ravissement qui se lisait dans les grands yeux verts de son épouse, il s'approcha d'elle et commença à défaire les lacets de son corselet.

— Je ne sais pas si je vais avoir la force d'attendre que tous soient défaits, murmura-t-il à l'oreille de Keelin qui eut un petit rire de gorge.

— Faites selon votre bon plaisir, mon prince, répondit-elle en tirant le cordon de ses chausses. Mais moi, je veux sentir votre peau partout…

De ses longs doigts déliés, elle eut tôt fait de le dévêtir alors qu'il luttait toujours avec les innombrables lacets de son corselet.

Aussi impatiente que lui, Keelin lui vint en aide et, alors qu'elle n'était qu'en partie dépouillée de sa superbe tenue de mariée enrichie de fils d'or et d'argent, elle l'attira contre elle et s'offrit à lui dans un élan passionné.

— Viens, mon amour, dit-elle dans un souffle. Je veux te sentir en moi…

— Je t'aime… murmura Marcus. Tu es ma mie, ma fée, ma joie…

HARLEQUIN

PROCHAINS RENDEZ-VOUS LE

1er avril 2006

Collection *Les Historiques*

COMPLOT AU ROYAUME, ***de Shari Anton• n°332***

SAGA LES MARIÉS DE LA COURONNE, 2nde PARTIE.

Angleterre, 1109. *Intrigues au palais au temps de la conquête normande…* Nièce de la reine d'Angleterre et du roi d'Ecosse, Judith de Canmore est enlevée par des brigands qui veulent la marier de force à un seigneur saxon dont le dessein est de détrôner à son profit le roi normand d'Angleterre. Judith, devenue reine, usurperait alors la place de sa propre tante sur le trône. Mais le chevalier de Lenvil, secrètement amoureux de la jeune fille, a vent du complot et feint de se mêler aux conspirateurs pour délivrer Judith…

UNE LADY EN FUITE, ***d'Helen Dickson• n°333***

Londres, 1770. Pour échapper à un mariage forcé, Héloïse Marchant, une jeune aristocrate française, s'enfuit de chez elle. Travestie en homme, elle se réfugie en Angleterre où elle survit tant bien que mal en jouant les pickpockets. Un soir, elle est attaquée par des voyous et sauvée de justesse par un gentleman qui, la prenant pour un garçon, la prend sous sa protection…

LA PROMESSE DU CHEVALIER, ***de Lyn Stone • n°334***

Angleterre, 1314. Sir Alan de Strode se veut un homme de parole. Pourtant, quand il prend conscience d'avoir signé trop hâtivement une lettre où il s'engage à épouser la veuve d'un ami mourant, il maudit sa loyauté. Car, par une fâcheuse ironie, lady Honor est tout sauf honorable… Mais comment un preux chevalier pourrait-il refuser son aide à une femme en détresse, enceinte de surcroît ?

LA FILLE DE L'ALCHIMISTE, ***d'Elaine Knighton • n°335***

Terre Sainte et Royaume d'Angleterre, 1197. Parti en Terre Sainte pour expier la mort de sa sœur jumelle dont il se croit responsable, Lucien de Griswold espère en rapporter une potion capable d'adoucir le chagrin de leur mère. A Jérusalem, il se lie d'amitié avec un maître alchimiste et sa fille, Isidora, dont la rumeur prétend qu'ils détiennent la recette d'un élixir miraculeux…

LES MARIÉS DE L'AUBE, ***de Jillian Hart • n°336***

Amérique, 1882. Dillon Hennessey ne ressemblait à personne, et Katelyn aspirait à mieux connaître cet homme singulier qui savait si bien parler aux chevaux... et à son cœur. Mais aussi attirant soit-il, c'était tout de même un homme, et les hommes, elle le savait bien, n'étaient pas digne de foi. Son mari ne l'avait-il pas quittée après la perte de leur bébé ? Comment, dès lors, réapprendre à croire au bonheur ?

BEST SELLERS

Les Best-Sellers Harlequin, c'est la promesse d'une lecture intense : romans policiers, thrillers médicaux, drames psychologiques, sagas, ce programme est riche d'émotions.

Ne manquez pas, dès le 1er mars :

Mortelle rencontre, de Anne Stuart • N° 249

Enfant adoptée, Jamie Kincaid a grandi aux côtés de Nate, le neveu de ses parents adoptifs. Malgré ses mauvaises fréquentations, elle lui a toujours voué une admiration sans bornes, au point de le considérer comme un frère. Aussi l'annonce de sa disparition la laisse-t-elle anéantie. Pourquoi Nate a-t-il été frappé à mort par des voyous? Et pourquoi son meilleur ami, Dillon Gaynor, n'est-il pas intervenu alors qu'il était présent sur les lieux du drame ? Pour Jamie, le seul moyen de répondre à ces questions est de se rendre dans le Wisconsin afin d'y rencontrer Dillon…

Manipulation, de Karen Young • N° 250

Psychologue dans un lycée, Rachel Forrester est hantée par le souvenir de Jack Ford, un élève dont elle n'a pas su empêcher le suicide cinq ans plus tôt. Mais aujourd'hui, c'est son propre fils Nick qui s'enferme à son tour dans le mutisme et l'agressivité. Contre toute attente, Rachel va trouver aide et soutien auprès de celui qui aurait toutes les raisons de lui en vouloir : Cameron Ford, le père de Jack. Cameron gagne la confiance de l'adolescent qui lui fait des confidences sur sa vie au lycée – des confidences qui révèlent la manipulation perverse exercée sur les élèves par un homme au-dessus de tout soupçon…

La dernière victime, de Jan Coffey • N° 251

Il y a vingt ans, Ian Campbell, alors jeune policier, découvrait une femme et trois enfants blessés sur une route du Nouveau Mexique. Ils étaient les seuls à avoir pu échapper au suicide collectif organisé par la secte dont ils étaient prisonniers. Un suicide auquel la propre épouse de Ian avait pris part…

Ce drame, jamais Ian n'a pu l'oublier. Aujourd'hui, il le sait, quelqu'un a repris le contrôle de la secte, avec l'intention de conduire chacun de ses membres à la mort. Y compris ceux qui ont fui vingt ans plus tôt. Déjà, deux des enfants et la femme qui les accompagnait ont été tués. Ne reste plus que Kelly Stone, qui tient à présent une auberge dans le New Hampshire…

Le pacte, de Alex Kava • N° 252

Omaha. Minneapolis. Columbia. Dans plusieurs villes des Etats-Unis, des prêtres pédophiles sont retrouvés assassinés. Soupçonnant un tueur en série de vouloir rendre lui-même la justice, la police demande à l'agent Maggie O'Dell de se rendre à Omaha afin d'établir son profil. Maggie connaît parfaitement la petite ville : quatre ans plus tôt en effet, elle y a enquêté sur des meurtres d'enfants dont le coupable, le père Keller, a réussi à s'échapper. C'est alors que celui-ci refait surface et, se sachant menacé par le tueur, propose à Maggie un pacte odieux…
Une nouvelle enquête de Maggie O'Dell.

La brûlure du passé, de Rachel Lee • N° 253

C'est l'été à Whisper Creek, dans le Colorado. Dans cette atmosphère étouffante, l'arrivée d'un nouveau pasteur aussi intransigeant qu'intolérant, Elijah Canfield, n'est pas vue d'un très bon œil. Son fils Sam, en particulier, n'a pas oublié leur brouille, des années plus tôt. Lui qui vit en solitaire depuis la mort tragique de sa femme n'entend pas faire le moindre effort pour se réconcilier avec son père. Mais c'est compter sans Mary McKinney, qui va bouleverser la vie des deux hommes en traçant pour eux le chemin vers une réconciliation…

Coup de foudre et conséquences, de Dallas Schulze • N° 131
(Réédition)

Entre une mère immature et une sœur volage, Maggie Drummond joue depuis toujours le rôle de pilier de la famille, en souffrant de ne recevoir aucune gratitude en retour. Mais sa vie change brusquement lorsqu'elle fait la connaissance de Ryan Lassiter, héritier d'un des plus grands ranchs du Wyoming. Maggie a du mal à croire qu'un homme comme lui puisse s'intéresser à elle. Pourtant, il fait mieux : il lui demande de l'épouser. Comme ça. Sur un coup de tête. Et, plus surprenant encore, elle-même décide d'accepter …

ABONNEMENT...ABONNEMENT...ABONNEMENT...

ABONNEZ-VOUS!

2 livres gratuits*
+ 1 bijou
+ 1 cadeau surprise

Choisissez parmi les collections suivantes

AZUR : La force d'une rencontre, l'intensité de la passion.
6 romans de 160 pages par mois. 21,78 € le colis, frais de port inclus.

EMOTIONS : L'émotion au cœur de la vie. 3 romans de 288 pages par mois.
16,38 € le colis, frais de port inclus.

BLANCHE : Passions et ambitions dans l'univers médical.
3 volumes doubles de 320 pages par mois. 18,36 € le colis, frais de port inclus.

LES HISTORIQUES : Le tourbillon de l'Histoire, le souffle de la passion.
3 romans de 352 pages par mois. 18,51 € le colis, frais de port inclus.

PASSION : Rencontres audacieuses et jeux de séduction.
6 romans de 192 pages par mois. 22,38 € le colis, frais de port inclus.

DÉSIRS : Sensualité et passions extrêmes.
2 romans de 192 pages par mois. 9,06 € le colis, frais de port inclus.

DÉSIRS/AUDACE : Sexy, impertinent, osé.
2 romans Désirs de 192 pages et 2 romans Audace de 224 pages par mois.
17,62 € le colis, frais de port inclus.

HORIZON : La magie du rêve et de l'amour.
4 romans en gros caractères de 224 pages par mois. 15,72 € le colis, frais de port inclus.

AMBRE : Romantique, intense, passionnée. 2 volumes doubles de 480 pages par mois. 14,76 € le colis, frais de port inclus.

BEST-SELLERS : Des grands succès de la fiction féminine.
3 romans de plus de 350 pages par mois. 20,94 € le colis, frais de port inclus.

BEST-SELLERS/INTRIGUE : Des romans à grands succès, riches en action, émotion et suspense. 2 romans Best-Sellers de plus de 350 pages et 2 romans Intrigue de 256 pages par mois. 23,70 € le colis, frais de port inclus.

MIRA : La passion de lire. 2 romans grand format de plus de 400 pages par mois. 23,20 € le colis, frais de port inclus.

JADE : Laissez-vous emporter. 2 romans grand format de plus de 400 pages par mois. 23,20 € le colis, frais de port inclus.

Attention: certains titres Mira et Jade sont déjà parus dans la collection Best-Sellers.

VOS AVANTAGES EXCLUSIFS

1.Une totale liberté

Vous n'avez aucune obligation d'achat. Vous avez 10 jours pour consulter les livres et décider ensuite de les garder ou de nous les retourner.

2.Une économie de 5%

Vous bénéficiez d'une remise de 5% sur le prix de vente public.

3.Les livres en avant-première

Les romans que nous vous envoyons, dès le premier colis, sont des inédits de la collection choisie. Nous vous les expédions avant même leur sortie dans le commerce.

COMMANDE... COMMANDE... COMMANDE...

Vos romans chez vous

COMPLÉTEZ VOTRE COLLECTION !

Pour prolonger le tourbillon de l'Histoire et le souffle de la passion...
...découvrez les romans de votre collection
Les Historiques
que vous n'avez pas encore lus !

5,32 € par roman.

- ❒ *N°178 LE GLAIVE ET LA SOIE, de Ruth Langan*
- ❒ *N°229 LE MAÎTRE DES PASSIONS, de Laurel Ames*
- ❒ *N°230 UNE NUIT D'ÉGAREMENT, de Judith Stacy*
- ❒ *N°231 LE PRIX DE L'ESPÉRANCE, de Linda Castle*
- ❒ *N°238 PASSION ET DÉSHONNEUR, de Julia Justiss*
- ❒ *N°239 UNE AUTRE CHANCE, de Kate Bridges*
- ❒ *N°264 UN DANGEREUX SECRET, de Patricia Frances Rowell*
- ❒ *N°265 L'ENFANT DE L'AUBE, de Ana Seymour*
- ❒ *N°269 LE GENTLEMAN LIBERTIN, de Jacqueline Navin*
- ❒ *N°270 LA COLOMBE ET LE FAUCON, de Denise Lynn*
- ❒ *N°279 L'INCONNUE DU DONJON, de Margo Maguire*
- ❒ *N°288 LA FILLE DU BANDIT, de Margo Maguire*
- ❒ *N°298 LA FIANCÉE VIKING, de Debra Lee Brown*
- ❒ *N°301 UNE INSOLENTE PASSION, de Lynna Banning*
- ❒ *N°308 L'HÉRITIÈRE MYSTÉRIEUSE, de Anne Gracie*
- ❒ *N°309 LES CŒURS CAPTIFS, de Millie Criswell*
- ❒ *N°310 LE BAL DU SCANDALE, de Kate Bridges*

L'ASTROLOGIE EN DIRECT
TOUT AU LONG
DE L'ANNÉE.

(France métropolitaine uniquement)

Par téléphone 08.92.68.41.01

0,34 € la minute (Serveur JET MULTIMÉDIA).

Composé et édité par les
éditions Harlequin
Achevé d'imprimer en janvier 2006

BUSSIÈRE
GROUPE CPI

à Saint-Amand-Montrond (Cher)
Dépôt légal : février 2006
N° d'imprimeur : 52898 — N° d'éditeur : 11828

Imprimé en France

COMMANDE... COMMANDE... COMMANDE...

Ces volumes sont disponibles auprès du Service Lectrices dans la limite des stocks. Si vous souhaitez commander certains titres, cochez les livres choisis et indiquez vos coordonnées dans le bon de commande ci-joint.

Chaque volume est vendu au prix de 5,32 €, auquel s'ajoutent 2,40 € par colis pour la participation aux frais de port et d'emballage.

N'envoyez pas d'argent aujourd'hui, une facture accompagnera votre colis.

Renvoyez ce bon à : Service Lectrices HARLEQUIN
BP 20008 - 59718 LILLE CEDEX 9.

Mme ☐ Mlle ☐ Si abonnée, n° : ________

NOM ____________________

Prénom ____________________

Adresse ____________________

Code Postal ______ Ville ____________________

____________________ Tél. : __________

Adresse e-mail ____________________

Date d'anniversaire ________

Signature indispensable

Le **Service Lectrices** est à votre écoute au **01.45.82.47.47**
du lundi au jeudi de 9h à 17h et le vendredi de 9h à 15h.

Conformément à la loi Informatique et Libertés du 6 janvier 1978, vous disposez d'un droit d'accès et de rectification aux données personnelles vous concernant. Vos réponses sont indispensables pour mieux vous servir. Par notre intermédiaire, vous pouvez être amené à recevoir des propositions d'autres entreprises. Si vous ne le souhaitez pas, il vous suffit de nous écrire en nous indiquant vos nom, prénom, adresse et si possible votre référence client. Vous recevrez votre commande environ 20 jours après réception de ce bon.

Offre réservée à la France métropolitaine et soumise à acceptation.